文学陕军新梯队作家书系
陕西省作家协会◎主编

# 寻 虎

周 炜◎著

作家出版社

# 序：一抹迷人的新绿

贾平凹

八位青年作家的作品摆放在我面前，就好像八个人站在我的面前，他们或高或矮，或胖或瘦，却都揣了一肚子的故事，一肚子的想法，以各自不同的姿势，不同的神情，不同的腔调娓娓地讲述着、叙说着，甚至唠叨着。他们说得那么全神贯注，说得那么情深意切，以至于让我心生感动，倏忽间看见了自己不太遥远的青年时光。

这八位青年作家多生于秦地，是黄土地养育的一群儿女。三秦大地多神奇，神奇的不光是这里的山山水水，沟沟卯卯，更有那些古老的传说，厚重的文化。生于斯，长于斯，骨子里难免就有了这块土地的脾性，血脉里自然就有了这块土地的因子——他们就像是这块土地上生出的几株小树，就像是这块土地上长出的几株庄稼，一边汲取着传统的营养，一边沐浴着时代的阳光，默默地扎着自己的根，长着自己的杆，繁茂着自己的叶，孕育着自己的果。而这一次的集中亮相无疑令人眼前一亮，欣喜的看见在陕西文坛的土地上又增添了一抹迷人的新绿。

作为这块土地上成长起来的作家，我和这八位青年作家大都见过面，说过话，虽然谈不上多么的熟稔，但对于其人其文，每每见之，却总能生出一股子说不出的亲切。这里面有地缘的因素，更有文化的姻近。我耳闻或者目睹过他们如何在纷繁喧嚣的当下抵御着各种各样的诱惑，独守着一份宁静顽强地跋涉、探索；我亲眼见证过他们凭借着汗水和努力取得的大大小小的收获。我常常在心底里为他们加油，为他们祝福；我也常常为为了他们的成长提供各种帮助的人们而心生敬佩。去年以来，陕西省委宣传部启动了“百名青年文学艺术家扶持计划”，包括这八位作家在内的二十余名青年作家被纳入其中，除了给予经费上的帮助，还多次组织学习班、培训班，邀请名家传道解惑；陕西省作协联合鲁迅文学院举办了鲁迅文学院陕西中青年作家研修班，为这些青年作家举行了拜师仪式，聘请了国内一流的作家评论家担任他们的导师。同时，在《中国作家》组织了作品专号，赴京组织了作品研讨会，并在《文艺报》等媒体对这些青年作家进行宣传，为他们摇旗呐喊。今年以来，文学院先后组织了“三秦文学季”系列讲座，聘请国内名刊大刊编辑进行系列讲课，帮助他们打开视野，拓宽思路；为了集中推介展示他们的创作实力，这次，文学院又选拔出八位青年作家，由作家出版社集中推出八部作品。现在，这八本书即将和读者见面了，是丑是俊，是咸是淡，就交给读者去品咂吧。

在和这些青年作家的交流中我说过这样的话，文学上有些道理本来也讲不出来，而且一讲出来就错了。因此，我不想就创作的方法原理一一赘述，我也不想就这八位青年作家的八部作品一一分析。我想说的是，创作需要个人的实力和努力，创作也需要一个良好的环境和氛围。幸运的是，在一大帮文学热心人的勤劳操持下，环境和氛围有了，就像唱戏的台子已经搭起来了，开场的锣鼓已经敲起来了，接下来戏会唱得怎么样？我期待，我有信心。

2015年8月　西安

# 目　录
CONTENTS

# 赔　偿

## 1

这车停得真不是地方。

一大早，西街派出所的小车师傅老刘就在所门口露着打雷一般的声音，扯着嗓子吼叫：糟糕到家了，哪里不能停车，偏偏把车停在这里了！真会停，怎么不把车停到他老婆的床上去！听到叫声的所里值班警察嘻嘻哈哈笑疼了肚子，刘师傅和床分不开，一天到晚就爱说床上的事情，就是一辆车，也能和床联系起来。小田问刘师傅，人家床上有人呢，怎么停车呢？刘师傅嘿嘿地笑着，露着一嘴被烟熏黑的牙齿，他指着门口的一辆墨绿色的丰田车说：狗日的太霸道了，断断续续已经停了好几天了，对面就是停车场，人家不去，偏偏要来所门口停，停就停吧，你把车停在110的车后边，你让警车飞出来呀？昨天有个110要出，车堵在门口，警车出不去，张所长脸都被气歪了。说尿大的门口，警车都停不下，还停了个外来车辆，你们一天都是吃闲饭的，一辆车都管不住，还能管好个治安？你今天就给我把警车弄出来，弄不出来，你就收拾摊子滚蛋。我冤不冤啊，早上盯了半天，刚去厕所拉了个肚子，就这十几分钟，丰田车又给堵上了，这哪里是停车，分明是找茬啊！我总不能每分钟都坐在这里，看着这个地方不让车停进来，现在又把车堵死了。一会儿有个案子，你说110车能飞出去吗？都说有困难找警察，可是警察有困难该找谁呢？有困难，找马文，不知道是谁说了一句。刘师傅摸着后脑上乱糟糟的头发，说：对呀，看我这个脑子，怎么没有想到呢？

马文是个老警察，毕业于西南政法大学。不管什么时候看他都觉得他在笑，哪怕是生气的时候也好像是笑容满面。可以这样说，马文有着一张极具亲和力的笑脸。但是在西街派出所里的所有人来看，温柔并不一定存在浪漫，和善并不一定证明善良，就像谍战片里的特务一样，谁的奸诈和阴谋还能表现在脸上，那一定是导演的智商太低，要么就是演员对于表演的误解。马文的笑脸并没有给马文带来快乐，相反却让马文和众多的警察相比，总显得格格不入。

马文到西街派出所里来，那可是凤凰落架成了鸡啊。都知道马文以前在市局一个重要科室。稍有脑子的人都知道人往高处走，水往低处流，可偏偏马文却从市局给贬到一个小小的派出所里了。问马文，马文依然露着憨憨的笑，说：局里有什么好，我图的就是一个清闲。派出所清闲吗？没有一个人这样认为，每天都像上足发条的玩具，玩命地出警，搞案子。市局毕竟是警察的上级，还是有关于马文的风吹了出来。

马文的文凭在自己的科室属于比较硬的，可是不知道为什么，提拔和好事总轮不上他。为此所有人都规劝马文要把脑子放得灵活一些，多给领导表现表现，甚至要给领导送些购物卡一类的东西，总之，是要让领导的眼睛里有马文这个人，那样的话也不至于让西南政法这个牌子变得锈迹斑斑，最起码要对得起这个牌子。

可是马文却像个石头一般，你说你的，他做他的。过年过节，他就似乎消失了一般，在领导的家里，在领导的饭桌上他没有一点踪迹，领导呢，总把机会权衡了再权衡，总希望在适当的时候落个顺水人情。可是人情如果变成了一个烫手的山芋一样急于出手的话，谁都难免会生出不快来。这个世界上难道还有人被迫把好事给别人？

肯定没有。好事总在领导的手上变成了绣球，与其给那些不解风情的人，还不如去给一个自己心仪的下属，再说了，好事总会在有些人的心里成了等值的商品，马文不眼馋，稀罕的人争着创造机会。

机会错过了，就开始成了灾难了。因为在领导的眼睛里，马文完全是一个人情世故上什么都是小学生一般水平的人，点点滴滴变得都让人难以捉摸，有时候领导甚至对于他上学的经历产生怀疑，究竟是学校有问题还是人有问题，上了那么几年的名牌大学，竟然能把一个好好的学生上成了木头一般。实际上这还不算过分的，眼见新年将至，局里年终总结大会，会后自然免不了设宴款待大伙儿一年的辛苦，觥筹交错好不热闹，尤其是那些想进步的，想提拔的，想好事情的，赶着趟儿往局长跟前跑，局长刚把杯子放下了，就被迎接而来的碰杯逼得又举起来，眼睛也红了，嘴巴也歪了，会喝实际上已经不成为时尚了，领导在这个时候需要的是一个能够挡酒的下属，可是马文哪里能顾得上领导，他忘我一般，喝得气势汹汹，喝得不亦乐乎，别人都在为领导独当一面的时候，他已经人仰马翻，在卫生间的马桶上吐得不亦乐乎。这般的独自饮酒，独自快乐，眼里哪里还有一丝领导的影子嘛，春节一过，局里人事进行调整，有着深厚教育背景的马文就被一纸调令安排到派出所里去上班。

关于马文被贬到所里的版本有好几个，实际上没有挡酒都不是领导对于马文失望的主要原因，毕竟局里干部多，没有挡酒领导也不至于那么小心眼。有人说是因为，马文在厕所里吐得一塌糊涂的时候，领导也去厕所了。领导看到马文的时候，马文在马桶上一边吐，一边骂，不知道是骂谁，反正被领导碰上了，领导询问小马，不行就少喝点嘛，死喝死喝，喝得成了狗熊就开心。马文说，龟儿子才喝多了呢，领导听了满脸不悦。马文是否说过这句话，马文从来没有承认过，再说了喝的吐得满地都是，说了什么话，哪里能记得，龟儿子这个话是四川人骂人的话，他又不是四川人，怎么会骂那样的话呢。

另一个版本则说，是局长喝大了，去了卫生间，说有政工科的吴科长陪着去的，吴科长是局里的笔杆子，局长跟前的大红人，他马前鞍后陪局长，听说一直想去局里管辖的所里当所长，因此屁股上都是眼睛，他一手扶住局长，一手指着其他人，让开，让开，让老大来。眼睛亮的提裤子的提裤子，跑路的跑路，马文吐得正酣，听了吴科长的话，说，你老大先来，让别人都弄到裤子啊。你看你都这么大的人了，怎么也成了一个舔肥沟子咬瘦屎的货。吴科长又是使眼色，又是瞪眼睛，意思是局长还清醒呢，马文哪里管吴科长的吹胡子瞪眼，一边数说吴科长，一边稀里哗啦往外吐，还把满嘴的残肴剩渣喷到了吴科长的脸上，局长死猪一般倚在吴科长身上，一句话没吭。

还有几个版本，似乎更缺乏说服力，因为那些说辞完全已经脱离开了一个正常人的范围，无法和一个名牌学校毕业的学生联系起来，因此上，只是在个别人口中传过那么几次，被稍有常识的人击破传说，便再没有被人拿到桌面上说。但是不管版本新旧，造成的事实却像一个击穿墙壁的钉子一样，被深深地楔在马文周边人的脑海里，他们对于马文的了解似乎就像那些不靠实际的版本一样，让马文变得愈加独特，变得愈加玄乎。

马文到现场的时候，司机大刘脖子青筋乱冒。他就像热锅上的蚂蚁一般，搓着双手，不停地唉声叹气。

马文说，谁的车？

大刘说，你问车还是问我？

马文笑嘻嘻地说，你有问汽车的爱好，我没有，我肯定问你了。

大刘摆着双手，说都说你办法多，点子稠，我看你也是徒有虚名，我要是知道车的主人，叫你干吗！车要是能受审，我现在就想关它禁闭呢。

马文说，就是找见车主，你莫非要让人请你吃饭？

大刘说好我的爷呢，所长把我骂成了猪头，你快想办法把这个祖宗先打发走，我一眼也见不得霸道了，就是开个飞机和我半毛钱的关系都没有，不但没有，还让我挨骂，你快给我想办法，把这个霸道乱停的病给治一治。

马文一边看看霸道，一边看看前后左右，他习惯用那种侦查的眼光观察这一切，他伸出手，用指头敲击了一下霸道的窗户，窗户发出嘭嘭的响声，沉闷而又静谧，完全可以看出来，霸道确实密封严实，做工精致。

大刘被吓了一跳，他说不敢砸吧，砸烂了，我们赔不起。

马文说，要砸也要用榔头，谁用手指头啊。

大刘嘿嘿地笑，说这么大的一铁疙瘩，想你马文也是老虎吃天没有办法下爪啊。如果连马文对这个事情都解决不了，我看西街派出所也就这样了。

马文说你不用激将我，我有的是办法，就看你是什么打算，你是打算治一次的病，还是打算挖了病根。

大刘讨好的双手紧紧搂住马文的肩膀，说我的贵人呀，不瞒你说，我现在每天晚上都能梦见这辆车，每天晚上都能梦见所长骂，你给我一次挖了这个病根吧，我实在不想看到这辆车了，我过去多喜欢霸道呀，晚上就是不搂老婆，搂个霸道睡觉，我都愿意，自从这个霸道在这里乱停，我就见不得了，看见霸道我腿都哆嗦啊，上个月，被所长罚了我二百元，二百元，我要把脚伸到油箱里跑多久啊，我那点钱全是用脚踏出来的，被这个霸道一折腾，二百元没影了，所长还说我是心不在焉，上班就是混日子，开车开不好，车位也瞅不住。他的一只手从马文的肩膀上滑到衣服边，从口袋里掏出包香烟，烟被折得没有一丝形状，就像被揉皱了的一团废纸，他顿了顿，一截弯曲的香烟露了出来。

值班的张警察撇撇嘴说，我的刘师傅啊，这么大的事情，你就用这么寒酸的香烟求马文办事啊，大鱼大肉嘛，好烟好酒嘛。这样的事情再怎么也要破费破费的，如果心里不安，就给你马兄弟安排一个妹子嘛，那种长腿大胸的，那种细腰肥臀的，保管马文给你一次治病，永不再犯。

大刘嘿嘿笑着说，你注意影响，让群众听到，还以为你经常这样的生活呢，广播员放屁影响大啊，马文是谁？你也不问问，人家是百毒不侵，一身正气，看到马文，我就觉得中国有希望，看到你，我就觉得世界暗无天日啊。

张警察呸呸呸朝空中吐着唾沫，说马文的沟子被你拍红了，马文的沟子被你拍青了，你恨不得钻到马沟子去……张警察说得越来越来劲儿，手舞足蹈地想着词语，值班室有人喊报警了报警了，快接警。张警察风一样蹿了进去。

马文挣脱大刘的搂抱，也朝所里走，迈过了所里卷闸门的一刹那，大刘在背后喊叫，事情怎么办嘛，他说事情还没有解决呢？他快步追上了马文，以极快的速度从口袋了掏出了一包崭新的中华烟，塞到了马文的口袋里，说别见怪，先拿上，事成了再请客，中餐西餐随便点。

马文说，不要着急，事情会办的，马文把大刘塞到包里的香烟，取了出来，大刘虽然跑远了，他也没有忘记朝大刘扔了过去，他说明天为限，明天霸道再也不会来了。

大刘说但愿像你说的，不要让我失望嘛。

马文说不会，他肯定地对大刘说，只是有什么事情，你不要找我的不是，后半句话大刘没有听见，他只是对马文的前边的话将信将疑。

这个马文，该不是放我老刘的鸽子吧！

## 2

光身子乱跑的男人叫赵发展，他是“大地红歌厅”的常客，从老板到服务员，从服务员到小姐，没有人不认识他，除了大家知道他有钱，再就是知道他和老婆感情不好，因此上常年见到他以大地红为家。

赵发展是一家医院的化验科大夫，上班负责照射X光机，日子不温不火，不紧不慢。虽然职务小，连个级别都算不上，但是他的职业毕竟和人健康有极大的关系。人都是贱毛病，身子骨总会有个头疼脑热的，一旦有了这里那里不舒服，认识不认识的都喜欢去找他。就是不认识他也没有关系，只要东拉西扯的说上一个他认识的人，他也照样热情接待。

这个人最大的特点就是没有架子，不像别的医生，大病小病都说得危言耸听，吓唬患者。不管多大的毛病在他的眼里都是小问题，尤其是求他的人，就是不打算拍X光的，他都会强行让你除衣检查，而且上了X光机，他会非常认真地帮你看每一个零件，每一个器官，只要是光机能扫描到的，他一定会帮你看得清清楚楚，绝不放过任何一个死角。

他最大的爱好就是爱喝酒，看到酒，他就什么原则都没有了，而且酒量一般，一喝就醉，醉了不吵也不闹，就是话特别多，从天上说到地上，从中央说到地方，好像到处都是他的关系，你说有麻烦，他立刻会给你列举一大堆的熟人，不是厅长，就是局长，不是局长，也是所长，总之是赵发展确实有时候有那么通天的本事，你真的有什么事情过不去的时候，他总会找到一个或者两个关系，而且能把问题最终解决掉。

今天赵发展有些反常的，他体无遮拦地在楼道里乱跑，惹得一帮女服务员惊慌失措，不知道该躲到哪里去，后来赵发展踹开一个包间的门后，便悄无声息了，别人都以为宁静终于来临的时候，一声刺耳的尖叫把整个歌厅人都吓坏了。

倒茶水的服务员小牛进包间去拿水壶加开水，她看到赵发展手上的酒瓶碎成了一地玻璃碴，赵发展的头上像爬上了一条血色的蚯蚓，一看就是被酒瓶狠狠地砸了一下，听到门口的响动，赵发展蹬了一下腿，头咕噜一声翻了个个儿，就把一脸的鲜血摆给了小牛，小牛刚把水壶拿在手上，妈妈呀，她尖叫了一声，水壶落在地板上，壶胆发出轰的一声，像个爆破的手榴弹，接着就看到小牛尖叫着奔出了包间，杀……人……啦，她的两只手塞到嘴里，拼命地叫喊，但是喉咙却像被人捏住一样，发出的声音断断续续的。杀……人……啦，她说。很快她就坐到了地上，全身抽搐，站立不起。

几个服务生都拥到包间门口，没有人敢走进去，有认识赵发展的大声喊：哥……哥……

里边不说话，几个服务生不知道该怎么办，报警吧，老板有规定，胡乱报警，让警察滋扰，无异于自己给自己找难堪，不报吧，惹个人命，老板更担当不起。值班经理说，提醒客户，结束战斗。

西街派出所接到报案到达现场的时候，赵发展已经清醒了，询问什么他都说自己喝得迷迷糊糊，只记得有个女的继续让他喝，他不喝，女的说不喝就不玩，他说不玩就没有一分钱，说完，他看到头顶的灯灭了，脑海闪了一道光，咔嚓一下，比闪电还亮，比霹雷还响，赵发展以为打雷了，还以为下雨了，没有下雨，怎么头上湿漉漉的。

赵发展语无伦次，迷迷糊糊，出警的警察老白担心发生意外，让快速拨打120。急救车到达现场，将赵发展送往医院，安顿好赵发展，老白询问，谁陪的酒。

有人说先是丽丽，也有人说后来换的冰冰，还有人说是“霍元甲”。

老白说这是个什么名字。

服务生哧哧地笑，说霍元甲，不，是霍菲菲，菲菲是“大地红歌厅”的小霸王，把老板都不放在眼里，有时候和老板也对着干，把个赵发展就磨豆腐了。砸他一瓶子算什么，就是捅他一刀子也没有什么的。

老白说胡说什么，这样的人你们要她做什么？

黑娃说，霍……菲菲长得好嘛，人长得漂亮，就有资本，上次给一个客人服务，客人不高兴，打了霍元甲一个耳光，霍元甲还了客人一个耳光，客人要换人，霍元甲说换谁都可以，服务费一分都不能少。客人让叫老板，霍元甲说叫老板做什么，有本事你叫警察。客人傻眼了，从口袋掏出二百元，摔到桌子上，说赶快拿上钱带上你丑恶的灵魂从我的面前消失。霍菲菲不紧不慢地把钱拿在手上，你说都那个阵势了，人家不急，还把钱朝灯泡的地方照一照，以免收到假币。

老白被逗笑了，两只手插到裤兜里，摇晃着身子咳嗽不止，说这么厉害的女人安排让陪赵发展，不是找事么。

值班经理马大牙说，赵发展换了几个小姐，都说不满意。不是嫌弃老，就是嫌弃要身材没身材，要屁股没屁股，最后就强烈要求霍菲菲，说他牛吃荆棘图扎呢，就喜欢那种刀子斧头，就喜欢那种烈焰红唇。看看没有一个小时，赵发展就被撂倒了。

辅警小王说，霍元甲胆子大啊，真是女中豪杰啊。白哥怎么办？

老白说先带回去再说吧，他说，总不能在这里就审问吧，你让那个霍元甲，不不不，让那个霍菲菲跟我们走。

霍菲菲被两个服务生拽着衣服像被人从屋子里拉出来一般，她努力挣脱了两个服务生的拉扯，把身上衣裙顿了顿，然后把自己被摇乱的一绺头发卡到了发卡的后边，她说不要拉我，我有腿呢，拉我做什么？

老白暗暗打量了一下霍菲菲，看到霍菲菲也是唇红齿白，不见得有什么不正常，简单而又直接地询问了一句，无缘无故的你打客人做什么？

畜生！霍菲菲咬牙切齿地说，她高高仰起头颅，谁也不看，一副大义凛然的样子，似乎要英勇就义一般。但是除了说了那一句话后，她就再没有说什么，她兀自捏着自己的裙摆，满腹心事，又似乎满不在乎。

走吧走吧，老白有一些不高兴，牛逼什么嘛，就是再有道理，你也不能给别人发牛脾气，何况……何况你碎娃在这里做什么，大家都还是心知肚明的，说好听点是个陪酒的，说难听点，谁不知道就是小姐，骗骗别人可以，我们也是见得多了，不说你是做什么的，你说你有多神气哦，到了所里，就是你有一副铁嘴，也能把它撬开，派出所就是给人治病的，不管你有多严重的病。他用手推了推霍菲菲，再难缠的主他也见过的，只是不想在这里纠缠。

霍菲菲拨了一下他的手，说推什么推，我又不是不走，你推什么嘛？我不走，你莫要把我枪毙了哦。霍菲菲还努力把自己的裙子用手拍了又拍，好像老白的手有多么不干净，一推把一身的尘埃都占到了她的身上。

老白火了，自己的儿子都比霍菲菲大，哪里见过这样一个不知道好歹的人，如果换做别人，他早就耳光上去了，哪里还能容得上你阴阳怪气地说风凉话，摆清高。他大声地有些呵斥一样地说：往回带！带回所里去。他努力清了清嗓子，对着辅警小王，实际上是说给霍菲菲听，他说怪尿得很。

## *3*

霍菲菲的嘴上一定是装上了拉链，而且是一个铁制的拉链，她被老白带回西街派出所后，任凭老白询问，她的嘴就再也没有拉开过，不管老白询问什么，她都沉默不语，把老白气得吹胡子瞪眼没办法。

滚刀肉见过，但是没有见过这么顽固和满不在乎自己询问的。他拍着桌子，手指头几乎戳到了霍菲菲的脑门上，霍菲菲甚至连画得弯弯的眉毛也懒得动一下。在滞留室关一个晚上，不管是谁，都眼神疲倦，神情恍惚。霍菲菲却圆睁着一双大眼睛，似乎就是一个被诬陷了的受害者。

你说不说？老白近乎是吼叫了，他把桌子擂得咚咚响。

霍菲菲拧过头，把一头长长的头发甩给他。

老白跳了起来，说你给我站起来，不说你还有什么资格坐！他说我不信狼是麻的，你的嘴是铁打的。

霍菲菲笑了，她的突然抿嘴一乐，把老白吓了一跳。

你有什么值得笑的。他问霍菲菲。

难道法律也不允许笑吗？霍菲菲问，她说话的时候最后的一丝笑意终于从嘴角消失。

老白说你有什么资格谈法律，你在这里就不要给我说法律，我掌握的法律能把你淹死。

霍菲菲又笑了，她的笑有些诡异，有些轻蔑，甚至有些侮辱老白的意思。

老白说你给我靠墙站着，他觉得还不解气，他让霍菲菲脱掉鞋子，然后他找来一根皮带，他把霍菲菲的一只手从肩上拧过去，另外一只手从腰后头拉过去，两只手绑在一起，然后吊在房间的暖气管道上，让霍菲菲的整个身体悬空。霍菲菲的两只脚想踩地只能半踩，不踩地就要将身体的重量交给被皮带绑住的手，可能是很难受，她的嘴里开始发出轻微的叫喊。头上的汗珠也开始像豆子一样滚落在脚下的水泥地板上。

做记录的小王觉得老白这样对待霍菲菲有些过分，但是他不敢说，他只是个辅警，连个编制都没有，再说霍菲菲的身份他不敢求情，他和小姐有什么关系，霍菲菲和自己非亲带故的，他有什么资格让老白停止这样的体罚嫌疑人呢。

后来推门进来的马文看到吊在管道上的霍菲菲，他对老白说：老白你疯了，一个女孩子，能经得起这样的折腾吗？

老白正在气头上呢，他一直在寻思怎么让霍菲菲开口呢，他才懒得搭理马文的询问，他没好气地说，怎么了，这样做你就受不了，不成霍菲菲是你妹，还是你的亲人？

马文说怎么了，他问老白，难道是亲人我才能提出异议吗？你这样的做法和过去那种私设公堂，滥用刑罚有什么区别？

老白说，油里没你，面里没你，你算哪根葱？

马文说我不是葱，我是看不惯。

看不惯你想怎么样，你以为是所长，还是局长？

马文说我什么都不是，我就是马文，你们说我是新警察。

老白说新警察少管闲事，哪边凉快到哪里去。

马文说，我的脾气你知道，你不让管，我非要管。

老白把桌上的卷宗封面连同笔录纸卷成一团塞到马文的手上说，你要管是吧，你带走吧，你把霍元甲带走，爱怎么问就怎么问，你把她放到你的被窝里问我也没有意见，我还乐得清闲呢。你给赵发展个说法吧。

马文说好吧，就当我是帮你一个忙吧。

老白说，这个人情是我给你的，霍菲菲是你的亲人，我老白今天算是徇私舞弊，放你的亲人一马了。

马文呵呵呵呵也不恼，他让霍菲菲穿上鞋子，让霍菲菲整好头发，让霍菲菲把两只泛着白的绑痕搓了又搓。他试探性地问霍菲菲，你有什么想法？

霍菲菲想了半天说我想上厕所。

马文说去吧，楼梯口的拐弯处就是，上完厕所直接到305，小王跟我去，笔录继续做。

小王看着霍菲菲出了门，对马文说，霍菲菲就是个铜豌豆，煮不烂，砸不碎，问了一早上，我急得都想尿裤子了。

老白说，你不用尿，你马哥本事大，能让小鬼说人话。

马文说人心都是肉长的，我不信霍菲菲肚子里长了一颗铁疙瘩。

老白说，你试试就知道嘛。他的火似乎消了一点，他说你说这个赵发展真是他妈没事找事呢，明知道霍菲菲是个刺儿头，找她寻什么开心呢，照了一辈子X光，却连一个年轻女娃都看不透，还活锤子人呢。

这个事情没有那么简单，一定是有原因的，马文若有所思地说。

费尿那么大的神做什么，老白说每天杀人放火强奸招摇撞骗的案子像身上的垢痂，搓掉老的，来了新的。他两只手在空中比划着，似乎他比所长还要忙。他不明白，为了办案子，稍微用些手段也不行，再说了不用体罚能撬开那些顽固的霍菲菲的嘴吗？直接来硬的，不怕她不招，你给她讲文明，她给你树新风，你给她讲道理，她给你绕弯子啊。

马文看着老白说你那是旧观念，陈思想，那样迟早会出事。

老白很诧异，他觉得马文说得有些夸大了，出事？好像在问自己，弄尿了一辈子的警察，也审了一辈子的嫌犯，出事也不在这一阵。他说你去审吧，我看你的新方法有多好，我学习学习。

实际上马文也没有过多的想法，他只是觉得刚才老白确实有些过分，毕竟霍菲菲是一个娇弱的女孩子，他一会儿就要去问霍菲菲了，他从哪里作为突破口呢？霍菲菲瘦弱得能让风吹倒，是什么让她能豁出命去砸赵发展酒瓶子呢？

霍菲菲一定是渴了，关了一晚上，不口渴才怪呢，是谁都受不了，夏天的汗多，身上的水分蒸发得快，就是一块铁也会在一夜间蒸发多余的水分呢，何况一个活生生的人呢。

马文说你想喝什么？

霍菲菲以为自己听错了，她觉得这个警察和老白不一样，不一样在哪里，她说不上来，反正觉得这个警察没有刚才的那个凶，也没有刚才的那么横。实际上让她去上厕所，她就觉得到了，他真像自己远在老家的哥哥，更有些像自己的父亲，他的眉目间写满了温柔，写满了善良。总之他没有老白那么讨厌，别说给老白交代问题，他又是吼又是叫的，跟他说话都懒得动嘴皮子呢。

马文说，你是喝可乐还是喝红茶，马文打开身后的柜子，柜子里果然放着两瓶饮料。

霍菲菲有些不信自己的耳朵，可是马文把柜子打开得大大的让她看，她确信是真的。她喜欢喝可乐，和众多的年轻人一样，尤其给可乐里加上冰，那种清清凉凉的感觉真惬意。

她指了一下可乐，她说我喜欢喝可乐。

马文哦了一声把可乐放到了霍菲菲的面前，把另一个红茶给了小王，说先喝点吧，休息休息再说吧，也没有什么大不了的事情。

霍菲菲心头一热，扑闪扑闪的眼睛竟然有了些湿润，她竟然被这个微小的举动打动了。她想叫马文一声哥哥，可是觉得马文有些老，不合适，叫一声大大，那是她们老家对最最亲近的人的称呼，叫出来，马警察能答应吗？人家能认她这个侄女吗？可不是吗，一个在“大地红歌厅”上班的小姐，哪里还能有一丝尊严，哪里还值得分享一分尊重，在踏入这个行业的时候，她就觉得自己成了一片丑陋不堪的膏药，贴到哪里就能烂到哪里。

## 4

赵发展有个怪癖，像个钻到人肚子里的蛔虫，悄悄地寄生在人体内，只有他自己知道。别看他人五人六的，穿着西装，打着领带，皮鞋擦得能照出人影，走到街上不说自己是个大夫，谁看他都觉得他不是一个机关的领导就是大专院校的教授，可实际上呢，说他是野兽，那是抬举他，他或许连个野兽都算不上。

他是大地红的常客，谁也没有觉得他有什么问题，经常来了就喝酒，喝得昏天黑地，喝得稀里糊涂，经常喝多了就睡，睡醒了再喝。

昨天他又喝多了，真的是喝多了，他给值班经理说要个人陪喝酒，一个人喝得没有意思，就像自己的左手拉着自己的右手，一点情趣都没有。

他要领班给自己安排个人，安排个漂亮的姑娘陪他喝酒。

丽丽先被叫去的，去了不到十分钟，丽丽就回来了，回来的时候丽丽满肚子火，她把随手的小包狠命地摔倒了地上，说赵发展简直不是人。一帮姑娘询问怎么了，丽丽不说，只说自己瞎眼了，自己瞎眼了，现在才真的知道天外有天，人外有人啊。

冰冰不信邪，说有钱赚，管他是什么呢，莫不是他裤裆里能长两个东西呢。

一会儿工夫，冰冰就抹着眼泪回来了，她没有检查赵发展的裤裆，也没有把钱拿回来，她只是哭，说她不想干了，钱多少是个够嘛，她一夜间就把人生看透了，什么世道吗，说白了，人就是动物，动物不一定是人，可是赵发展就是动物，一个彻头彻尾的动物。

不上班的姑娘都不说话，没有人再去，没有人再提钱的事情，就是赵发展给美元，估计也没有人去了，大家都互相串通，说身体不舒服，让赵发展自己喝自己的，井水不犯河水。

赵发展不干了，把身上的衣服脱光了，他光着身子在歌厅里跑，不答应条件就让大地红不安宁。老板和赵发展关系好，也拿他没有任何办法，对这样的酒鬼，唯一的办法就是不露面，呐喊、发疯、撒气、骂人由他去吧，放火烧歌厅，赵发展没有那个胆子，他就是在里边撒撒野。

没有人理也不行，赵发展就骂人，就踹包间门，说既然自己玩不成，大家都别想。

值班经理说赵哥，你到底要干嘛？

赵发展说一分钟内安排个人，我就不说一句话。

值班经理说，没有姑娘了，姑娘都在陪客人，没有陪客人的就只有丽丽和冰冰。

话刚说完，霍菲菲上了洗手间，被赵发展看见了，赵发展说让霍菲菲来。

值班经理知道霍菲菲的厉害，他说这个姑娘你就别要了。她是有名的霍元甲，她在大地红“三不”是众人都知道的，不坐高台，不陪老年人，不喝酒。赵发展哧哧地笑，说见过不吃屎的狗，没见过不要钱的小姐。

他让安排霍菲菲。

赵发展打着酒嗝，说他一会儿能把钞票贴到霍菲菲的屁股蛋儿上。

后来，霍菲菲就极不情愿地去赵发展的包间。进了包间门，赵发展从门后扑到了霍菲菲的身上，他两只手环成铁环一般，紧紧箍住霍菲菲。

霍菲菲说手放开，你要干吗？

赵发展说我喝得有些多，实际上我清醒得很，他拿出钱包，取了一张一百元，说你看，这个钱上的人我也认识的，我也很爱他。现在你只要听我的话，我就把它送给你。

做什么游戏呢？霍菲菲很好奇，她觉得丽丽和冰冰完全有些大惊小怪嘛？

赵发展从自己身后取来了一个背包，他打开背包，取出了一截细长细长的麻绳，然后取出了乌黑的皮鞭。他还拿出了一副狰狞的面具。

他要霍菲菲脱掉衣服，他说要玩一个警察和小偷的游戏，他要把霍菲菲赤身裸体绑到椅子上，然后他要一边跳，一边询问。

霍菲菲不知道这个游戏，她觉得如果是游戏就没有什么的，就让赵发展安排。赵发展喝得站不稳，手上没有什么劲儿，慌里慌张地把霍菲菲绑到椅子上。

赵发展高兴得手舞足蹈，他嘴上念念有词，说我现在是警察啦，你是小偷啊，你被我擒获了，我随便可以处置你的。

啪的一声，那真是疼啊，钻心地疼，霍菲菲看着自己雪白的身体上瞬间就冒出了一道道清晰的血印，她疼得啊了一声。

哈哈，赵发展发出怪笑，他的屁股左右摆动着，他努力吸了一口烟，把冒着火光的烟头朝霍菲菲的身体私密处伸了过来。

一切都明白了，霍菲菲明白了别人的抵触，这个赵发展真的是一个禽兽哦，他心理的扭曲已经超越了一个温文尔雅的赵发展，他完全是一个披着羊皮的狼啊。

救命啊，霍菲菲大声地喊叫。

赵发展把包间音响拧到最大，震耳的音乐把一切都掩盖了，霍菲菲想，今夜也许她死在这里，都没有人能听到一点她的叫声了。

她本能地晃动着身子，本能地左踢右蹬。可能是赵发展喝的多，在绑霍菲菲的时候使不上力气，因此，一踹一蹬，霍菲菲的手竟然从背后的椅子上褪了出来，赵发展使劲儿咬住霍菲菲的青春的乳头，像咬着一根橡皮筋，他努力朝后拉扯着，霍菲菲觉得疼痛袭遍了全身，那种死亡的感觉在脑海里回荡，她感觉就像挣扎在吊杆上的鱼，横竖摇摆，她努力寻找，终于赵发展放在一旁的酒瓶被她碰到了，她把酒瓶握到了手上。

赵发展说美女你看你的胸口能做弹弓了，他说，啪。

酒瓶爆了，血液和酒水像一片炫目的梅花一样，开在赵发展的头上。

赵发展刚伸出另一只手，他准备用另一只手去抓霍菲菲的另一个乳头，他刚放下右边的乳头的时候猛然才想起，还忘记了霍菲菲应该还有一个没有动，可惜的是他的手伸到中途的时候，眼前就花了，他努力了半天，也没有摸到。他倒下的时候还在想，妈的，怎么只有一只呢？

## *5*

霍菲菲离开西街派出所的时候，天气有些阴沉。她没有想到马警察会放她走。马文把她说的一一做了记录，他让霍菲菲逐字逐句看了，然后把手印按在了上边，他给霍菲菲一沓纸巾，让把染在手指上的油墨擦干净。马文让霍菲菲保持电话畅通，要随叫随到。

马文送她出的门，她看着马文笑嘻嘻的面庞，她想，现在马警察越来越像她的亲人了。

马文决定和赵发展去谈谈，他不能轻信霍菲菲一个人的说辞。

他给赵发展打了一个电话，赵发展说自己好多了。

马文说那就安心养伤，出院后抽时间到所里来，霍菲菲说你还欠她的服务费呢。

赵发展在电话的一端没有了底气，说我一定给，她没有说什么吧？

马文说，在法律面前，没有什么隐私可言，一切对于案件有关的我们肯定都要知道。

赵发展不说话了，他哦了一声。

马文心想赵发展一定又开始头痛了，伤口上的疼痛还有药治，心理上的疼痛恐怕谁也没有办法。

他想笑，却看到张所长黑着脸站到自己面前。所长的两只手背到身后，眼里布满了血丝。

有事没？张所长问。

没事，马文说。

那你跟我来，张所长一脸不高兴。

张所长没有让马文坐，有些反常，平时的谈话都是让坐的，可是今天他不但没有让坐，而且是自己一屁股坐到了旁边的沙发上，似乎是一个找小学生问话的班主任。

门口的霸道是不是你做了手脚？张所长话里明显有些恼怒。

什么霸道？马文问。

你不要揣着聪明装糊涂，张所长说，就是司机刘大国说的那辆，你说你把人家霸道怎么了？现在人家已经告到了分局了，说我们西街派出所哪里是警察，分明是一帮土匪，人民的财产不保护，相反破坏却是极其有办法的，两条轮胎是小事，要是爆胎出人命，我看你马文拿什么跟人家解释。

马文说，他们堵住警车，难道比我们还有理。

就是他们有错误，我们难道就要搞破坏，我给老刘说过，想办法让他不要停就可以，难道一定要通过非法的手段来震慑？现在倒好，你的杰作慢撒气报废了一双轮胎不说，关键的关键是这个车主是我们对面楼上办公的吴公子，你知道吴公子有什么背景吗？

马文说我不管他有什么后台，违法我照样拘捕他。

张所长呵呵冷笑着，拘捕？恐怕你连人家的身边都近不了，你还是想想怎么给人家报废的轮胎做赔偿吧，那个人我们惹不起的。我们商量商量吧，你有个思想准备。张所长缓和了一下语气说，当然老刘也有一定的责任，但是实施是你实施的，你的责任就大一些，我也不想就这个事情上会了，最好就私下解决这个事情。有些话只能说到为止，你知道的。

自己知道什么？说到最后，马文觉得张所长有些不像一个人民警察，更不像一个所长，到底是威胁他的语气，还是用自己头上的乌纱帽在压自己，或许是两者都是吧，就是不管什么背景也能够说道理啊，而不是用一个什么身份来吓唬自己。

下楼梯的时候，他碰到了老刘，老刘说，张所长又罚了他二百元，张所长自己知道是谁的车，自己不出面，偏偏得罪人的事情要让下面做，做了还落不到好，这个社会真无奈。

马文说不要担心，我决定去会会这个霸道王。

老刘说，千万不要了，虽然张所长没有说明那是谁的车，所里都传开了，说车主的老爸是市里哪个头头。他们就在南面的楼上开了个公司，具体做什么谁也不知道。

马文说只要有地方，就不怕他是谁，我相信这个社会有理走遍天下，无理寸步难行。

老刘说你的想法太幼稚了。

马文说，我从来就不希望自己复杂，生活本来就需要简单。

老刘说，都怪我，我不应该找你来解决问题。

马文说，你找我是对的，我无愧于自己身上的警服，无愧于自己的使命。

老刘说，不管怎么样，做人不要太刚，人就要能屈能伸。

马文说都是这样的话助长了那些歪风邪气，权势有什么可怕的，腐败有什么可怕的，所有的一切在整个国家面前都是不堪一击的。

老刘说，唉，你怎么就那么那么……

我怎么了？马文问。

老刘翻了翻眼睛说，你真像个新警察。

马文哈哈大笑，他说这样的称呼他很受用，新警察也罢，老警察也罢，他会凭借自己的良心做事情。除非……

老刘问，除非什么？

马文说，除非让我脱下这身警服。

老刘想说什么，只是嘴张了张，最终没有说出来，或许他想劝劝马文，可是觉得完全是多余的，他知道马文就是马文，你说什么只是你自己的想法，你左右不了马文，也改变不了马文，只能是白费口舌，他把想了很久的话咽回了肚里。也许马文是对的，做人嘛，你为什么非要求别人和自己一样没有原则呢。

## 6

午后的阳光有些凶狠，晒在背上火辣辣的疼，整个世界好像都被阳光的凶狠吓住了，没有人在街上走，只有出租车病怏怏地驶过来一辆，驶过去一辆，很快路面就平静得有些孤单。

马文在街上走的时候就一直在想张所长的话，霸道车到底怎么样了，不会出人命吧？但是很快他就觉得张所长有些危言耸听，没有那么可怕的后果，无非就是跑慢气，最多也就是让轮胎缺气，还能出现什么情况。不过想到这里，他还是出了一头大汗，他想以后真的要考虑考虑才能做一些事情，万一呢，他想干脆去问问修车的师傅，车子跑慢气，能造成什么后果。

走过街道，就有一家修车行，修车的师傅是个外地人，他看到马文后就朝马文点点头，但是手上一直在忙着拆卸轮胎。轮胎的螺丝有些紧，他扳了几下都没有扳动，天气有些热，他的汗有些多，不得不停下来休息一下。

马文说如果轮胎的气门芯上插一根牙签，会出现什么情况？师傅说那要看跑气的速度，如果跑得慢就是慢撒气，气跑得快就会出现爆胎。

马文的心里咯噔一下，他问师傅有没有那么严重，怎么会爆胎呢，又不是钉子扎到轮胎了，怎么会说爆就爆啊。

修车师傅继续拆卸轮胎，轮胎的螺丝太死了，他有些火。他用扳手朝着螺丝的卡口狠劲儿地敲，他觉得马文的问题有些怪，更有些莫名其妙。一个警察好好的为什么会想给轮胎卡一个牙签呢？很快他就认为马文一定是遇到了这样一个棘手的案子，一定是有人给别人的汽车做了手脚，他觉得有必要给马文说清楚后果，对，就是撒气的后果。

如果是汽车高速行驶的话，那么轮胎在强大的压力下会爆胎，导致汽车失控，这样的话，司机会猛踩刹车，汽车从疾驰到静止，会出现翻滚，他说你看看高速爆胎的汽车，哪里还有活的人嘛。

修车的师傅不像是本地人，说得有些夸张，声音有些娘，口音有些重，虽然断断续续的，马文听得很清楚，尤其听到他张口一个死了，闭口一个死了的。

他开始觉得背上冷飕飕的，甚至有些后怕。一后怕，他就肚子有些饿，他就想吃点东西，把这种恐惧压一压，他没有想到他只是为了不让霸道停车，并没有想到后果。

修车师傅很多嘴，他对马文说马警官，这样的事情该判刑，性质很恶劣，后果很严重，要是不管的话，以后的谋杀就更多了。谁和谁有仇，那就在车上做手脚，你说车祸能不发生，发生了车祸能不死人吗？

马文感觉脸火辣辣地烧，好像被人扇了几巴掌，他的心跳得厉害，他想这个老刘，如果不擅做主张给霸道做这样的事情就不会出现这个事情，不出这个事情，他该是多么轻松啊，他是一个心里不能有事的人，有了事情，他就不安起来。

他要了一碗面，老板认识他是个警察，特意把西红柿鸡蛋放的有些多，可是没有想到，马文吃了几口，就再不动筷子了，他小心翼翼地询问是否需要另外加些调料，可能是刚才手轻，放调料的时候放淡了，大夏天嘛，吃得太重也不利于健康，还要喝水。

马文谢绝了，他觉得味道很美，真的，面很筋道，他甚至尝到了西红柿那种甜，那种渗入心脾的甜，只是觉得自己今天的胃口很差，他想多吃，可是心里胃里都让霸道车的事情装满了，塞不下一点点其他的。

马文本来还想去自己管的片上看看，可是实在头昏的厉害。他觉得自己的脸色一定很难看，他想，他不能让熟人看到自己的状态很差，以至于远远的一个女孩向他问路，他都不敢看一眼。

进了房间，他有些虚脱，他甚至顾不上去水房去冲洗一下自己的汗脚，就栽倒在床上。

他听到有人在敲门，远远地像从水底里传出来的，他的眼皮很重，几乎睁不开，后来就有人叫他的名字，好像是司机老刘，这个老刘，叫得火急火燎的，他问什么事情，他说开门吧，我有事情告诉你。后来老刘就站到了他跟前，他告诉马文，霸道车报废了，车上人全死了，老刘冷冷地看着他，说马文啊马文，你是个杀人凶手。老刘手上竟然拿着手铐，他让马文伸出手，他要给马文亲自戴上。

马文想挣脱老刘的手，老刘的手劲特别大，他猛地一抖，才知道自己做了噩梦，他一直在想着那个梦，想得竟然没有一点心思做其他什么了，他想既然做了这个事情就去主动一点吧。他觉得应该去找找车主，他给老婆打了电话，老婆问他有什么事情。

他说商量个事情。

老婆说你说吧，还商量什么呢。

马文说他想要用三千元，有急用。他想三千元应该可以了吧。

老婆想了想说三千元可以，但是必须知道钱的去向，该不是给哪个相好的吧？

马文说什么都可以问，就是钱的去向暂时不想说。

老婆问为什么？

马文说不想说就没有为什么，以后会告诉的。

老婆说你拿吧拿吧，把孩子的学费都拿光。

马文心想，等处理了这个事情，再把这个事情给她说说，但是他又觉得不适合给老婆说，一个牙签竟然损失了三千元，真是给谁说谁也难以置信，这么不靠谱的事情，老婆能轻易相信吗？

# 7

王爱爱找到马文的时候，马文正清点从老婆那里拿来的三千元钱，里边的毛票有些多，一百面额的有些少，几乎全是二十的，他把零零散散的纸币堆了一桌子，一五一十地正在数。肥胖的王爱爱猛然出现在他的视野的时候，马文被吓了一跳。他问你怎么不敲门啊，你谁呀？

王爱爱说他是赵发展家的，她来问问，男人都快被打死了，凶手被放了，赵发展怎么办？赵发展躺在床上别提多痛苦了，头上的纱布缠得比老婆婆的裹脚布还长，一整晚都喊叫脑袋痛，他是家里的顶梁柱，医院更离不开他，他照了一辈子X光，谁肚子有个肿瘤硬块什么的，他总能第一个发现，现在头受伤了，能不能保证看肿瘤的本事损失没损失，说实话，要是能把他的头痛给自己分点，她都想让大夫给自己分点呢。王爱爱说她用自己的爱在一点点伺候着赵发展，赵发展要花钱，自己也要吃饭，一家人总不能喝西北风嘛。她要马文给自己一个说法，秋菊打官司，图个说法呢，自己图个什么嘛。

马文有些烦，事情并没有处理呢，做什么都有个程序，法院也不是给你王爱爱一个人开的吧，再说当事人还在医院呢，你过来要的哪门子说法。他对王爱爱说，你不要着急的，对方也是在这里交了一定的保证金的，你担心什么呢？

交钱了啊，王爱爱脸上很快笑成了麻花。她盯着马文的手说，该不是就是这个钱吧，再多的钱都换不回发展聪明的脑袋啊，我们不缺钱，就是事情让人太生气了，你一个跑到城里的小姐，凭什么打我家男人嘛，是钱多的在口袋乱跳嘛？乱跳也不能乱打人啊，再说了，你那个钱谁知道有没有问题，人能得艾滋，钱也能带病毒呢。要是拿钱的话，自己还要考虑买一双手套呢。不能拿了一点钱，给自己惹上瞎毛病。或许是房间里太热，她两只手拽住裙子的两端，左右摇摆，一边扇风一边说，不过钱再脏毕竟是钱么，自己脑袋没有被门夹，她就是来取钱的，把凶手的钱拿回去交给医院，也算是凶手对赵发展的一个赔偿。

王爱爱用力过大，把裙摆摇到了腰上，马文几乎看到了王爱爱裙子下边的底裤，他摆过脸，不想看王爱爱，可是王爱爱站到自己面前，眼睛一刻也不离开那堆的毛票。

马文问王爱爱，你知道赵发展为什么被打嘛？

王爱爱说知道，她和赵发展过了几十年了，她了解赵发展比了解自己还要清楚。赵发展身上的疤她闭上眼睛能都摸得到，她多爱赵发展啊，她把自己一辈子都给赵发展了，可是千刀万剐的赵发展不知道，他就是爱喝酒，恨不得泡到酒精里。喝酒就喝酒嘛，还非要跑到歌舞厅去喝，喝得经常不回家，回来也是被人抬回来的，这次终于喝好了，常在酒场里喝，哪里能不出事。喝成那样了，老赵能控制了自己的意识吗，肯定会骂人的，可是就是骂了小姐，你也不至于打人的，再说了小姐就该骂，好好的什么事情不能做，偏偏要去做小姐，别说老赵喝多了，我喝多了也会骂，说不定我还会扔鞋扔袜子。

赵发展没有对王爱爱说真相，无论霍菲菲说的真与假，可以肯定的是赵发展一定对王爱爱有所隐瞒，马文觉得告诉王爱爱和霍菲菲的事情，王爱爱也未必全信，何况事情并没有得到证实，也许等到赵发展本人来了，一切都会水落石出。

马文没有说话，他觉得没有必要跟王爱爱说那些笔录上的记录。

王爱爱见马文不说话，她说你信不信，马警官，你信不信嘛？她的声音越来越小，说到最后语气越来越低，后来就像一只蚊子鸣叫一般，她说我真的有些不信，在歌厅里喝酒，骗鬼去，歌厅里是喝酒的地方吗，歌厅里小姐穿得露胳膊露腿的，正常的男人谁有心思喝嘛，我就是不想戳穿他，人要学的糊涂一点，那么聪明做什么，聪明了只能让自己不快乐，知道了你能怎么样，你能找根绳子绑住他啊，你能绑住他的身，你能绑住他的心吗？她感觉失控了，她就不管了，只要给自己把钱交了，他爱干嘛干嘛去，别说喝酒了，他就是喝毒药，她也管不上。

马文忽然觉得有些同情王爱爱，如果她知道了赵发展的所作所为，不知道会怎么想，也许她会像一只咆哮的母狮子扑向赵发展，把赵发展的脸挖得稀烂，然后把赵发展逼到墙角，让赵发展在瑟瑟发抖中写下保证，改掉自己那些独特的爱好，也许会承诺，以后再也不会去跑到歌厅鬼混，不会背上一堆变态的器具。

王爱爱哭得稀里哗啦，全然没有了刚来时那种飞扬跋扈，她说她来很简单，没有一丝别的想法，她现在唯一能管住的就是她要掐死赵发展的经济命脉，一切的腐败都是经济在作怪，卡住经济的脖子就是成功的首要条件。所以她来的目的很简单，不管有多少的医药费，她都要掌握在自己手里，不能让赵发展有一丝侥幸，不能让他有宽裕的喘息，他有了钱，那就失控了，他会把钱顶到额头上，他会把钱塞到小姐的大腿根，她了解男人，所以她了解赵发展，她才不愿意看到赵发展把钱大把大把花到小姐身上，小姐有的，她也有，小姐有什么好，就是年轻，年轻难道就要比老的值钱吗？别看她胖，她经常在坐公交的时候被人骚扰，骚扰就骚扰吧，谁让自己老了还那么大的魅力，你说就那个胸部，她努力地把自己胸部露给马文，她说虽然有些下垂，但是，顶部还是那么坚挺，还是那么富有弹性，它多像两座山峰，它多像高高隆起的地壳，她去参加一个新闻发布会，以至于让人误会她顺手揣走了人家的什么东西，虽然最后确认那是自己的东西，但是它让自己更自信，如果马文想摸摸，她也不反对。只是她不明白，这么好的东西，赵发展怎么就感觉不到自己掉到了福窖里呢。他真是守着金山还讨饭，抱着燕窝还肚子饥。她有些不相信，她把全部给了赵发展，赵发展却感觉不到，你说是不是太悲哀了。

马文想想也是，虽然自己并不想介入赵发展的生活，但是王爱爱说的似乎有些道理，他甚至想劝劝王爱爱，他把手上的钱捏了又捏，真想全部给了王爱爱，但是想到赵发展他就忍住了自己的冲动，可能大家都不开心，大家都这样辛苦，你是一个普普通通的人，你能改变什么啊，他觉得必须劝劝王爱爱，已经发生了的事情，谁也改变不了什么，与其改变世界，不如学着改变自己，或许，顺应生活的全部就是人生的转变，

马文想拍拍王爱爱的肩膀，可是伸出手后他就觉得不大妥当，他是王爱爱的什么人嘛，他就趁势挥挥手，他说，他会有清醒的那一天，赵发展会哭爹喊娘一样在你面前忏悔，说不定还会扇着自己的耳光求你给他一条生路。

王爱爱觉得马文的话很有道理，她觉得马文真的是一个好警察，他能够为自己着想，就已经不错了，她想赵发展因祸得福，最起码在事情面前，他们的心是一致的，这个不容易啊。

王爱爱说钱不要了，什么时候处理什么时候来，她把想说的话说了心里舒服多了，她才不是那种见钱忘义的人呢。钱是什么嘛，钱是王八蛋，她压根就瞧不起，说这个话的时候，王爱爱的肥胖的身躯已经挪到了一楼，她就像一阵盘旋的疾风，好像没有来过一样。她对马文说，兄弟，我不会为难你，我一定会让发展谢谢你。

## *8*

三千元揣在马文的裤兜里，有些鼓鼓的，他一只手放到裤兜里，不断能够碰到带着汗渍渍的钱，另一只手捋着额头上的汗珠，他决定去所里南边的那个楼房里去，既然是因为自己做的事情，那么就以自己的赔偿而结束吧，只能说自己想得少，考虑得不周全，给别人造成了财产损失，损失些钱财落得个安心才是人生的最高境界。

张所长一定是从监控里看到了马文，他似乎觉察到马文要去找霸道车主，他站到楼梯口问马文，是不是要出去。

马文点点头，他说去看看。去看什么，马文没有说，也不想说，

他觉得说了张所长也帮不上多大的忙，或许还会给自己浇上一盆凉水，有时候事情就是这样，自己也不是为自己，就是为了一些鸡毛蒜皮的和自己不搭边的事情，就给自己惹上了一些麻烦或者事端，邪门得就像在路上行走，好端端的会让鸟粪拉了一头。

路上有人给马文打招呼，马文在想去了怎么说这个事情，想得有些专注，因此就没有回复打招呼的人，让人以为他生气了，或者是马文被老板批评了，你看脸上黑一道红一道的，没有一点警察的威风，没有一点精神。

马文想把钱一给，所有事情都解决了，再不管闲事了，闲事能管完吗，自己也不是太平洋警察，两条轮胎三千元，教训还是很深刻的，他想让老婆知道了这件事情，一定会心疼地唠叨一个夜晚，或许更多。上次老婆上厕所，把手机掉到了马桶里，实际上手机都已经旧得不像样子了，手机上数字按键都磨得看不清了，通话的时候还老掉线，可是老婆心疼了好几天，她摆着脸孔，谁都不理，好像错误是马文犯下的一样，说白了，还是心疼钱啊。再说孩子眼看要上高中了，外边的补习班学费翻着跟头涨，那些办班的老师和那些抢劫的没有丝毫区别了，只是人家不会要求你举起手，不会要求你把钱包打开，你爱上不上，没有人求着你上，你自己的娃你不管，别人谁给你管。

马文觉得如果老婆真的要是想不开，他就给老婆编个故事。虽然他不爱撒谎，但是为了能哄老婆开心，他可以说所里和自己关系好的高小军买了新车，要去上牌照，手头有些紧，所以就借给了高小军，但是很快他又觉得老婆不会信，一辆车多少钱，人家车都能买得起，借三千元去上牌照，这个恐怕说不过去的。后来他就想到了陈光辉，陈光辉的老婆得了肾衰竭，每个礼拜都要做透析，高昂的透析费用让陈光辉日子过得像过刀山一样，就说借给他了吧，人都是有同情心的，如果老婆知道钱借给了陈光辉，绝对不会说什么，她甚至私下里还说过，如果不是家里压力大，她都想给陈光辉捐款呢。

找到了借口，心里就轻松多了，马文心想，办法是好办法，只是这个窟窿什么时候才能补上才行。

没有来得及让马文想到补上窟窿的办法，马文就被天际公司的保安拦住了，他们不认识马文，他们看到这个有些秃顶的男人，手伸到裤兜里，裤兜里鼓起得有些大，虽然他们知道那个东西不是手榴弹一类的爆炸物，但是不敢保证是不是凶器或者其他什么不好的东西。

他们让马文站住，问马文找谁。

马文说找你们公司的老板。

一个保安说找老板有什么事情，另一个说你是干什么的，你以为你是谁，说见就能见我们老大。

马文觉得两个保安有些盛气凌人，或者说态度太蛮横，自己难道有必要告诉保安，自己是来赔偿的吗？就是说了你们两个能够做得了主吗？显然是开玩笑。

马文说自己有事情找老板，希望两个人能够给个方便。

天际公司门口光秃秃没有一棵树，毒辣辣的阳光照得马文有些晕，他有些低血糖，早上忘记了吃早餐，事情一多，他没有来得及出门的时候含上一颗糖果，或许那样的话，一切就会轻松一些，没有现在这么难受。

两个保安说方便不能随便给，给你方便我们就会遭殃。

马文有些火，但是也没有其他更好的办法，他不想说自己是警察，但是不说丝毫也进不了天际公司大门一步。他觉得天际公司真的有些奇怪，大公司有业务，客户自然会进出，没有客户的出入像个经商的公司吗。

马文说，去给你们老板说一下，西街派出所的马警官找他有事。

保安互相看了一下，将信将疑。他们觉得马文怎么看也不像个警察，虽然马文自己说了，他们两个还是有些不信。

马文把警官证给两个保安的时候，保安还仔细地看了一下证件上的照片，他们觉得照片比真人精神，也比真人看起来好看，还给马文证件的时候，他们还犹豫了一下，马文的一举一动都不像个警察，他要进门怎么就不蛮横，怎么就不骂骂咧咧地进到里边去呢。

接待马文的是一个留着光头的胖子，他的眉毛处有一个深深的刀痕，胳膊上雕着一条张牙舞爪的恶龙，他两只胳膊抱在胸前，对马文说老板不在，他可以全权处理一切事务，不知道马警官有什么公干。他说忘了告诉马警官了，自己是天际公司的办公室主任，马文觉得他倒像一个黑社会的打手。

马文想想还是说说那件事情吧，不管如何事情总要解决的。只是他没有说自己带钱的事情，他觉得具体的数字可以商量了再定。

自称叫李主任的刀疤脸说，弄了半天是你做的事情啊，你真是胆子太大了，我们老板的车你也敢碰啊，你一个小警察，你还想不想在这边混。不过好就好在你是警察，也算是自己人吧，车坏了，还好没有出人命，你要不是警察，说不定，你都不在了，你怎么不在的，你都不会知道的。

马文觉得刀疤脸说话很放肆，一个公司的办公室主任，竟然能够把话说得这么强势，他说就是两条轮胎，你还想怎么样呢？

李主任说是轮胎的事情吗？是我们老板的威信受到了挑战，你想想，老板的车都被人能做手脚，你说老板以后在这里怎么混？你让外边的人怎么看？无论如何，这一次你要受点经济损失的，没有个几万块钱，你就别想安宁，反正你没有理的，走到哪里，你都无法把你给汽车做手脚的事情抹了去。

马文扑哧笑了，他觉得这个刀疤脸很有意思。马文拍拍自己的胸脯说，你说得我都有些害怕了，真的，心脏跳得嗵嗵嗵，我是不是要找个地方躲一躲嘛，我是不是找到你老板，跪到他的身边求求他啊，你说呢？不过你放心，我会赔偿他的轮胎的，但是你说的那个数字，我不会给的，我是个警察，但是那只是我的职业，我希望你们就和对待一个普通百姓一样对待我，给你老板说一下，我还会来的，直到事情解决。我这个人从来不信这个世上有鬼，你信吗？

## 9

赵发展出院了，他住了一个星期后，他就住不下去了，护士老把酒精瓶子的橡皮塞子拔掉，给病人消毒，给病人的患处涂抹，弄得房子里到处都是酒的味道，他还能躺着无动于衷吗？他躺在床上的时候，眼睛老盯着护士的酒精瓶子，他想抿上那么一点点也可以，总不能让人憋死在病床上啊。他说不住了不住了，他要回去，他要上班，他是多么热爱自己的工作，热爱自己的岗位。虽然自己不是先进，但是他从来都是以一个先进要求自己的。

伤口确实恢复得很好，不仔细看，一点也看不出，只是头发为了便于包扎，被外科大夫用剪刀剪得参差不齐，就像一片平整的土地被人踩了几脚一样。

马文说好了就好，好了就不要想过去的事情了，人的眼光总要向前看。赵发展说是呀，是呀，他虽然想酒，但是大部分的时候他还是想问题，想得多了就后悔，可惜世界上没有后悔药，他是医院的，要是真的有，他也第一个用。马文觉得赵发展说得很对，要是有后悔药，自己也会吃。你说这个世界怪不怪，怎么就没有后悔药呢？马文问赵发展，赵发展说我哪里知道啊，我只知道照X光，你要是能给我把这个问题放到X光机上我就能看得到。马文被赵发展说的话逗笑了，他想，赵发展看起来也没有什么不正常啊，怎么就会是那样的一个人呢？

他问赵发展，你想怎么处理这个事情呢？毕竟赵发展是受害者，不管霍菲菲说的是什么样的，打人是不对的，而且霍菲菲也意识到了自己的错误，她表示愿意为赵发展赔偿医药费，只要大家都不追究对方的责任就好了，又不是有不共戴天的血海深仇。

马文让赵发展好好考虑一下，想好了他会联系霍菲菲，该退就退，该补就补，完了写个东西，按个手印事情就算结束了。

赵发展说算了，他不是来算账的，他来就想说说。

他知道王爱爱来过了，但是女人就是女人，就只认识钱，有钱了她就高兴，没钱了就发脾气，在医院里王爱爱就东不是西不是的，一会儿说病房南边的睡觉呼噜大，睡着了就像猪上了床，一会儿又说北床的人没素质，大男人，白天也光个身子，你以为是住宾馆来了，大庭广众，你把你箩兜一样的屁股摆到外边，让别人参观来了啊。

他说我不要钱，我嫌丢人，事情既然因我而起，就因我结束吧。

马文觉得有些意外，当然也许赵发展这样做，肯定了霍菲菲的说法，或许他觉得心里有愧，才决定放弃赔偿的。

马文说你真不要了？

赵发展说不要了。

马文说为什么啊？

赵发展说拿了钱担心睡不好。

马文说，你老婆和你闹怎么办？

赵发展说，你别看她像个母老虎，我从来都不怕她。

马文说，问题是钱拿不回去，她会吵翻天。

赵发展说王爱爱是外表凶狠，内心善良，生活了大半辈子了，他了解王爱爱的。她给自己说了，只要赵发展不去歌厅喝酒，她就听赵发展的，赵发展让她去死，她绝不苟活，赵发展让她往东，她绝不把脚迈到西边一毫米，赵发展让她上天，她绝不留恋大地。她抱住赵发展，鼻涕一把泪一把，没有赵发展，她说自己还活什么人嘛。

马文相信赵发展说的没有假话，他看到了赵发展写了一个放弃赔偿的请求，并且盖上了自己的手印。他甚至没有拿来一张住院的票据，赵发展想让这件事情快速结束，真的，做梦都梦不到最好。

马文突然觉得赵发展虽然有些小秘密，但是或许这就是社会吧，只要他不影响到别人，不伤害到别人，让秘密永远包到一层又一层的纸张里，一直不被打开，一直不被曝光，总比那些切切实实危害到社会，危害到人民，危害到国家的事情要好得多。

赵发展说要去吃饭，几个朋友要给他压惊呢。

马文对赵发展说，我们的年龄都不小了，健康最重要，酒喝多了有什么好。不是人常说，喝坏了肝，喝坏了肺，喝散了一对又一对。

没料想赵发展蹬蹬蹬又跑了上来，他好像对马文的话有些不屑，又不好意思批驳，他从口袋里掏出了二百元，一张一张放到了马文的面前。他说你把这个钱给霍菲菲吧，不管是什么费用，就当是我赔偿她的了。你给她打个电话，我也不见她了，有人叫我去喝酒，你说酒不好，那完全是没有根据的事情，没听人说酒是粮食精，越喝越年轻。

他说这次我真走了，我都闻见酒味了，闻到酒味，我的腿都软了，去晚了，酒就喝光了，喝光了还不如让我死了算了。

## 10

如果马文不是去赔偿就不会去天际公司，不去天际公司就不会认识唐晓慧，不认识唐晓慧，那么一切都不会改变，可是就是因为认识了唐晓慧，冥冥之中一切都好像安排的一样。

还是第一次见到的两个保安，甚至连站的姿势都没有变，像两个木桩一样站到天际公司的门口，不同的是两个人都戴着墨镜，漆黑的镜片把两个保安的眼睛深深地藏在里边。

马文走到门口的时候，其中的一个还是认出了马文，他友好地笑了笑，但是并没有打算放马文进去，他看到马文走近的时候，就礼貌地伸出手摆了摆，他说老板不在。

马文说老板干嘛去了，怎么又不在？

保安说我们是打工的，老板去哪里会给我们说吗？

马文虽然不是很喜欢那个自称是李主任的刀疤脸，但是只要他在也行，哪怕是再探讨探讨这个事情，人在说话的时候，总会流露一些思想的，不管他说的什么话，话里总会听到解决问题的意图的。

马文还没有开口询问李主任的时候，他听到了身后的哭声，是个女人的声音，他转过身一看，吓了一跳，身后一个女人身上穿着一身白，前胸写着一个大大的“冤”字。可以看出来，女人的身上并不是一件白色的衣服，她找了一块白布，把事情经过写在了上边，然后把布裹到了自己身上，字写得歪歪扭扭，还夹带着别字，有些字可能因为出汗，也可能是下雨，已经模模糊糊看得不是很清楚，但是基本上可以看到的是，女人的孩子似乎遭遇了车祸。

女人哭得很伤心，哭得有气无力的，她抑制不了自己的伤痛，断断续续地说，天际公司就是个杀人公司，就是个土匪公司，就是一帮黑社会，她可怜的儿子啊。

马文从女人断断续续的哭泣里还是听明白了事情的原因，这个叫唐晓慧的女人不是本地人，和丈夫一起来城里做生意，有一个儿子在郊区的一所中学借读。可是因为一件事情让他们一家平静的生活被全部打破了，那就是唐晓慧的儿子。

唐晓慧的儿子放学回家的路上，骑着一辆崭新的自行车，要穿过一条尘土飞扬正在修建的道路，那天的天气有些阴暗，能见度很低，转过一个很大的弯就是唐晓慧和丈夫租住的屋子，可是就在这个时候，一辆疾驰的拉土车从转弯的一侧冲了出来，车子车速太快，就像一个喝醉酒的莽汉，横冲直撞，唐晓慧的儿子正在费力地往家赶，丝毫没有感觉到身后疾驰的汽车，等他听到身后的汽车的时候，他已经像一片飘落的树叶被汽车疾驰的劲风卷到了车轮底下，自行车塑料玩具一般被庞大的汽车压得支离破碎，他的衣服挂在汽车的轮胎边缘上，两条腿像一个棉絮一般被汽车拖行在道路上。

有路过的行人看到了汽车轮子底下的少年，大家一起在身后大声地呐喊，追赶，开车的司机坐在高高的驾驶室里，丝毫没有感觉到汽车的轮胎底下拖行着一个人，汽车引擎巨大的轰鸣把后边呐喊的声音掩盖得干干净净，狂奔的司机头上戴着耳机，他正听着流行歌曲，他甚至盘算着这一天的任务似乎又要超标了，超标了完全可以算清楚这一天的收入，他脸上还挂着微笑，以至于被人拦下的时候，他很生气，他甚至从驾驶室探头辱骂拦路的人。当他知道事情真相的时候，他几乎连一丝恐慌的表情都没有，从容地把自己一件外套披在身上，想扬长而去。

车轮底下的孩子已经面目全非，血水和泥土混合在一起，已经分不清孩子的真实面目。

愤怒的行人把拉土车围得水泄不通，有人报警叫来了急救车，孩子在送往医院的途中，就已经没有了呼吸。

唐晓慧的丈夫蹬着三轮车沿街收破烂，听到儿子出事的消息，像个棉花包一般一头栽倒在地上。

丈夫清醒已经是几天以后的事情了。他清醒后就一直流泪不止。

唐晓慧要照顾丈夫还要往交警队跑。她在这个城市没有一个亲戚，也没有一个能够为她出谋划策的人，她先是听说儿子骑车违规在先，拉土车速度过快。

唐晓慧的家在大山里边，她没有多少文化，她不知道更多的交通知识，她不明白自己活蹦乱跳的孩子说没就没了，她不明白，她要交警队给自己一个说法。可是负责儿子案子的那个肥胖的警察老不在办公室，好不容易堵住一次，也说案件正在调查之中，只有调查结束才能有个结果。

但是还是有好心人的，他们像挤牙膏一样的把案情告诉唐晓慧。

他们说事情发生的一周后，肇事的汽车就已经被放了，汽车不跑，钱从哪里来，出事后司机被关了几天，也被人保释出去了。

唐晓慧搞不明白，自己的儿子一条活生生的生命，竟然没有人过问，她后来就坐在胖交警的办公室门口不走，不管胖交警说什么，她都不管，她只说要自己的儿子，让胖交警给她还儿子。

胖交警被堵得终于受不了，就让她去天际公司，他说汽车是天际公司的，老板很有背景，他只吃半斤粮，他管不了一斤事。他告诉唐晓慧，因为有保险，虽然儿子没有了，但是对方答应为唐晓慧的儿子赔偿一笔费用呢，应该是十万元左右吧，对于唐晓慧来说，十万元是一笔不小的数目呢。他对唐晓慧比划着，他告诉唐晓慧，十万元放到桌子上厚厚的一摞呢，要是换成五元的面额那能装满一个袋子呢。

唐晓慧没有心思要钱，她知道莫说十万元，就是十个十万元，一百个十万元，也不能让自己虎头虎脑的孩子回来了，孩子没有了，要钱有什么用，就是给再多的钱，又能解决什么问题呢？

她要天际公司给自己一个说法，她不信这个城市没有一个说理的地方。

可是她来了多少次了，都进不了天际公司的大门，两个保安像两条凶狠的恶狗，他们把天际公司的大门看得水桶一般，他们不让唐晓慧进门，他们说老板不在，他们甚至对唐晓慧动手动脚，虽然看着是拉扯着胳膊往外推，但是他们用手拧唐晓慧的胳膊，用拳头击打唐晓慧的身体。每天回家，她的身上青一块紫一块的，她为了儿子豁出去了，只要自己还有一口气在，她就是爬也要爬到天际公司。她做好打算了，儿子走了，丈夫也起不来，生活对她已经没有意义了。

唐晓慧来了多少次，自己也记不清了，反正每天她都像上班一样，都要来天际公司。

马文问唐晓慧既然在这边进不去为什么不报案呢？

唐晓慧轻蔑地说，报案也没有用，她自己嘴笨，没钱没势，谁能给她撑腰啊。再说西街派出所没有一个熟人，她去找谁呢？她给谁报案呢？在她的世界里，她觉得白天和夜晚是一样的漆黑。

马文说你跟我走吧，我给你立个案吧。

唐晓慧有些吃惊，她看看马文，又看看两个保安。

马文说这个话的时候，实际上两个保安都听见了，他们都互相看了一眼，脸上闪烁出一丝怪异的笑容，马文甚至听到了他们嘴角发出一声吧唧的响声。

马文有些恼怒，他对着唐晓慧说，我是个小警察，但是我要管你的事情，你跟我走吧，我回去给你做个报案材料吧。他说不要怕，要相信，法律不是某个人的，公道是存在的，不管别人说什么，也不管别人做什么，乌云总是遮不住太阳的。

马文指着天空的太阳，对唐晓慧说，你看太阳今天会落下去，明天依旧会爬上来。

唐晓慧想哭，她的鼻子像被一条虫子咬了一口，酸酸的，眼睛也开始觉得湿湿的，一定又是不争气的眼泪像个汩汩喷涌的泉水。孩子离去的这段时间里，她真的快把眼泪流干了，没有人知道，她遭受的是怎样的悲痛，她有时候真想一头扑在行驶的汽车上，那样就一了百了。可是孩子怎么办，他总在唐晓慧的梦中满身是血地哭泣，那一声一声的喊叫撕碎了唐晓慧的心。

## *11*

一大早，太阳没有出来，天气有些闷，开早会的时候，大家挤了一会议室。会议室有些小，紧紧张张，大家都骂骂咧咧的，这么热的天开的鸟会，开会就开会吧，空调总是要开的啊，不开空调，说为了响应什么环保效应，避免热能。所里会议室有一台老风扇，打开风扇吱吱乱响，生怕风扇的叶片乱飞，干脆关了不用，一屋子人就像被塞到了蒸笼一样。

张所长不管别人支支吾吾，他独自黑着脸，说埋怨是不起任何作用的，人不能在埋怨中生活，都是成年人了，做好工作才是主要的。他说希望大家对工作要认真，但是不能太教条，过于教条就不是负责任，不是负责任是什么，说白了就是狗抓耗子多管闲事，和自己没有关系的事情，乱伸手就是蝗虫吃过界，就是羊群跑到庄稼地，不该你吃的，你乱吃什么呢，你以为乱吃好消化啊？

底下的同事叽叽嘎嘎地笑，不是所长说的话好笑，倒像是所长把手伸到胳肢窝里一样。

马文觉得张所长话里有话，表面上是说给大家听，实际上是张所长说给自己听的，他有些不能确定。他故意去看张所长，他想看看张所长的反应，可是他的目光过去的时候，张所长好像有意避开了他的眼神，他只听到张所长说，不管是谁必须要知道自己的斤两，必要的时候把自己称一称，半斤八两的心里要明白，不要对自己错误地估计，那样和瞎子摸象是一个道理。

马文有些生气，他觉得张所长含沙射影，指桑骂槐。这个人就是这个样，有事情经常不明说，故意东一榔头西一棒子，说聪明了叫艺术，说不聪明了就完全是泥鳅，既想不得罪人，又想敲山震虎。

他才不吃张所长这一套，上次张所长也是开会，张所长说有的人吃拿卡要，乱收礼品，自己手上掌握有证据。马文没有客气，就说有的人能不能具体一下，到底是哪些人，名字难道不能说出来啊，省得你含含糊糊和稀泥。张所长吹胡子瞪眼，忍了又忍。这次，他又是信口开河，马文实在不知道张所长葫芦里卖的什么药，他决定去问问张所长，你凭什么说我自己给自己惹事情，凭什么嘛？

看到马文进门的时候，张所长刚把切开的西瓜咬了一口，西瓜的水有些大，从咬了的地方丝丝缕缕地流了一地。张所长顾不上拖地，他招呼着马文吃西瓜，他把一大牙西瓜硬塞到马文的手上，他自己的嘴里刚咬了一口，嗯嗯呀呀地说不出一句完整的话，只是用手示意马文吃西瓜。

马文不想吃，他没有心情吃，他不喜欢这样打一拳，又揉一揉的做法，他问张所长，我的工作有什么问题吗？

张所长把吃完的瓜皮扔到了身后的垃圾筐，把嘴在门后的毛巾擦了又擦，说，都是老同志了，还能有什么问题啊。只是……张所长嘿嘿地笑，笑得有些不自然。

马文说张所，哪里有问题，你领导就说出来嘛。

所长说没有什么问题，不过还是有一件好事情要告诉你的。他好像觉得即将说的话只是对马文的恩赐一般，为了避免别人偷听到，他把办公室没有合严实的门关上了，还努力用手拉了拉。

马文疑惑地看着张所长，他不知道张所长的葫芦里要卖什么药。

张所长说，那个霸道的事情，你不用管了，吴老板已经明确表示，不用你负任何责任了，无非就是两个轮胎，也没有什么大不了的事情。吴老板的生意大，两条轮胎的事情，就是个千把元，都不够吴老板塞牙缝的，他一顿饭都上万呢。吴老板说如果换作别人，赔偿是免不了的，不但要赔偿，还要给对方下马威呢。有个三轮车就因为刹不住车碰上了霸道车，你说那个三轮又不是坦克，结果把三轮的前轮子拧成了麻花，三轮车车夫还没有说一句话，就被吴老板的手下打掉了几颗门牙，末了还把剩余的两个轮子也拧成了麻花，吴老板说没有刹车的三轮哪里还是车，就是个马路杀手，政府没有给吴老板一分钱，但是吴老板还是要为人民着想，他作为这个城市的一员就要为政府排忧解难，你看三轮多猖獗啊，他们在街道上行驶，眼里没有红绿灯，马路就和自家的一样，想走哪里走哪里，撞了汽车倒是小事，撞了人才是大事呢。之所以把后边两个轮子给废了，就是不想让三轮再有上路的机会，三轮车夫哭得稀里哗啦，知道为什么哭吗？就是因为他为自己的行为感到羞愧。

张所长对吴老板赞不绝口，甚至把吴老板说成了一朵花。他说大老板见得多了，但是像吴老板这样的人在他的心里屈指可数。他能大度地放弃赔偿，真的让他这个所长都很意外，这就是境界，这就是态度，态度决定高度嘛！张所长说对不对？

马文没有一丝高兴，只是觉得这个事情有些出乎意料，但是同时又说明张所长对他来来回回地去天际公司了如指掌。他有些糊涂，对于天际公司，他也稍有感触，就凭这两趟的冷遇，态度的强硬，竟然一瞬间就要放弃了，马文觉得不可思议。

张所长说就是个轮胎的事情嘛，还想干吗呢，难道要给他们赔上一辆车啊，那也要看能否说得过去。

马文说天际公司的保安都个个是爷呢，不要赔偿，怎么听起来有些幽默。

张所长说他们这次是真心实意放弃赔偿的，就这么大点地方，出门不见抬头见呢，谁会给自己挖坑设置障碍呢。你好歹也是政府的人，他就是背后有再大的山，也要给自己留条路呢。

天际公司的态度自己已经领教了，他处理过很多的案件，也遇到过很多的公司，但是像天际公司这样的企业他真的是第一次碰到。

张所长一定还会有事情没有说出来的，马文感觉到。

张所长一再表示没有其他的事情了，就是给马文说个好消息，给马文吃颗定心丸，让马文安心工作，再不要老想天际公司的那个事情。人有时候心里有事，就一直过得心神不定的，再说了要是赔偿一些钱，肯定会让老婆怀疑的，钱拿回去少了，谁能高兴啊？

马文在想张所长的话，电话突然响起把他吓了一跳，电话是唐晓慧打来的，她问马文，需要自己什么时候过来，还要准备什么材料。她告诉马文，有几个人是事件的目击者，拍了几张照片，如果对案件有用，她就打算去冲洗出来。

马文说不需要，不需要，如果需要的话再冲洗也不迟。

电话有些不隔音，张所长也听到了唐晓慧的询问，挂了电话，张所长说，那个唐晓慧的事情，你一定要管吗？那些闲事你管得了吗？

马文说，我给人家答应了的，所以我想我还是按照程序走走吧。

张所长说，走什么程序啊，你劝劝她就行了，你还担心事情不热闹啊。如果都像唐晓慧，我们警察不就忙死了，都以为警察是她家的啊！

马文觉得张所长这个话说得有一点奇怪，也不像一个领导说的话，他一定不知道唐晓慧儿子的惨死，也不了解天际公司的蛮横和无理。

马文说，我觉得唐晓慧确实有些悲惨，因为儿子，一个家庭都快完了，天际公司却不能公正地处理这件事情，别说唐晓慧，是谁都不会答应的。

张所长说，不答应还要怎么办，总不能让天际公司给他们造出个孩子来。

马文有些惊讶，惊讶所长的话这么不近人情，太滑稽了吧，即使你偏向一个人，最起码是有原则的偏袒，而不是丧失了良心道德，丧失了人格去维护一个毫无道义可言的人的利益。

马文说我会把报案材料报给你，就是你不批，我也会继续上报，如果不违背什么原则，我会一直坚持我自己的做法的。

张所长说你是个老警察，怎么做事情就像个新手。交警队都处理不了的事情，你揽这个闲事做什么？张所长脸涨得通红，他觉得马文真的有些一根筋，你以为自己是谁啊，你是厅长啊，你是局长啊，就是个普通的科级干部，你就膨胀得以为自己是包青天，以为自己是狄仁杰？他说我不会给你批准的，我不会拿所里的公章乱盖的，因为不符合规矩，我就不会批准！

张所长又语重心长地说，老马啊，天际公司我们都惹不起的，我们何苦要给自己寻找不愉快的事情呢。

马文想不通，张所长为什么不让自己接唐晓慧的案子，难道仅仅就是因为天际公司有深层次的背景关系，还是张所长拿了人家的好处，他该给唐晓慧如何答复，他曾经信誓旦旦地拍了胸脯的，他答应要帮唐晓慧去天际公司讨个说法，如果不能立案，唐晓慧又该是多么的绝望。

一想到唐晓慧那种悲愤的眼神，马文心里犹如被人塞上了石头，沉甸甸的，妈的，什么世道吗，有理的事情没有人管，没理的事情管不成。一把年纪的人，说话难道是小孩一样开玩笑啊。

马文不说话，张所长也呼哧呼哧不高兴，很久的沉默后，马文说领导，我想了一下，我还是给他们把轮胎赔了吧，一码归一码吧。

说完他就开门走了出去，出去的时候，马文看到张所长脸色铁青，鼻歪嘴扭，他听到张所长把剩下的半个西瓜扔到垃圾筐。西瓜太大，把垃圾筐都撑坏了，张所长给值班室打电话让内勤小王上来，让小王来看看在哪里买的垃圾筐什么质量，半个西瓜就把筐子撑破了。

垃圾筐该不是纸糊的吧，张所长在电话里质问。

## 12

天际公司的所有人明显都躲避着马文，马文去了几次老板都不在，就连那个李主任也不知道去了哪里，总之好像和马文躲起了猫猫。

马文有些焦急，他想把自己的那件事情处理好，处理好就能把唐晓慧的事情提上日程，要不然，让人觉得自己有拿着别人的事情说事的嫌疑。他才不愿意落个这样的口碑。

下班回家，老婆觉得马文的脸色有些差，以为马文病了，就问马文是不是生病了。

马文说没有生病，就是有些烦心。

老婆说该不是你在外头有情况了吧，三千元都解决不了吗？

马文说我能有什么情况，头快秃成了葫芦，钱包里空得像个乒乓球，谁找我图什么吗？找个有钱的能有钱花，找个帅哥图个新鲜，谁找没钱没人的穷警察不是脑子被门夹了啊。

老婆正在收拾刚刚吃完的残羹剩饭，不小心喝汤勺子掉到了地上摔得粉碎，老婆有些心疼，她说现在女娃子想法多，百人百姓，也有女的什么都不图，就图个男人是警察。警察神气啊，带上出去，不怕骚扰不怕偷，睡觉身边有个警察，也是很安全的嘛。

马文说你在我旁边安全吗？

马文老婆说，刚结婚的时候觉得自己非常安全，经常有马文睡在身边，连个噩梦都不会做。现在越来越不安全了，马文经常上夜班，走后自己老做梦，不是梦见马文和犯罪分子枪战呢，就是梦见马文和别的女人睡在一起，有时候知道枪战的事情是不可能的，只有睡女人是很有可能的。她把一堆清扫的汤勺碎片倒进了垃圾筐问马文，你说你是不是和别的女人睡了，把人家肚子睡大了，你要拿钱给人家做赔偿？

马文对老婆这个想法吓了一跳，他说你的脑子里都是什么呀，怎么会有这样稀奇古怪的想法呢?

马文老婆说，切，这个有什么怪的，姜小明的事情难道不是例子?

马文知道姜小明，他是马文老婆的同事，在一个车间都是工人。姜小明三十多还没有结婚，爱上网，喜欢聊天，结果在网上认识了一个女人，说是没有工作，后来两个人聊得特别开心，就相约开房发生了关系，一个月后，女的找到姜小明说自己怀孕了，让姜小明要对自己的肚子负责任。

姜小明傻眼了，工厂里工资只有两千多元，哪里会想到，一时的痛快给自己带来痛苦，他让女的做掉孩子，女的不答应，而且扬言要两万元，要不然，她就要闹到姜小明单位去，闹到姜小明家里去，她要鱼死网破，把姜小明搞得身败名裂。

姜小明觉得女人有些危言耸听，都什么年代了，还用身败名裂的话吓唬人，不过注意点还是应该的，名声像一滩溪水，臭了谁还喝呀。

他找朋友借钱，朋友就问借钱做什么，姜小明偷偷地说了。朋友都说姜小明傻呀，才发生了一次关系就怀孕了，你姜小明是神枪手啊，你放一枪就能打到靶心哦。还说现在社会上有些女人就是靠这个吃饭，发生一次关系，就给你说自己怀孕了，最后敲诈一笔钱。你最起码知道一下情况再说给钱的事情。

姜小明觉得朋友的话有道理，就给女的打电话，说想谈谈，最后约到晚上八点在一个茶馆见面。为了防止女的找人闹事，姜小明将自己包得严严实实，没有一个熟人能认出自己，然后提前去了说好的茶馆。

事情有些巧合，女的六点就到了，只不过和一个光头男人一起。他们没有发现窝在角落沙发里的姜小明，女的对男的说，这次的事情成了，分成还按老规矩。男的问，那个瓜货到底有钱没有。女的说再没有钱，他也要出点吧，我告诉他有孩子了，他难道不怕啊，不怕给他送个孩子送到到家里去啊。男的说那就好，早早要到手，早早分嘛，现在弄个钱越来越难了，人他妈都精成猴子了，都想占便宜，不想花银子。

姜小明万幸他听了朋友的话，他是个急性子的人，不知道迂回和忍耐，他忽地站了起来，像个夺路奔跑的运动员，三下两下就冲到门口，顾不上掩饰自己的姿势，撒腿就跑，他想真悬啊，两万元呢，差点打了水漂。他刚站起来的时候，就把旁边议事的男女吓了一跳，他们真的疏忽了，没有看到在角落里还坐了一个人。往出跑的时候，他外八字的姿势还是被女的看到了，她叫了一声姜小明。姜小明也很紧张，他心里一直渴望自己快速离开这个是非之地，但是叫到他名字的时候，他下意识地回了一下头。女人捶胸顿足，她把刚刚端起杯子的茶水猛地放到桌上，并在男人的胸口捶了一拳，哎呀，搞什么嘛，到嘴的肥肉跑啦！

很快光头的男人就明白了怎么回事，他起身追了出去，对姜小明的背影说，你妈的，你小心着，迟早弄死你。

姜小明很庆幸自己一个小时的化妆，他认为把一个诈骗化解了的时候，还是被麻烦找到了门上。

有天晚上，他被几个人堵在了一个巷子里，带头的正是那个光头男人，光头男人说自己是王萍萍的哥哥，自己的妹妹被姜小明睡了，妹妹怀孕了，现在姜小明有两条路选择，一个是姜小明花钱消灾，经济赔偿。

姜小明说要钱没有，要命一条。

光头男人说，那就选择第二条吧，谁要你命干嘛呀？

姜小明没有来得及问第二条是什么，几个男人已经从怀里抽出了几把刀子，他们在姜小明的屁股上连砍几刀，一边砍一边说，你完了准备报警吧，王萍萍把和你办事的底裤留着呢，你给警察说，你是强奸还是白睡吧！

姜小明挨了个肚子疼，想报警又担心事情对自己不利，万一王萍萍真的怀孕呢，那样就是有十张嘴也说不清，只有自认倒霉。

虽然他做了大量的保密工作，但是还有人知道了这个事情，他们除了对姜小明挨刀的事情津津乐道的时候，还不忘谈谈姜小明化妆潜伏的趣闻。

马文的老婆提到姜小明还是让马文心里一亮。他想自己怎么就没有想到这个呢，他想，为什么自己不能晚上去看看呢?

马文穿好衣服对老婆说，我要出去一下，你同事姜小明的事情不光彩，但是办法是很不错的。

马文老婆脸色突变，她有些不敢问马文了，该不是马文真的把女人的肚子搞大了吧，人家也要钱呢吧，她对匆忙出门的马文说，如果真的有麻烦了，三千元能解决问题就给了吧，就当是赔偿吧。

## *13*

想起老婆的话，马文就觉得有些好笑，老婆怎么老能把钱的事情和女人扯上关系呢，他想等这个事情解决了，就一定把三千元的事情给老婆解释得清清楚楚，他才不愿意让老婆心里放个事情。

不到八点多钟，天不是很黑，街道上没有生意的铺子人坐在道沿上纳凉，虽然是夜晚，但是一身警察装备的马文还是让熟人认了出来，他们问马文，是不是晚上又要清查了，是不是又从城中村开始呀!

马文说不是。

别人都不问了，警察行动是有纪律的，不能谁都知道，知道了就是泄密。但是大家都猜到了，一定是扫黄打非了，夜幕一上，那些穿着暴露的小姐都站在路上拉客人，有些下了自习的高中学生也经常被小姐骚扰，市民意见很大，不打击能行吗，是应该严厉管一管。

马文站到天际公司门口的时候，天际公司的大门紧锁着，两个保安都不在了。也是，都几点了嘛，谁还会在单位啊。就在马文觉得自己跑了冤枉路时候，却听到了楼上传出的声音，是噼里啪啦的麻将声，一看三楼的灯亮着，楼上他上去过，亮灯的位置似乎就是老总的房间。

他轻轻敲了一下门，可能是声音太小，楼上没有听到。再说麻将的声音那么大，一点敲门声肯定被麻将声淹没了。马文就使劲儿地拍了拍，楼上一定是听到了，旁边社区谁家的狗都惊动了，叫个不停。

可是楼上依然没有人应声，让马文困惑的是，旁边的狗一叫，楼上的灯却灭了，麻将声也没有了。

马文有些生气，明明看到有人在房子里麻将打得热火朝天的，分明是掩耳盗铃嘛，天际公司你卖的什么关子，他当然生气了，这样的态度，这样的处理，完全和那些无赖没有任何区别的，你把灯关了，你把麻将停了，就能掩饰你不在的事实？你们老总不见我，故意躲避我，就能解决你们违法不负责任的事实？

马文本来想回去的，他觉得回去了明天无论如何要带上唐晓慧一起来天际公司，他要让天际公司的吴总给个说法，如果是这样的耍赖的话，他就要建议唐晓慧去分局或者去市局，甚至可以起诉到法院。

可是没有等到马文迈步，楼上的灯又亮了，麻将声又开始了。

马文就再敲门，灯又灭了，麻将声又停了。

马文干脆迈步走了出去，他觉得走出楼上人的视线的时候，他又拐了一个很大的弯，从另一个方向绕到了天际公司的楼下，这次他没有敲门。

天际公司的后边是一道铁栅栏，栅栏的上边是楼房突兀的平台，实际上站到栅栏的顶端，一迈步，就可以站到二楼的平台上，他决定不动声色地从栅栏里翻进去。

栅栏有些生锈，马文的手很快就成了那种褐红褐红的铁锈色，他的身体有些胖，天气有些闷热，每上一个栅栏门，他的腿就虚晃地摆动，汗珠子也开始往外冒，喘气的时候，他就用手去擦拭，手上的铁锈很快就抹在了脸上，好在栅栏不高，他终于上到了二楼的平台，从二楼到三楼有一个水泥柱子，水泥柱子有些滑，马文爬的时候有些费力。为了增大摩擦，他把两只裤腿挽得高高的，两只光腿蹭在柱子上，很快就接近了三楼的平台，三楼的平台和水泥柱子有些距离，马文缓了缓，猛吸了一口气，就跳到了三楼的平台上，扑通一声，就好像有人在楼下猛砸了一下大门，三楼的灯又灭了。

马文蹑手蹑脚地走到了窗户下，他听到里边有人问是在敲门吗？

里边人说好像不是敲门的声音，好像敲门的人走了。

另一个人说看仔细看仔细，我们的麻烦躲躲总是有好处的。

马文站起来朝里边看，窗户的玻璃是那种暗纹的玻璃，根本就看不到什么，这个时候灯又亮了，马文打算用手去开门，可是，门突然就开了，一只脑袋伸出来，准备朝楼下看看楼下的情况，猛然见看到一个黑乎乎的人影站到外边的时候，两个人不约而同的喊出了声。

警察，马文对着房间的人喊道。

有个肥头大耳的胖子，说老马你这是干嘛啊？

马文说都不要动，你们都是什么人，鬼鬼祟祟的。

一个瘦子说你是干嘛的，你从哪里进来的。

马文说我是这边的警察，你们都是谁？

瘦子指着胖子说，这是天际公司的吴总，我们在公司打打麻将有什么呢？他对胖子说，你说是不是啊，吴总，法律总不会不让人打麻将吧？

被叫吴总的胖子说老马，你就是有事情也等不到白天吗，你看我叫几个朋友玩玩也被你搅黄了，你说我怎么说你嘛？

马文说吴总，我也不喜欢晚上来找你的，晚上找人就和鬼叫门一样，我也不是鬼，当然了，你没有做什么亏心事，也不怕鬼叫门，是吧！

吴总想辩解，想了半天觉得说什么都不大合适，他说，你看都几点了，有事情明天不能说啊。

马文说我已经来了，有两个事情要办，第一，你的霸道车是我放的气，听说你的两个轮胎报废了，我来给你赔轮胎。马文从口袋里把包好的三千元，放到了吴胖子的面前，他说，我问了，三千元买两个轮胎应该是可以的，如果你要是觉得不够用，那么你拿来合法的票据，我会补偿剩余的价格。第二件事情，就是关于唐晓慧的事情，唐晓慧的事情希望你们能认真对待，给唐晓慧一个合理的说法，否则出了事情，你们天际公司是逃不脱责任的。

吴胖子说老马你说什么嘛，要谁的钱还能要你的钱，你的钱我不会要的，要了就等于是打我脸嘛！他把包好的钱又递给马文，塞到马文的手上。

马文又送回去，于是你推我送，钱包的不严实，终于破了，散乱的纸币像雪花一样飘了一地。

马文说点一点吧，三千元，是对你们轮胎的赔偿，我这个人做事情不喜欢拖泥带水，自己做错了的事情就一定要负责任，所以希望吴总理解。你们不拿钱，我会吃不好，睡不好，心里总是个事情，给你们了，我就安心了，我就舒坦了。

吴总有些恼火，钱撒了一地，他想去捡，想想觉得有些不妥。他觉得有些尴尬，又觉得有些恼怒，他对马文挥挥手，说你走吧，你走吧，我现在真的有些不想看到你了，你就是个新警察！

马文说我知道。他对吴总说，我会和唐晓慧一起来找你，你该给唐晓慧一个说法吧，人都有孩子，就是小猫小狗，都是一条生命，人命关天啊。

## *14*

西街辖区发生了一起凶杀案。城中村租住的一名年轻女孩被人残忍地杀死在床上，女孩的脸部遭受了罪犯凶器的重击，喷涌的鲜血把四周的墙壁染成了红色；女孩的脸部肿得无法辨认，现场勘探的法医都被罪犯的残忍所震撼，一个刚刚参加工作的年轻法医甚至在现场呕吐得无法遏制。

案件在收集证据和侦破的阶段，西街派出所发动了一切警力。据专案组分析，这是一起针对租住在城中村的三陪小姐的入室抢劫案件。据分析一定是那些花枝招展的陪酒小姐平日里挥金如土、招摇过市引来的杀身之祸。

司机老刘去了现场，他说看到女孩惨不忍睹的脸孔自己都有些反胃，太惨了！女孩的两条白花花的光腿底裤都没有穿，傻子都能猜到，罪犯一定是劫财的时候还顺便劫了女孩的色。

马文心里一惊，说到小姐，他就想到了霍菲菲，他的手上还有霍菲菲留给赵发展的押金，赵发展不要了，他也应该让霍菲菲把押金领走。

霍菲菲的电话提示不在服务区，马文不知道城中村被残害的女孩会不会就是她，但同时他又觉得不会那么巧合。他觉得心里开始沉重起来，他想无论如何要把霍菲菲的这个钱还给霍菲菲，女孩几乎用血泪在赚钱，每一分钱里都有女孩用自己的生命和青春在做赌注。

马文用手机给霍菲菲发了一条短信，让霍菲菲收到回电话。

没有多久，霍菲菲就回过来电话，说马哥有什么事情嘛？她说昨天晚上打了一夜麻将，有人输了，不愿意认输，拉住其余的人不让走，非要打通宵，人在牌场上，怎能由自己嘛？

马文说你不用上班啊？

霍菲菲说上屁哩，上次赵发展一闹，大地红的生意一下子一落千丈，不管和赵发展那件事情有没有关系，老板非说是因为她让“大地红”成了一片黑，他非要霍菲菲赔偿店里的损失。歌厅的生意不好了，她怎么赔，一气之下，直接走人了。

马文觉得有些不可思议，但同时又觉得也是一件好事，霍菲菲那么年轻，歌厅的工作毕竟不是长久之计，如果真的要立足在城市里，还是要脚踏实地地一步一步来，或许这对于她来说，还是一个好事情呢？

马文说那你起床后就到所里吧，上次的那件事情也该结束了。

霍菲菲哦了一声，电话里支支吾吾的，还准备再说什么的时候，马文说我在办公室等你吧，说完，马文就挂了电话。

实际上，霍菲菲确实是很漂亮的，纤细的身材，还有她一头的长发，她出现在马文办公室门口的时候，所里的几个警察由衷地发出了感叹，他们对于寻找马文的霍菲菲赞不绝口，甚至故意找借口到马文的办公室里挤眉弄眼。

好不容易才打发走同事，马文很认真地问，那你现在没有上班吗？

霍菲菲说，是呀，实际上一直都不想干了，可是总找不到一个借口，现在总算清净了。

马文关切地询问，那你的生活怎么办啊？没有经济来源，总是要生活的啊。

霍菲菲笑了，她的脸红红的，有些娇羞，她说自己谈了个男朋友，男朋友不让她上班了。

哦，马文恍然大悟，他为霍菲菲有这样的结果感到了一丝欣慰，如果有男朋友的关照，也许霍菲菲的人生会逐渐平稳、安静。谁不希望自己有一个好的归宿啊，青春燃烧的霍菲菲更是应该拥有这些。她虽然从农村走出来，但是一定会揣着一个美丽的梦想在城市里。

出于职业的敏感，马文随口问了霍菲菲男友的情况。

霍菲菲有些不好意思，她的眼睛扑闪了半天，她的脸庞有些红，很久她才对马文说，男友年龄有些大，今年已经五十多了，开了个公司。他们是在“大地红”认识的，男友虽然年龄大，但是知道疼人，他认识了霍菲菲后，每天给霍菲菲都送鲜花呢。霍菲菲说她二十岁了，还没有人送过玫瑰花呢，玫瑰花那么红，红得像绸子，摸到那些花瓣，霍菲菲觉得开心极了，她喜欢把玫瑰花放到鼻子下，闭上眼睛，她觉得自己是天底下最最幸福的女人。她说，她现在才理解了人在花下死，做鬼也风流的话。

马文有些惊讶，他为霍菲菲这样的理解而好笑，他不好去打击霍菲菲眉飞色舞的叙述，他只是说，那么大的年龄，他没有家庭吗？

霍菲菲说这个我不管，他有没有和我一点关系都没有，我只在乎他对我的好，有家庭，我也管不上。霍菲菲说得很轻松，似乎在说一件和自己毫不相干的事情，她一边说一边还笑，她说她男朋友马上要给她一套房子，还准备让她去学驾照，现代社会了不会开车是多么悲哀的一件事啊，霍菲菲对马文说，马哥你有没有关系？有关系给我找一个，我也去学开车吧。学会了，他就要给我车了，有车了，我经常来看你，你说行不行？

马文突然觉得有些悲哀，他是为霍菲菲感到悲哀还是为谁，他自己一下子说不清，他不明白一个年轻轻的霍菲菲的想法怎么这样天马行空，在她的心里，爱情比玫瑰还要浪漫多少倍，也许甚至超越了玫瑰的本质。

他把霍菲菲的钱从抽屉取出来，仔细点了一遍，放在了霍菲菲的面前，他不想说什么了，他让霍菲菲在笔录上签字，他说这个是你的押金，你拿走吧！学车是驾校的事情，我不认识的。

霍菲菲没有看到马文沮丧的表情和内心的异样，她笑得像个晃动的铃铛，她觉得马文真的是她遇到的一个最好的警察，她还深陷在自己巨大的幸福里，她把手掌大的手机从包里取出来，对着马文说，你看看他嘛，这个是他的照片，你看他长得多有福气嘛。

马文不想看，他觉得霍菲菲就是找个八十岁的也和自己没有一点关系，他又不是霍菲菲的爹妈，就是让人戳脊背，他也不会有半点感觉的，自己吃的半斤粮，莫非要管八两的事情啊。

但是霍菲菲还是把手机的超大屏幕送到了马文的眼前，照片很清晰，马文一眼就看到了手机上的人，手机照得人有些失真，比例有些失调，只看到照片的男人，硕大的鼻子像个挂在脸上的大蒜，他觉得有些面熟，但是又想不起来。

霍菲菲把手机收起来，对马文说，你辛苦啦，我还说要感谢你呢，这个钱我不要啦，送给你吃顿饭吧！我就不专门请你了，我男朋友爱吃醋，他见不得我和男人在一起，他要是知道我请你吃饭，误会我了，我就说不清楚了。她把钱给马文身边一推，她说要知道是这个事情，我就不来了，我也不缺这么一点钱的，过去把钱当钱呢，现在我觉得钱真的是纸，我老公的生意大得很，这么点钱，都不够他塞牙缝的。

钱再多也是你们的，马文说。这个钱你一定要拿上，马文看到霍菲菲要走，他把押金连同赵发展给的二百元的服务费，一并拿到手上，他说，小霍，这个钱我不能要的，你还是拿走吧。

霍菲菲一边推，一边往外退。

马文还是抢在了她的前面，他把一沓钱塞到了霍菲菲的皮包里，他说这下你去忙吧，这个事情也彻底结束了。

霍菲菲也不再争辩了，她把皮包的封口整了整，她对马文说，我男朋友的公司就在你们旁边，以后没事情了就去坐坐。霍菲菲说话的时候，还把手伸出去，指着窗户外边，她说你看那房子像白宫一样，名字都是那么大气，天际公司，多有气派呵。

马文心里一怔说，是吴总啊。他的脑海里很快闪过那张熟悉的又陌生的面孔。

霍菲菲说你们认识？

马文把门拉开，对霍菲菲说，滚！

霍菲菲没有听清，她没有料到马文突然冒出了这么一句，她被吓了一跳，她有些不相信马警官会说出这么一句，她想一定是自己听错了，马警官才不会这么对她的。

马文看她愣在原地，他没有过多地考虑，他几乎要把自己的拳头捏出水来，两个眼睛也好像要喷出火一样，一瞬间他就泄气了，他把握紧的拳头展开了，看都不看霍菲菲一眼就说，滚滚滚滚滚滚！

霍菲菲这次听清了，她的腿一软，一定是自己把马文得罪了，想了半天丝毫也想不出来哪一句话得罪了马文。她从马文的办公室飞奔出来的时候，她真想找个空旷的地方声嘶力竭地大喊一下，她用手捂住自己的嘴以免发出痛苦的怪叫，另一只手在空中快速地划动着，她跑动的姿势有些难看，可是她已经顾不上了，她想一定是马文嫌弃自己找个大自己三十多岁的老头，要不然，他才不会那么对待自己呢，可是这真的有什么错的吗？

## 15

马文走在前面，唐晓慧跟在后边，他们两个一起到了天际公司的门口。

看到马文远远走过来，两个站立的保安笑得眼睛眯成了一条缝，齐声叫着马哥。

马文把自己的警官证在保安的面前展开，停留了那么几秒，他说我是西街派出所的警察马文，因为你们公司涉及一桩案件，现在请通知一下你们公司负责人接受询问和调查。

两个保安笑逐颜开，他们可能觉得马文有些太正规了，这样的举动只是在电影电视里看到过，当在实际的生活中真正这样做的时候，他们觉得有些好奇，甚至有些新鲜。

他们没有打算阻拦马文，也没有来得及回答马文的话。他们对于马文身后的唐晓慧也没有任何阻拦的举动。他们只是对于马文身后的不远处停车场注视了一眼。

唐晓慧眼尖，一下子就看到了一个肥胖的男人坐在霸道车里，汽车的引擎刚刚点火，似乎汽车正准备出去。唐晓慧不知道从哪里来了力气，她远远地朝汽车冲了过去，她身上写满了字迹的白色衣服已经被泥水污染，衣服的下端有些过长，地上拖来拖去的已经成了窸窸窣窣的布条，她嘴里发出咿呀的怪叫，犹如一个从笼子里放出来的困兽一般，似乎就要一头撞向那辆霸道汽车。

两个保安反应还是很迅速的，他们也在一瞬间迈开了脚步，冲向了霸道车，马文转身的时候，车内肥胖的吴总对着远远跑过来的唐晓慧吼了一句：拦住。

虽然唐晓慧跑在前边，但是还是没有跑过两个保安年轻有力的双腿，他们两个很快就像老鹰抓小鸡一般把唐晓慧的两个胳膊死死地拧在了身后，他们就像拎着一只被捏住翅膀的母鸡，把唐晓慧按在地上，唐晓慧的两只脚在空中乱蹬，她冲着汽车吐了几口唾沫。

马文没有跑，他看到吴总坐在车后，那辆曾经被自己放气的汽车现在却表现得更为傲慢和霸道，他招招手，示意汽车不要走，别人都听到了马文喊叫停车的声音，司机顿了一下，但是很快，汽车就加大了油门，从唐晓慧的身旁怪叫着飞驰出去，汽车由西向东，司机把油门几乎踩到了底，他完全是担心唐晓慧会挣扎开两个保安的拉扯，一头钻到自己的车轮底下，他在汽车飞驰的时候还习惯性地看着唐晓慧，他得意洋洋地说让你碰个毛线。

司机一心盯住唐晓慧，有些专心，压根也没有注意路另一边的情况，等他从余光里看到马文用手抓住汽车的顶篷的时候，他有些迟疑，他回过头看了看老板，吴老板脸色铁青，他对司机说走你的，任何事情有我呢。

汽车开始加速了，司机对挂在车外的马文说，你放手吧，快放手，你不想活了吗?

汽车的引擎声音很大，但马文还是听到了，他没有放手，他只是在空中挥手让司机快停下来。他对司机厉声喝道你停下来，什么事情都好说，如果不停，除非今天把我拖死，否则我不会放手的，你走到哪里我会跟你到哪里。

天气太热了，汗水把马文的衣服湿透了，他的两条腿拉在地上，手有些滑，他差点被滑到了地上，多亏他反应迅速，他的一只手抓在车门的把手上，一只手抓在汽车右边的观后镜上，汽车呜呜呜向前猛冲，司机为了摆脱马文，他把车左右乱摆，就像一个醉汉一样在马路上左拐右冲。

街道上看到的人都在喊，停车停车，快出人命了。

车子一直没有停，发疯似的狂奔，马文的鞋子飞了，衣服也被拉扯成一条条。汽车开过的地方，鲜艳的血迹在毒晒的阳光下很快就干涸成了一条触目惊心的印记，像一条画在路上的惊叹号。

空气似乎凝固了一样，很多人都怔怔地望着发狂的汽车，不知所措。很快行驶的汽车和街道上的出租车超越了那辆霸道，他们把汽车横七竖八地放到了路中央，他们异口同声地冲着飞奔而来的汽车高喊：停车！停车！停车！

……

清醒后的马文，在病床上动弹不得，他的妻子拉着马文的手说，我冤枉你了，你不怪我吧！

马文摇了摇头，脑袋有些疼。

老婆又说，那个唐晓慧在门口陪着她等了几天了，她说天际公司答应了要赔偿死去孩子的一切，如果马文没有那舍弃生命的壮举，天际公司依然会态度冷漠，是老马用生命唤醒了天际公司的麻木和责任感。

这样轰动的事件已经成为这个城市的头条新闻，人们都知道了马文一个小警察的事迹，他们为马文送来了牛奶，送来了鲜花，他们甚至要为马文捐款，如果马文的腿保不住的话，一个监狱的死刑犯甚至要为马文捐献自己的双腿。

大批的记者蜂拥而至，中央电视台的记者和很多家媒体都等待采访，他们提了很多的问题，但是问得最多的一个问题是：一个警察到底为了什么不惜生命，这样做的动机究竟是什么？

马文静静地想了想，为了什么呢？为了唐晓慧，为了那个不曾见过的唐晓慧儿子，为了法律，为了公正，他觉得如果仔细去说这个事情真的有些费力，他的头胀痛胀痛。

记者们说还是说说吧，总是有个缘由的。他们已经给领导做了保证，明天就是一个全方位的报道。这个社会需要正气的弘扬，你为我们做了表率，你一定要说说，说说这个事情的前后经过，通过报道把那些阴暗的东西揪出来，曝曝光。

马文不想说什么，但是医生也都愤愤不平，他们赞成记者采访报道这个事情，虽然他们知道马文身体不舒服，但是他们渴望马文把真相说出来，天不藏奸，他们不相信国家的法律还能让个人肆意践踏。马文感觉推辞不掉，想坐起来，但是努力了半天都不行，他转过头，喝了一口水。

那么就从赔偿开始说起吧，他说。

# 幸福在哪里

## *1*

世界上有很多很多的事情想不通，真的，想起来就费神，简直比自己九岁儿子刘兵兵学的英语还要难上加难。过去人们都说坡上村占了皇室的气脉，男人聪明，女人漂亮。这个是有根据的，几千年前这周边几十里都是周文王的都城。所以坡上村的人一直充满了优越感，觉得自己的骨头缝里都有和皇室牵扯不断的血缘，大家都能很自豪地对外人产生排斥，如果有女子嫁到方圆以外，在坡上村人看来，那一定是女子有毛病，要不就是女子的家人脑子的线圈缠乱了，不乱的话把女子能从福窝里往狼窝里推？谁都知道坡上村遍地都是宝，可是在刘小军看来这种优越一直没有在自己身上出现过，相反倒觉得自己天资愚笨，头脑简单，就连最最容易解决的问题都想不通。总之刘小军不爱思考，一思考就感觉自己的大脑里被塞上了东西，血液流动慢了，大脑活动也迟缓了。这个感觉一直就存在着。他说不上来是什么时候成了这样，前年秋天吧，或许更早，大前年冬天吧，却稍微有些晚，梨花在的时候他就不舒服，梨花走了他更加不舒服。

梨花说，不行就去看看医生，才三十左右的人，怎么和老年痴呆一样。梨花不是亲口给他说的，是梨花打电话回来说的。刘兵兵正在写作业，梨花把电话打回家，梨花先问兵兵想她不？刘兵兵说想。梨花说想妈妈什么，刘兵兵马上说想妈妈给我挣钱呢！哈哈，电话那头是梨花肆无忌惮地笑，梨花大声地说财迷财迷，一点娃娃都这么爱钱啊，你又不娶媳妇要钱做什么用呢？刘兵兵说我攒钱打妖怪啊！梨花又是笑，说妖怪被孙悟空早打完了，还有什么妖怪呢？刘兵兵一脸不屑一顾，说切，真是土包子，说多了你也不知道，还有事情吗，我写完还要去接着打妖怪呢。刘小军进门的时候刘兵兵咔嚓就把电话挂了。他忙问谁的电话？我妈妈的。那你怎么不叫我？刘小军很生气，这个孩子怎么这么不懂事。刘兵兵说妈妈没有说要跟你说话啊！那她说什么了？刘小军问儿子，儿子说都和你没有关系。没有问你奶奶吗，没有问你爷爷吗？没有。没有。儿子说。看看这个梨花，来个电话都能激荡起刘小军满肚子的怨气啊。刘小军不知道怎么办，他胸口郁闷，脸色铁青，使劲儿地咳了几声想出去。儿子从书本中探起头说，忘了，我妈妈让你去看看病。

刘兵兵问刘小军，你真的有病吗，我觉得你既不咳嗽，也不发烧，你有什么病吗？妈妈都知道挣钱给我用，没有病你留在家干什么，你为什么不去省城给我挣钱呢？

刘兵兵绝对不是刻意这么说的，有可能刘兵兵是信口这么问了一句。刘小军愣了半天。就是啊，我为什么不能去省城呢？既不缺胳膊，也不少腿。省城多好啊，没有泥没有土，下个雨也能在雨地里奔跑，吃得好睡得香，半夜还能在马路上溜达。在家里就不一样了，天一黑，基本上大家都关门睡觉，有个电视父母亲也骂着说费电不让开。可是去了干什么呢，他又不会缝衣服，也不会打电脑，更不会算数学，总不能去城里当个游手好闲的二流子？二流子也要吃饭，也要穿衣，也要睡觉。很快他就想到了村子里的二虎，二虎想要去省城。二虎刚结婚，新媳妇就逼着二虎去省城。二虎不敢去省城，过去进过一次城，结果在公交车上被尿憋得满脸通红，正碰上售票员查票。售票员一看他满脸通红，以为他逃票，非要他拿票出来，二虎清楚地记得把撕好的票拿在手上的，后来因为屎憋得肚子疼，就开始准备下车上厕所，可是身上一张纸都没有，总不能拉完用手擦啊。左一翻，右一掏就把拿在手上的票弄丢了。他说我绝对买了。售票员是个胖乎乎的妇女，嘴皮子比机关枪还快，她说：一上车我就注意你了，眼睛贼溜溜乱转，不偷都像个贼。我虽然管不上你偷东西，但我能管你不买票。二虎哪里能受得了这个气，真是狗眼看人低，一气之下，冲着售票员说我找厕所呢。满车人都笑了。这有什么好笑的，乡下人进城谁没有遇到内急。售票员说看看你这个样子你怎么不坐个飞机找厕所呢。售票员得劲了，满嘴的唾沫星子像下雨一般，二虎一边用手不断地擦着售票员乱溅的口水，一边用两条腿紧紧地夹着屁股，他生怕自己一松弛把屎拉到裤子里。眼见二虎头上豆大的汗珠子望下掉，有人提议让补张票算了。售票员总算停住了嘴。二虎找了一元钱塞到了售票员的手上，大声地说谁要是逃票就让车碰死，然后就迅速跳下了车。从省城回来，他对这件事情耿耿于怀。别人说幸福的生活从城市开始，他一直以极其消极的态度打击着别人。他恨城市人，他恨售票员，甚至觉得城市人都是怪兽一般，进了城简直是进了狼窝了，没有一个城市人不算计乡下人，真的是狗拉一泡屎，城里人都会给乡下人栽赃。偏偏娶了媳妇不恨城里人相反还要学城里人。结婚的第一个晚上，媳妇让二虎洗脚洗脸，末了还要洗那个地方。哈哈，二虎觉得好笑极了，正宗的原装产品还能有病毒不成，再说了拿一盆水专门洗那个地方真是要多别扭有多别扭。他抗议。老婆说抗议就别要了，什么时候洗了什么时候再给。二虎一边洗一边骂：洗尿哩真是洗尿哩！更让二虎气恼的是，刚从媳妇的身体上下来，媳妇说过完年我们一起去省城挣钱吧！她说，你看一个大男人整天在门口转悠，不是二流子是什么啊？幸亏不是办事的时候说的，要不然二虎一定会在媳妇的肚皮上泄气的。他捂着肚子，满脸抽搐，媳妇问他：虎虎你怎么啦？他说我一听见省城就想拉屎。嘿嘿，他媳妇说你还有这个毛病呢，嘿嘿，真逗！二虎以为媳妇说着玩，过完年见他没有动身的意思，媳妇收拾停当，跟上一帮女人进城了。稍微站稳了脚跟就催促二虎马上进城。再说了媳妇都进城了你还傻待在农村干什么呢？二虎的媳妇说城里可好了，厕所里的瓷片比家里的厨房都干净，城里想吃什么有什么，她最爱吃肉夹馍了，就是不明白明明是饼子夹着肉，说的话却是反的，反的就反的只要好吃就可以，城里的男女真胆大，街道上人来人往，两个人就在一起咬嘴呢，刚开始她不习惯，一看见这样的事情脸红心跳，后来不但不脸红了，心里还痒得要命，她说等你来了，我们也在街道上咬几次，他们城里人能咬，我们农村人难道没有嘴吗，有嘴难道只为吃饭吗？二虎心动了，可是一个人不敢走。可是亚红整天催他去省城，还说两个人挣钱比一个人快。她现在只喜欢钱，如果能和钱做亲戚，她绝对不会拒绝的。她看见钱就有一种亲切感，她喜欢攒钱的感觉，真的好极了，每个月都看见存折上的钱数在上升，她就恨不得要几个人同时加快挣钱的速度呢。

可是，我去干什么呢？刘小军一直在想这个问题。可后来一想，有什么啊，省城那么大，怎么也能找下个下苦的活，庄稼人什么都缺就不缺力气。再说了，父母已经催过了多次，说梨花在外边你也不操心啊。儿子这么一说，这心也就开始和脑子一样乱得不知所措，钱是小事，看看梨花是大事。想到梨花他就开始心里猛地一跳，都不记得梨花的味道了，那就去吧！刘小军很快就拿定了主意，尽管有些事情想不通，既然做了出门的决定，就不想那么多了，想多了依然痛苦，想多了还掉头发呢，同村的李胜利和自己一样的年龄，头光得跟灯泡一样。听说李胜利的父亲去街上，一辆急驰的汽车轧起了一块石头，击中了大腿。当时李胜利的父亲抱住大腿嗷嗷痛哭。开车的是个大老板，手上的指头上戴满了黄灿灿的戒指，他下车后把李胜利的父亲送到医院，检查后一次付清了三个月的医疗费用，并一把给了四万损失费。李胜利说好了要出去打工，可是李胜利的嫂子变着花样给公公做饭吃，李胜利着急了，李胜利的老婆外出打工了，他想给父亲做饭自己都吃不到嘴里，自己走吧，四万元怕落到嫂子手上，于是就在家里团团转，先是头发白了，后来就和脱毛狗一样使劲儿掉头发。前边的掉完了掉后边，终于把一头好好的头发给掉成了光葫芦。可是父亲就是不松口，绝口不提钱的事情。坡口村一说起别人着急就说你着急地和胜利一样。刘小军才不愿意呢。现在又不是前几年，生活毕竟好了，我们出去就是为了追求幸福生活。看看坡口村，从东数到西，都走了。男人走了，女人走了，年轻的走了，稍微上年龄的也走了，我还有什么理由留在村子里？吃完饭木桩一般扎在村口，被村子里的好事者嘲笑议论。他给父亲和母亲说的时候，父亲却并十分不赞成。父亲把两只脚盘在腿上说：都走了，孩子怎么办呢？母亲说你不是孩子的爷爷吗，孩子都管不了，还不如把别人叫爷呢！父亲的脸上露出了不悦，叫爷是小事，我们能保证兵兵听话吗，没有父母在身边，你给他辅导作业啊？他两只手在空中摆动，似乎把一个难题像一个沉重的包袱掷给了刘小军。刘小军说我们又不是去十年八年啊，我们还是会回来的。父亲挥挥手说你走吧，走吧，坡上村的人都疯完了，守着聚宝盆，都出门去讨饭，哪里还有个农民的样子啊！刘小军扑哧笑了，都什么年代了，还农民农民的，现在谁还种地呢。种一辈子地有什么用呢，话到嘴边，没有敢说出来，他只说有钱什么都会有。他父亲朝他的背影轻蔑地哼了一声，你们都不要庄稼吃钱去，钱能吃吗？刘小军断断续续地听到了父亲的话，他在心里对自己又像对父亲说，钱能吃能喝，还能玩。父亲真可怜！

## *2*

二虎真是一个笨蛋，去省城又不是上战场，以至于慌乱得拿了这个忘记了那个。上了车，车走了几里地，二虎一捏背包，大声说坏啦！把车上人吓了一跳，司机忙一脚刹住车问，怎么了怎么了？

二虎忙摆手说不是你的事情，是我的事情。刘小军说你正常一些，钱包我看见你放到上衣里边了。二虎说我不是找钱包，我把王亚红的电话和地址忘带了。刘小军问大概位置知道不？二虎说知道。刘小军说你放心吧，就是什么都没有我照样能找见她们的。二虎不相信，说刘小军吹牛皮，凭什么找，你以为省城是坡上村，就那么几个牛皮人。刘小军说办法多得是，不怕人多，我们要嘴干什么，就是再多的人，我们只需要大声喊着你老婆的名字，不怕不答应。刘小军说，坡上村你跑几里地打麻将，我听见你爸喊你虎虎，你跑得比兔子都快。再说喊你老婆名字又不犯法，你怕什么呢？二虎说那我就放心了，反正有你我的心里就能踏实些。

车子在站上停下来的时候，日头已经到了中午。城里正是下班午饭的时候。刘小军和二虎穿过出站口，每个人手上拎着一个那种仿冒阿迪达斯的手提包。人多，车多，他们一直等着车辆走完后就走，可是车辆一直是一个挨着一个。刘小军说想在城里走路，首先胆子要大，他对二虎说你拉着我衣服，不敢走，一天都离不开汽车站。二虎说车把我们碰了怎么办？刘小军说车是人开的，又不是没有眼睛。走吧他推了二虎一把，二虎没有走两步，就看见一辆出租司机伸出头大声骂：不要命啦！只知道走路也不左右看看。刘小军没有理会司机的斥责。两个人嘻嘻哈哈地跑过了街道。

大体的道路还是有些感觉的，刘小军很快就和二虎确定了自己的方位。有人不停地过来询问去哪里，找不找工作？他两个相视一笑。城市就是城市，妈的找个工作也比农村方便，在农村人找工作，在城里工作找人哩。刘小军问都有什么工作？马上过来了一个穿着西装的女孩，说自己叫罗小姐，她是负责人力资源的，不知道你们二位想找什么工作呢？是做老总的秘书还是做司机呢？刘小军觉得太不靠谱了，我们能做秘书吗，我们能开车吗？女孩看到刘小军和二虎脸上闪过一丝的疑惑，说你想做什么呢，我们这里有上千个职位空缺。刘小军说我们只能找个出些力气的活路。女孩笑得咯咯咯咯，早说啊，这样的工作我们有的是。这样吧，你两个填一个表吧，也算是给我完成一个任务，你们不反对吧，OK。女孩说完后笑嘻嘻地对刘小军说，刘小军想拒绝，可是面对女孩的笑容，却点了头，他们两个本来想走脱，却跟上女孩三拐两拐地到了一个铁皮房子里。

房子里有几个女孩也在填表，旁边是一个中年男人，留着一小搓胡子，几个女孩说工资还能高些吗。中年男人说，工资高低不是我们说了算，是单位说了算。有女孩说，我们出来想多挣钱呢，男人色眯眯地说女人要挣大钱容易得很，就看你放开放不开，我们这里介绍了多少回头客了，钱挣得听说把手腕都数疼了。有些人甚至越过我们直接把亲戚朋友带去了，根本是过河拆桥，这样的人我们遇见得多了去啦！女孩们都说太好了太好了，我要妈妈看看我的能力有多大，我要让他们过上好生活。

刘小军和二虎很快就填完了各自的资料。罗小姐对刘小军说先生再补办一个手续吧。刘小军问什么手续？罗小姐说我们将为你们建立一套严格的档案库，专人要为你们搜索用工单位的信息，你们只需要交上十元的占位费用。不多吧，我给你说了，我们这是象征性地收取一点费用的，可是却要为你们不断寻找单位，直到你们满意为止，OK？罗小姐说OK的姿势很优雅，甚至让人有些动心，刘小军离罗小姐很近，他甚至能闻到罗小姐身上的香味，他觉得看罗小姐就是一种享受。罗小姐说我们的宗旨是优质的服务，低廉的价格，满意的人才。二虎不情愿，凭良心说，十元确实不多，一进门，罗小姐就为他们两个倒上了一杯水，而且罗小姐一再要求两个人留下联系方式。他们两个才进城哪里来的电话呢。刘小军说你放心吧，也许明天我们就会有电话，我们只需要换一个号码就可以了，我们会和你联系的。罗小姐说那就太好啦，你们这么坦诚我会让老板给你们一个合适的工作。刘小军问不是有现成的吗？罗小姐说现成的没有一个好的，我不会骗你的，相信我，我们觉得你和别的进城青年不一样，所以既然要介绍就把最好的留给自己人。

刘小军觉得罗小姐在骗自己，可是又觉得每句话语都不无道理，从介绍所出来后二虎说我敢肯定我们把钱白扔了。刘小军说十元钱就当是交学费了，再说了认识一个朋友多一条路呢。说到路我们要问问罗小姐呢，怎么走才能到桃花路。罗小姐说公交多得是，出租也就是十元钱，问题是桃花路也有南路和北路呢？二虎记得亚红说单位的旁边有一个公园，罗小姐说哦那就一定是南路了，因为只有那里有一个“丰收公园”。

刘小军说二虎，那就先送你好了，谁叫你比我小呢。二虎说那我们先吃饭吧。刘小军说不用了，我想你现在已经是迫不及待了。二虎嘿嘿地搓着双手，说你不说我还倒没有什么，一说我还真忍不住啦。

两个人到了南路的时候天色已经稍微暗了下去。很快他们就发现他们的想法是多么的幼稚。街道两旁是林立的楼房，总不能站在楼下大喊王亚红吧，那还不让人以为是神经病呢？刘小军挠着头皮和二虎一前一后地在路上穿行。行走一遍的时候还没有什么感觉，等前后走了几个来回后二虎就忍不住了，走上一段就要休息片刻。他说我们两个要一个晚上都在原地走动吗？我的鞋里像装了一块燃烧的煤球，又像有人给鞋子里放了一根锋利的锥子。刘小军说我也是，狗日的地方太大啦，就是我们两个加起来喊你媳妇，估计声音也就是屁大响动。

那怎么办呢，二虎问刘小军。刘小军说问问人吧！二虎说妈呀，谁能认识她啊。很快他们就看到一个女孩背着小包走了过来，女孩穿着一条很短的裙子，两条大腿又细又白。没有等刘小军问话，女孩就凑了过来。她也不说话，直勾勾地看着刘小军和二虎。刘小军说哎，你认识王亚红不？女孩说我们的姐妹都叫亚红，你找哪个亚红？再说了，不管哪个亚红都是一样的。刘小军说怎么能一样呢，亚红是他的老婆！刘小军把老婆两个字咬得很重，他想告诉女孩，老婆是不能冒充的。女孩哧哧地笑了，我就是你老婆啊，二百元就可以了，看你们两个人我再叫一个亚红吧！

刘小军和二虎面面相觑，除了紧张两个人不知道该怎么走开。他看到旁边有人路过的时候也用怪怪的眼神看着他们，还有一个行色匆匆的家伙一直再看，竟然一头撞到了电线杆上，刘小军扑哧笑了。女孩问刘小军笑什么，刘小军说我哥来了，我哥开着车来了。女孩回头一看，一辆警车闪着灯，女孩瞬间就变了脸，你以为我怕警察吗，怕警察我还做这个啊，没准儿还是我的客户呢，说着这个话，女孩还是极不情愿地离开了刘小军和二虎，她走的时候嘴上还骂骂咧咧。

二虎佩服得五体投地啊。你一定是占了坡上村的仙气，他说如果放在古代，刘小军完全是一个处变不惊的将才。刘小军很受用二虎的话，他说有什么怕的，那个物理上叫什么阿基米德说的给我一个杠杆，我能撬动整个地球。我也可以这样骄傲地说，给我几个美女，我也能几个晚上不睡。

二虎笑得前仰后合，他的笑声很夸张，哈哈的声音把路过的人的眼光全吸引了过来。突然二虎就停止了笑声，他说亚红，哎那不是亚红吗。刘小军看到王亚红的时候王亚红也正往他俩跟前跑呢。她穿着一件黑色的T恤，脑后的长发好像一片飘忽的云彩，胸前跳跃的是王亚红丰满的胸部，刘小军似乎都听到了扑通扑通的声音。很快她就抓住了二虎的手，说你们怎么走了一天啦，我都在这里等了几个小时了。讨厌得很呢，我都耽误上班了。刘小军说，什么都不怪，就怪我们是笨蛋。你说我们忘记了拿电话，我们能找见就不错了，不过现在任务完成了，要不然我还不知道把他送给谁呢？亚红说走吧走吧，饭我都做好了，就先吃一些饭再走吧！

亚红一个人住着一个屋子，屋子又黑又小，除了一张床就没有其他的家具了。但是房子收拾得比较干净，扒拉了一些饭，刘小军就想快速离开亚红的住处，再说人家也是久未谋面，何必要当灯泡呢。

亚红说不急不急，自己却急匆匆地刷锅洗碗，就在这样的空闲中也不断地把二虎从头看到脚，刘小军知道如果自己不在场，恐怕亚红早都扑上来了。

刚一出门，就看见亚红和二虎把头缩回了房子，刘小军听见二虎说那你慢走……啊字也被硬生生地关到了屋内。

华灯璀璨，今夜的月亮真亮，可是刘小军后来就发现不是月亮，是城里的路灯。真浪费啊，你说这么多的路灯多费电，费电就费电吧，又不是刘小军和梨花掏腰包。想到这里他在街道上快速地奔跑着，他想好好地跑一跑，也许一会儿他比二虎还要急切，想到这些，他的浑身都热了起来。

## 3

谁让你来的？你来干什么？怎么也不说一声？梨花黑着脸。她也把刘小军从头看到了脚，但是却没有亚红那样的眼色。刘小军兴奋地说东说西，他只看到梨花象征性地动了动嘴，这是梨花的笑吗，不是啊，她过去笑起来很迷人的，最起码让新婚之夜一帮闹房的心神不宁。都说梨花插在了牛粪上了，那时能气死一帮闹房的，刘小军可以做牛粪。再说了梨花就是牛粪培养和滋润的啊。

梨花比以前更好看了，细细的腰身，厚实翘翘的屁股，怎么看都把她和一个孩子的妈妈联系不上。城里确实养人。刘小军忽然就有了冲动，他猛地抓住了梨花的手，梨花说干啥干啥呀。他另一只手去摸梨花的胸部，梨花想躲开犹豫了一下就把胸部给了他。他说我要了。梨花说要屁呢，弄不成。扑哧就好像一把锥子刺到了气球上，刘小军就不动了，动有什么用呢？

电话忽然就响了。梨花接了个电话，就说要出门加班了。太讨厌了，还让不让人活，梨花说。刘小军说那就不去了，我来了还没有人养活你吗？晚上还要加班真的是比黄世仁还厉害。梨花说我们一直晚上加班呢，老板说晚上能出活。拿人的手软，我走了啊，你就直接休息吧，别等我！

脚步声慢慢远去了。没有人跟刘小军说话，房子死一般沉静，可是在黑暗中他却怎么也睡不着觉。睡不着觉就开始想白天的事情，梨花怎么了？他原来以为见了梨花自己的很多的事情就想通了，现在人也见了，怎么更加不通了。不通里还带上其他的什么，有些疑惑，也有些迷茫，更有甚是梨花的冰冷。她过去不是这样啊。说起过去，刘小军是多么渴望啊，在床上，梨花比他还主动，她经常拉着刘小军的手在两个热情的身体上游走，现在竟然是截然不同的态度。

一定是梨花太累了，累了就不想什么事情，累了就把一切看淡了。自己在家的时候不也是这样吗，跑上一整天，身体就不是自己的了，成了别人的了。真的应该想想梨花的不容易，一个女人家，在城里生存真的不容易呢。看来明天第一件事情就是给罗小姐打个电话，找工作是当务之急的事情。他要给梨花分担重担，如果实在不行的话，他私下请罗小姐吃一次饭，把自己的事情放到前面来。他把从内裤里掏出来的钱数了很多遍，虽然有些内裤的味道，但钱的能力丝毫不会减弱，就是在牛粪里抹一下他还会细心保存和收藏。钱就是钱，就是你怎么损坏它，它的本质决不会改变！

醒来的时候，刘小军吓了一跳，以为别人半夜把他换了个地方。房子是单元房，面积很小，但是和亚红的房子比这个就是天堂。房子里的所有家具都是崭新的，如果不是睡在梨花的床上，让人还以为自己睡在了哪个夫妻的新房了。

梨花没有回家，估计是睡宿舍了，他隐约记得梨花说不回来就睡宿舍。可是宿舍里怎么能睡好呢？他又不是没有睡过宿舍。那里边可嘈杂了，呼噜声此起彼伏，说梦话的，磨牙的经常让人不寒而栗。刘小军想还是先把梨花接回来吧！在自己的被窝里睡的能踏实一些。

他走了几站路都没有看见梨花说的服装公司。好不容易有一个服装公司，人家根本就不生产西装，看门的老头说单位怎么加班也不会干通宵的。劳动部门是干什么吃的，这样剥削工人就是典型的周扒皮，早都被查了，就是不查也干不长久，你说的这样的地方是有的，听说文艺路那边的小老板接个活不容易，接下了就一个晚上要干完，你去那里就压根没有办法找啊，那都是蜂巢一般遍布在村里，一来为了偷税，二为了减少厂房大成本，找个人比在大海里捞个针还难啊。

刘小军干脆就不找了，找见了说什么呢？说你回家睡觉吧，说你累坏了吧？自己不来，梨花还不是照样这样生活。他找了电话给罗小姐拨通了号码，罗小姐说我知道你是谁，你不要着急，我会上心的，今天忙死了，一下子有几十个报名的，OK，不和你说啦，有消息及时通知你啊！

二虎在干吗，给亚红拨通了电话。电话一直通着就是没有人接。怎么一下子好像整个世界都被屏蔽了。有朋友在老家说，没有通讯本没有电话，你究竟能记得几个人的号码。刘小军一拍头，真的是脑子让驴给踢了，给梨花打电话啊，梨花有电话啊。

梨花说你在哪里呢，我回家了你怎么不在。刘小军说我转转，马上回来。他本来想说我去找你啦，怕梨花不高兴就说我上街看汽车了，狗日好车真多啊，我越发地喜欢牛头标志的车了。什么时候也能买上一辆，就是不开放在家里看也是一种享受啊！

梨花说那叫丰田。刘小军说对对就是它。

进小区的时候，刘小军猜想梨花肯定红肿着双眼，哈欠连连。

梨花眼睛没有红肿，眼圈却画的红是红，白是白，眼睫毛像一支支外翘的刚针，嘴唇上血红一片，刘小军忽然就想到了坡上村人说的嘴像吃了死娃，嘿嘿你把嘴抹得像吃了死娃。梨花眼睛翻了翻说不好看吗？刘小军说还可以，跟电影明星似的。梨花笑了，笑得有些在老家的样子，有什么用呢，梨花说，生在农村，就是玫瑰花还不和狗屎一个样。

刘小军不知道为什么突然觉得自己配不上梨花了。他把梨花的身子抱在怀里的时候浑身瑟瑟发抖，在老家，他从来没有这样的感受，可是现在，他的手从梨花的衣角摸上去的时候，梨花没有抖，他自己却抖个不停。他把梨花的身体剥葱一般，让她暴露无遗的时候，他却不行了，他听见自己喉头咕哝了一句，不是有那个吗，可是在梨花褪下的内裤里干净整洁，分明是梨花昨天晚上说了假话。

刘小军觉得就是说了假话，也没有必要去追究，有必要吗？现在还不是摆在了自己面前。他说梨花梨花梨花我太爱你啦，你知道吗？梨花说嗯，刘小军说梨花梨花我要吃了你，梨花说嗯，刘小军说梨花梨花梨花我太幸福啦，梨花说嗯。

又是恼人的电话，梨花看了一眼，拒绝接了。电话很执着又是响铃又是振动，刘小军问是谁呀你接啊，梨花说别接是骗子，骗子套话费哩！刘小军想接，梨花却使劲儿摇摆着手，她甚至使劲儿地做着拒绝的手势，生怕刘小军不小心按了接听键。两个人就像面对一个即将爆炸的炸弹一样，看着手机在面前响铃，看着手机在桌子上振动。

梨花把手机索性关了。关了手机似乎世界都清净了，刘小军和梨花两个人你看着我，我看着你，看着看着梨花就哭了。她不知道为什么想哭就是觉得鼻子难受。在坡上村都知道梨花在省城挣钱呢，可是问问出了门的，谁没有一笔心酸账。刘小军说钱是万能的，可是他不知道钱永远是死的，而感情却是活的，它就活在人的心里，人心变化的时候，它就随之变化，人心死了的时候感情也就随之死亡。

刘小军用手纸抹着梨花的眼睛说，别委屈了，不管发生了什么事情，我们都应该替兵兵想一想，他整天念叨你呢。他又长高了。

说起儿子，刘小军的话就犹如流动的河水一样滔滔不绝。似乎对儿子，梨花的心更贴近一些。都说女人的心是水做的，刘小军觉得说这话的人真有水平，梨花对儿子兵兵真是太爱了，刘小军感觉梨花可以把心掏给兵兵，他或许都做不到！有兵兵做挡箭牌，或许不会有什么意外吧。刘小军觉得不仅不能有，而且是坚决不能有意外，有了意外，兵兵怎么办呢？他怎么办呢？所以他要用一个男人的坚实肩膀给梨花，让梨花靠，让梨花歇息！人心都是肉长的，刘小军不相信自己把梨花的心拉不回来。眼下先必须清楚梨花的单位在哪里，这样的话他每天都可以去接送梨花。

后来梨花去上班，刘小军多了个心眼，就在梨花的后边远远地跟着。可是梨花的腿总是快得出奇，三拐两转的就不见了人影。有几次眼看跟上了总会被问路的人打岔。问路的还好说，他老是被一老一少的母女俩拦住，她们操着外地的口音，没有说几句话，女孩先趴在地上磕头作揖。老的说，孩子两天都没有吃饭了，你是贵人多帮忙！她拉着刘小军的手说你总不会让孩子饿死吧？

刘小军说你让孩子起来吧。刘小军伸着脖子在人群中找梨花，可是没有给钱，女孩不起来。女孩斜着眼用余光就可以看到刘小军的举动。刘小军掏了五元钱给了老年的妇女，女孩才起身。可是梨花又在人群中不见了踪影。他后来发现这条路上过几天就会有这样的事情发生，再遇见时他就摆摆手，步子迈得飞快。他想梨花到底在干什么呢？为什么上班走的时间老是在晚上，该不是做鸡吧？他想到这里，心里突突乱跳。他被自己突然的想法吓了一大跳。要是做鸡，他怎么办？做鸡那就太丢人了。他们村门门的媳妇听说就在城里做鸡了，走路的姿势松松垮垮，村子里的人都说是让男人给干的成了那样。乖乖，好好的一个女人能让多少人干成那样，可是门门的媳妇却没有痛苦的样子，相反走路的时候还把头也仰得高高的。村子里的老人看见了门门的媳妇走过去，都慌不择机地吐唾沫，就像碰见了一阵阴风。村里小孩跟在门门媳妇的身后唱着：鸡呀，鸡呀，送到哪里去，送给咱城里的大老板。门门媳妇给孩子们吐口水，孩子哄笑着四散跑开。门门不答应了，他把媳妇用绳子绑住脚，绑住手，再给自家的门上加上锁，想把媳妇的心收回来。媳妇又哭又闹，说在家里有什么好，自己年纪轻轻的，总不能守一个穷鬼往死里熬。做鸡有什么不好，不用投资不用冒险，钱哗哗地往口袋里进呢。你门门真是个瓜×，跟媳妇过不去，难道跟钱也过不去。现在自己年轻还有人要，过几年就是放在马路上白给都没有人买。门门的娘气得捶胸跺脚地说：祖先坟里冒了气啦，赶快去坟地砸一砸。门门端一块砖跑到坟地，一边砸一边说不信你就回不来。偏偏让放羊的马三看到了，马三看到也没有什么，可门门砸的坟地不是自家的坟地，是马三的父亲的墓。马三一家都迷信，先人的墓砸烂了，气跑了还不让人笑死。坡上村什么玩笑都可以开，就是人人都听不得让人嘲笑先人坟里跑了气。他看到门门拿块砖在父亲坟上砸，大叫一声就扑了过来。他的手上拿了一把锋利的镰刀，像割麦子一般把锋利的镰刃伸出去挂在门门的脖子上，嘴里哇哇地一使劲儿，鲜血四溅。有人说门门的头当时就像西瓜一样掉到了地上，也有人说门门的血喷得有一丈高，就像水龙头被砸坏了开关。马三被眼前的景象吓坏了，被警察抓住的时候还没有回过神。门门死了，门门的媳妇又走了。她才不管脸不脸呢，脸是什么？脸就是一张皮，既然是皮还有什么放下放不下呢！一个人做鸡，害死了两家人，现在如果又是相同的事情那该怎么办？把梨花狠狠地打一顿，然后把她绑回坡上村？可是把她绑回去有什么用呢。就像打碎了盆子，就是找来能工巧匠，使出浑身解数把盆子修好，依然有修复的痕迹啊。人也一样，就是回去了，做鸡的名声就像一枚印章一样永远盖在他们一家的脸上了。如果真是那样，那人就丢大啦！

难怪父母让出门寻找梨花，只是没有把话说得很清楚。说清楚了父母的脸搁哪里呢？

## 4

二虎先找到了工作，在一家银行当保安，一个月管吃一千元，钱是小事，二虎心情却好得一塌糊涂。他穿着银行发给的保安制服，戴着一顶大盖帽，说亚红认了一个干哥姓冯。虽然给二虎介绍了工作，但二虎没有把老冯叫哥，不叫的原因很多。把一个老头叫哥他实在叫不出来，再说了如果把衣服上的保安换成警察的字样，或许他可以红着脸叫老冯一声。他不喜欢老冯，如果不是看在工作的份上，他马上会给老冯脸色，不让老冯叫亚红妹子，更会让亚红和老冯断绝关系。他找见了刘小军的时候，不停地拉着自己皮带下的衣角，并且把帽子正了又正。他老有一种念头在心里萌动，要是一身警服该多好啊。二虎说我请请你吧。没有你我还来不了省城，没有你我找不见亚红。他说他每天上班哪里是上班啊，完全是看钱呢。说是保卫安全呢，其实银行里还是很安全的，就是有抢劫的也没有人抢银行，都知道银行没有钱，抢银行还不如抢用户呢，他就看见一个用户拿了一袋子钱。看见钱他的眼睛都快花了。银行里的职员看用户的感觉好像看见了他二爸，把人叫到摆有真皮沙发的房子，又是倒茶又是水果。柜台上的客户职员却吹胡子瞪眼一会儿埋怨单子没有写好，一会儿说密码按得太轻，把客户整得没有一点脾气。唉有钱人和没钱人真是冰火两重天，一个街道两个遭遇。说白了还不是钱是好东西。说起了钱，就想到了吃饭。街道上的饭店很多，二虎却不敢进，他对刘小军说，这么排场的饭店哪里是吃饭的地方，分明是有钱人摆排场的地方，我们找个小地方吧。小地方饭店便宜实惠，还不宰人，他说。

刘小军看到路边有一家川菜馆，外边挂着几个菜的价钱，便想提醒二虎。一转身二虎已经进去坐下了。二虎哪里是点菜，简直是研究菜谱的。看了又看，想了又想，就是不理服务员的介绍，把菜单几乎要翻烂。服务员的脸色越来越不好看。刘小军就找了便宜的点了几个菜。既然有菜了就应该有酒的。两个人不喜欢喝白酒，就喝啤酒。啤酒就着凉菜，越吃越有感触。二虎酒量小，不一会儿就觉得舌头开始转不了弯。刘小军说二虎你酒量怎么样，要是酒量不行就不要再动酒了，要不一会儿管不住自己了，谁背我们回去呢？二虎说我就是喝死也能管得住自己的身体，你放心，你放心。他忽然就放声哭了起来，他说我能管住自己却管不住亚红，我现在不知道该怎么办？过去在家的时候，亚红让我洗自己，现在能洗澡了，办事前却喜欢戴个套套子。我有病毒吗？戴就戴吧，戴个套子多难受啊，哪里有一点感觉，每次自己的那个软成了面条自己也不知道。更让二虎难受的是来了快一个月了还都不知道亚红做什么工作呢。你说做什么有什么不能说的，一问还说以后告诉我。不问也可以，却是钻钱眼里了，每个月就知道存款，就是有个九十元就非要补充到一百，把自己身上搜干净还要把二虎的也搜光。二虎的身上有什么她都不管，就是能够看住二虎身上的口袋，二虎身上的角角落落都藏不住一点东西，过几天就要让亚红扫荡一次，二虎的身上又不是产钱机，实在搜不到就让二虎想办法借。晚上还说别忘了向刘小军借钱，只借十八就够存二百了。钱就那么重要吗？二虎拿着酒杯像是问刘小军又像是问自己。一个大男人每天身上没有一分钱，你说是个什么啊？

刘小军忽然也有了哭的想法，可是他看见旁边的人都朝他们这边看，他就忍住了。一家有一家的难处，他不缺钱，梨花老给他钱，他不要。他要钱干什么用呢？他只是觉得两个人每天都生活在猜测和心计里就难受，为了摸清情况他甚至特务一般跟在老婆的身后，穿街过巷，人说城里人心眼多，可是为什么农村人进城就有了飞速的变化，这是人过的日子吗？趁二虎哭哭啼啼的当口他买了单，和二虎两个手挽着手，肩膀靠着肩膀走在省城的大街上，天黑乎乎的，稍微有些风，他们两个不说话一直在走，走着走着互相看看就一起哭，啤酒让尿来得快，他们就把家伙掏出来，不管过往的车辆，站在马路上尿。有人过来一看两个酒鬼在街上就远远地避开了，不避万一被两个酒鬼捅一刀怎么办，听说很多人喝多了就拿刀乱砍呢，醒了却说不知道喝酒的事情。

后来二虎说去跳舞吧！我们也去开开洋荤，我听同事说现在流行黑舞厅。刘小军说我不会跳舞，我哪里会跳舞呢！二虎说我也不会跳就当是我们去找刺激。

两个人在街道十字的角落里看到了“火野鸡”的名字，名字的下方是一个大大的“舞”字。他们站在门口看了很久才确定叫“火野鸡”。刚才还想哭，舞厅名字让他们觉得哭不出来了。火野鸡哪里是舞厅，简直就是一只胳肢你的手，它在你的痒痒处又抓又挠，确实真够火的，就是没有旁边的霓虹灯同样也能吸引人。他们看见门口招揽客人进场的光腿女人快露出肥大的屁股，随着音乐的节奏摇来摆去。所有的男人排着队往里走，谁插一下队就有人骂。一进舞厅，刘小军紧紧地拽着二虎的胳膊，生怕和二虎走散了。舞厅里漆黑一片，嘈杂声和音乐声混加着窒息的人体汗味，整个楼板都在哐哐作响。等稍微平静下来的时候，刘小军才看到黑压压的人群，男的抱着女的，在黑影处旋转；女的抱着男的，在角落里浪笑。

刘小军甚至看见一个男人的嘴像个猪仔一般拱着女人的胸部。这也叫跳舞啊，刘小军大声对二虎说。旁边有一个女孩说这叫摸吧，十块钱随便摸。来吧，才十块钱，便宜得还不如白菜呢！刘小军说自己不会跳，女孩说有什么跳的，不会跳难道还不会摸吗，女孩看着他生气地走开了。

曲子慢了下来，逐渐恢复了平静。原来一曲结束了，灯光才开始明亮起来。一时间舞厅的全貌才显示出来。也把所有的人暴露出来。男人在整自己的衣服，女人在拉自己的裙子，有女人还拿着钱在灯光下照，寻找水印有没有，金丝线在不在。没有一个人还记得刚才，刚才好像世界是乱了那么几分钟，大家才懒得管呢！

刘小军说这有什么意思呢？二虎说那人都跑来干什么呢，就是要在没有意思里找意思，在黑暗处找快乐。这个地方太好了，他说我要摸一曲，你借我十块钱吧，就一曲，来城里也要把城里的事情了解了解。二虎说你千万不要给亚红说。刘小军说不说也有人知道了，二虎说谁，刘小军说狗日的梨花在这里呢，顺着刘小军的手势，二虎看见梨花花枝招展地冲了过来。梨花满脸怒火，她生气的时候皮靴在水泥地上发出通通的声响。她穿的衣服真薄，隐约都能看见胸口的奶头，刘小军似乎在黑暗中听见啪啪的耳光声。二虎在一旁大声喊叫，军军哥先别打先别打。刘小军已经忘记了一切。他在抽打梨花的时候，眼前的金星在哗哗地冒，他感觉自己不是自己了。驴日的，他听见自己的声音在舞厅里震得生响，每扇一个耳光他就骂一句：驴日的，狗日的，猪日的，牛日的，骡子日的……胳膊被扭住的时候他还在想还有什么没有骂出来，几个彪形大汉掳住了刘小军的胳膊的时候，刘小军的脸上也已经挨了几拳。梨花满脸委屈，脸上的脂粉也被抽得犹如胡乱涂抹的油漆一道一道。

刘小军像一个被揪住翅膀的公鸡，扑腾不出几个壮汉的手，二虎光站在旁边大喊别打了别打了。他看见几个人留着茶壶盖一样的碟子头，胳膊上刻着耀武扬威的蝎子和张牙舞爪的青龙。要出人命了。看见一个人手里拿着刀子在一边站着，嘴上不停地说废尿什么话呢，砍死算了！梨花也跟着喊了一声。

留着小胡子的男人好像是老板，虽然瘦小，但是眼睛却贼亮。他走过来，几个壮汉都冲他点头哈腰，他说就是你老婆你也只能回家打，这是我老四的地盘。不管你打的是不是你老婆可你砸的是我的场子，我是守法公民，不会动你一跟指头，你等会儿跟警察解释吧！

后来分开众人进来的是两个警察。众人一看警察来了都说刘小军是混蛋，本来舞厅秩序多好啊，既没有毒品也没有涉黄，这么健康的场所都让一个坏蛋给搅了，分明是一只死老鼠害了一锅人参汤。还有喝高的家伙说不是可惜酒瓶能卖几个钱的话，就想让你试试你的头硬还是酒瓶硬。尽管警察全力保护着刘小军，刘小军还是被几个女人用尖尖的皮鞋踢了屁股，她们一边踢还一边说你赔我们钱你赔我们钱。警察说放心吧，我们会给大家一个满意的处理，该跳的跳，该干什么的继续干什么，只要不违法我们就是保护大家的。

梨花也被带上了车，好像和警察比较熟悉，出了门就央求警察放了后边的两个人。开车的警察说：放了，你说得多轻松啊。你是要弄我们呢，扰乱公共秩序还不关他俩十天半个月的。火野鸡也是他们撒野的地方？也不看看自己长了几个脑袋，别说他闹事，就是我们警察也不敢到那里怎么样呢，人家的背景多深啊，你难道不知道吗？火野鸡老板吼一吼，省城也会抖一抖。开车的警察说不要说这么多，跟他们说了他们也不知道，出去乱说还影响我们的形象呢。梨花说李哥我交钱还不行吗？不让你们为难。两个警察互相看了一眼，叫李哥的警察似乎口气好了一些，只要懂规矩就好，回去好好劝劝你老公，你老公不是山西人吧，这醋都吃到舞厅了。梨花说，刚来城里不熟悉，等熟悉就好了。警察说对对，农村就是这么封建，你看现在的学生娃哪个不是男女在一起同居呢，入乡随俗啊，你不接受，你就别进城。进了城你就要有这个准备。我们侦破多少这样的案件，因吃醋杀人啊。梨花说我们就不去所里啦，干脆让我们下吧，李警察说回去走个程序吧，程序总得要走的！哄人也是要哄睡着的！

梨花交了钱，刘小军没有说一句话。他始终微闭着眼睛听警察说。他不想说话的原因很简单，说话有什么用，说话就能让自己血迹斑斑的脸上完好如初？说话就能让自己的疼痛减少消失？破败是皮肉上的，痛楚是心上的，谁都不知道，谁也抹不掉。出了派出所的大门，他走在前面，二虎小跑着问他：军军哥你没有事情吧？他摇摇头，想说话，可是不知说什么好，就委屈地长出了一口气。梨花远远地在身后，她的皮鞋跟太高，所以快走起来像个出笼的鸭子，每走几步都会打个趔趄，后来梨花就把鞋脱了，光着脚跟上跑。到了十字路口二虎说我也走了，你们先回家吧，回家就没有解决不了的事情。

进了家门，刘小军问梨花怎么办。梨花两只手抱着胸口说你看见了你说怎么办就怎么办，现在你也知道了，我的工作就是陪跳舞，再说了你们跑那种地方去干吗？刘小军指着梨花说，你知道不要脸是做什么吗，你这就叫不要脸。梨花哼了一声，有什么不要脸的，警察都说是合法的场所呢。警察警察，警察怎么不把自己的老婆给人摸呢？他说我不和你住了，再住我怕我会被气死。刘小军说就算我求你，你不干这个能死吗？梨花说那我干什么。在城里不比在农村，上个厕所都要五毛钱呢，没有钱能干什么。一分钱都能难倒英雄汉呢。刘小军一直认为钱确实能带来舒适的生活，可是晚上的经历让他忽然对钱产生了厌恶。他似乎隔着衣服都能感受到一张张纸币散发着恶臭。有人说钱可脏了，他还开玩笑说，他不嫌弃钱，给多少要多少，现在终于明白了，很多的事情是事实一个个得到印证，是实践让流言成为真理。他忽然想回家，地里的麦子该起身了吧。他想起来，每个早上，父亲都会早早起来，然后一个人蹲在地头，望着绿油油的庄稼出神。他问父亲看什么。父亲说看庄稼成长。他不相信，父亲说一个人的时候，它们成长的声音比雷声还大，它们成长的速度比飞机还快。刘小军现在多么想一个人蹲在地头上聆听麦子成长的声音啊！

梨花抱住刘小军说，你发什么呆啊，别想了别想了。她拿了一条毛巾使劲儿抽打着刘小军身上的尘土。她说我什么都没有损失的。

真的是梨花说的那样吗？刘小军一直在想这个问题，每个人的身体都是父母给的，如果拿着身体去挣钱，让人怎么也想不通。梨花说你要是想不通了我们就拉倒，也别这样的说来说去，能想通了就别吭声，我还想再挣几年钱。够用了就回家跟你好好过日子。

刘小军问多少是够用，多了多花，少了少用，名声是钱买不到的。现在只要二虎一回家，梨花陪跳的事情就会飞遍坡上村的角落。他的父亲一定会把一颗苍老的头颅塞到裤裆里去。

刘小军深深地感到羞耻，他没有为父辈带来荣耀，没有为父辈带来希望，却要把耻辱无情地凌驾到父辈的身上。

梨花嘿嘿地笑了，她说黑猪还笑老鸦黑，亚红还做小姐呢。让二虎回去做个大喇叭，最好在村头上一挂，全天广播。亚红本来和她一起陪跳舞，后来说一曲十元太慢了，蜗牛都比这个快。不知道人家怎么联系的门门媳妇，两个人准备还要在省城买房呢。

都变啦！刘小军说。如果坡上村的父辈们知道自己的孩子进城做了什么，都该给自己掘下一个坟墓跳将进去。

梨花说现在都是什么社会了，早都笑贫不笑娼了，你没有见多少城里人下岗的老公接送老婆到舞厅。

刘小军说我是实在不能接受这样的事实，或许我的思想跟不上了。他说话的时候头又开始嗡嗡作响，没有一件事情能让他想通，他的两只手揪着头发。他想静一静，可是根本平静不下来，一个晚上脑子里就好像塞满了蒺藜，动一动就刺得生疼，转一转，就感觉皮开肉绽。

天一亮他就给罗小姐打了电话。如果没有消息，他就准备回家。

他不能像一只寄生虫一样不光彩地活在梨花的影子里。关键是梨花的每一分钱都来得那么恶心，恶心极了。他要以最快的速度摆脱梨花对他的束缚，就是管个吃管个住都可以，睡在梨花的床上，比睡在钉子上还伤人。

罗小姐咯咯地笑着，刘小军可以想象罗小姐的姿势。她一定用手捋着自己长长的头发，一边翘着头，说几句话就甩一下掉下的头发。她说如果今天再不来这个电话，就等于过了这个好村子啦，幸好你电话来啦，终于给你找着好地方了，你要请我吃饭啊！她说。我喜欢吃肯德基。

罗小姐果然说话算话，她不仅把要人单位的电话和地址给了刘小军，而且和刘小军聊了一个早上，事情解决了总好像要落个好，因此罗小姐不断地叙述这样的机会让刘小军碰上了，如果二虎没有找到工作，她都不知道给二虎怎么交代呢。二虎这个人好像有些呆，罗小姐说呆的男人她不喜欢。她没有再说OK，不说了反倒觉得更亲近了。罗小姐告诉刘小军自己老家也是郊县人，以后就是朋友了。也不要叫我罗小姐了，叫我罗小娟吧。

刘小军临走的时候就问了一句话，他问罗小娟成家了吗？罗小娟咯咯地笑说那是我的隐私啊，一个男人是不能随便问一个女人的隐私的，包括女人的年龄。

刘小军满脸绯红，走也不是，坐也不是。他一边说着对不起，一边说那我能联系你吗？罗小娟说欢迎你骚扰，不过我的男朋友很多的，朋友交往不能干涉其他的事情，否则就拜拜。有一条比较重要的要声明一下，我这个人出门不喜欢带钱，要是约我出去玩，花费和开销都是男人掏，要过夜，必须三星级宾馆，低于以上档次，我就不去啦。我想给你一个表现的机会，你还抠门节省，你还能做成什么事情。我这个手机是一个客户送的，我的这个裙子说出来你一定不相信，连我自己都不敢相信。有个男人在街上碰见我了，说我比他老婆漂亮，裙子是买给他老婆的，穿给老婆就把衣服糟蹋啦，裙子穿在我身上才是配对了。我以为遇上了神经病，可是人家根本没有病，再说有病能看上这么漂亮的衣服吗？

刘小军想走。可是罗小娟不让他离开，她的话还没有说完。看来罗小娟才在认识钱的阶段，他看见罗小娟向他不停地挤眉弄眼。他感觉罗小娟对他肆无忌惮地挑逗就像一只扑向鲜花的蜜蜂，更像一个碰见鲜血的苍蝇。现在的女人真的胆子比驴胆都大，很快他就觉得这个比喻是小儿科，驴胆算什么，简直是豹子胆啊。

## 5

不过，刘小军还是很满意罗小娟给他介绍的这个工作的，这是一个城区的工地。本来是要建成一个高档社区的，可是还没有挖坑的时候就有人拿着现钱要买房，而且把每平米的价格炒高几倍。原来以为高价钱会把人吓跑，没有想到离谱的价格把有身份的全吸引过来了。买房的队伍从工地排到了路上又在路上转了几个弯。道路拥堵没有什么，结果排队的人为了谁前谁后打了起来，一个是有自己工厂的老板，一个是部队的团长。老板把厂子的工人都叫了过来，团长一着急喊了一帮战友。两边的人横眉冷对，恶语相加。老板在现场放言，一会儿看热闹的只要站在自己这边，打一拳，给一百，踢一脚给一百，只要参与骂人的行列也有奖励。现场有人就说团长不好好带兵掺和什么房子呢？老板马上抽出一张五十元塞到了说话人的手里。团长也不甘示弱，他说如果你们再逼，老子找枪把你们全部突突了。一个路过的电视台记者碰到了，记者扛着摄像机狂扫一遍，一曝光才发现工地什么证件都不全。房卖不成了，正在施工的建筑队也被临时停业放假。

民工散了，机器不响了，交了钱的追着要钱。老板和业主躲猫猫，有人就要拆工地机器，偌大的工地能空着吗？不仅不能空着，而且还要严加防范。他们甚至在墙上刷上了标语：防盗、防火、防记者。

人有打盹的时候，再配上一条狗，就更完善了。工头把狗交给刘小军手里的时候，狗汪汪直咬，工头说狗没有名字，叫什么名字它都能感觉你叫它，叫什么名字它都没有反应。

刘小军感觉这条狗是一条疯狗，他喂了好几天照样咬他。后来工头说这样的狗才能看好工地，因为一有响动它就咬，叫什么名字他还咬，你说哪个小偷还敢来？不过不用担心咬伤你，我把疫苗也批发了，只要咬伤你，就赶快打疫苗，你说你有什么担心的？

刘小军不担心自己，他担心狗咬伤了别人，咬伤了路过的孩子。为了防患未然，就找了个毛笔歪歪扭扭在工地的门口写上了几个大字：内有疯狗！请勿靠近！

几个刺眼的字在阳光下放着寒冷的光，就几个字足以让别人心惊胆战了。有那些内急的家伙过去不留心就钻进工地乱撒尿。工头为这个事情正发火的时候，几个字就把人给镇住了，再没有人敢进来撒尿了。工头说刘小军有思想，点子好，月底就给加钱。

他一个人坐在工地的棚子里，看着天亮了天黑了。

梨花来过几次，他也懒得想很多。不冷不热地凑合吧！他给家里打电话，父母说一切都好，他也就放心了。眼看就快过五一了，过完五一很快就收麦子了，父亲说收庄稼的时候一定要回来，农民不看收成就不是农民了。

刚自在了下来，亚红却打电话过来，说二虎出事了。二虎能出什么事？一定是亚红又让二虎找刘小军借钱，二虎不好意思，所以亚红就自己联系刘小军。亚红说我不借钱了，二虎真的出事了，他被警察带走了。亚红说自己老上夜班，二虎一个人在家，没有事情做，就打声讯台和那些女孩乱聊天，手机费多高啊，自己一天那么辛苦才能挣几个钱，哪里有钱给那些妖精。可是只要手机还在二虎身上，二虎就忍不住，过去只知道吸毒有瘾呢，抽烟有瘾，没有想到打电话也有瘾，为了让二虎打不出去电话，电话停机了就不给他缴费，总算把二虎的毛病给制住了，可是她万万没有想到，这该死的电话就是停机了还能打出去啊，你说二虎傻不傻，120也是免费的，他怎么不拨，偏偏拨110。拨了就拨了，还要见对方。110的女警察就问他在哪里，他跟人家把什么都说了，我早应该知道男人就是这个德行，见了女人就不知道自己是什么了，恨不得把心给女人掏出来看一看。二虎傻乎乎地等女警察，进门的没有一个女警察，他们把二虎从床上拖下来的时候，二虎还骂人家，骗子，骗子，并且要求再打一次质问女的为什么自己不来让一帮男人来，我怎么你了。我就是寂寞和你说说话，见面还是女的主动提的。真是骗子，城里人都是骗子，以后再不上当了。亚红说你说怎么办？刘小军说我也不知道，要不就花些钱把人保释出来吧。亚红说我对警察说了，要钱没有，要命就拿去，吓唬谁呢？刘小军说钱是你的命根子吗？他想骂亚红，可是觉得骂她有什么用，他把电话放在一边，亚红在电话里啰啰嗦嗦地絮叨。他拿了一块砖，进了狗棚，狗以为是送吃的，他的手腕一晃，砖就结实地砸在狗的腿上，狗委屈地叫着躲藏。刘小军骂了一句，他不知道是骂亚红还是骂疯狗。总之是打了骂了，心里总算舒坦了。

二虎见到刘小军的时候，哭得像个孩子。他说要回坡上村，城里处处是陷阱，他再也不进城了。就是给我多少钱都不来啦。他委屈地抹着眼睛，说谁再来谁就是猪生的。城里有什么好，没有人给他说话，没有人给他笑，人人都摆着面孔，像是把人家女人偷了一样，哪里像在坡上村。坡上村的孩子在街道里玩耍，大人在地里劳作，老人们在村口喊着儿子的名字。现在才真正觉得坡上村是天堂，城里是地狱。

刘小军让二虎等几天再说，就是回去也要把别人的事情交代好，人要有信用，既然答应了就要给人家负责，他也是回家心切。如果不是答应人家，那天晚上就连夜回去了，就是走路他也会走回去的。他说你先回吧，到月底再说吧。

第二天早上，吃过早饭，工头没有来工地。刘小军如坐针毡，心里慌乱不堪，他坐也不是站也不是，总感觉有什么事情要发生。该不会有小偷进了工地，机器完好如初，静静地堆在刚刚挖开的泥坑里。怎么没有听见狗的叫声？坏啦，他撒腿跑到狗棚的时候，只看到拴狗的铁链散乱地扔在地上。紧接着就听到了女人大喊救命声。

清早的街道还有些凉意，他步子迈得特别大，跑到工地门口的时候，远远看到狗堵住了一个牵狗的女人。女人有一头飘逸的长发，漂亮的脸蛋因为紧张变得扭曲，她走也不是站也不是，嘴里发着恐怖的叫声。女人的狗高大威猛，四条腿上还穿着色彩鲜艳的裤子。疯狗围着女人转，嘴里发出呜呜地怪叫。后来女人的狗也就配合着叫，两只狗在一瞬间就抛下了种族和贵贱之分。一扑，疯狗就爬在了女人的狗身上。刘晓军的心总算放下了。没有咬人，是多么万幸的事情啊。在坡上村，狗都是放开的，它们绝对不会因为在村庄而停止爱的表白。在街道上它们会忘我地纠缠在一起，被人追着驱散它们跑上几步又会撕扯在一起。

可是女人并没有停下来喊救命，尖利的叫声划破了清晨的寂静，把晨练的人，上早班的人，等公车的全叫来了，围观的人越来越多，女人站在围观的人群中终于忍不住哭了。围观的人都在笑，说狗的家伙和人的就是不一样，明显要长得多；有人说长是长就是太细了，细了就是牙签塞到嘴里，什么感觉都没有；有女人纳闷说狗怎么和人一样也是这样做啊。很快人群对她的疑问发出了哄笑，哄笑的时候人们都看到拉狗的女人迅速掏出了一个电话。

警车呜呜地叫着，冲过来的时候现场已经结束了。在刘小军的呵斥声中，罪犯耷拉着脑袋心满意足地进了工地。刘小军心想它一定知道丢人了，毕竟和人家太陌生了。

警察问谁报的警，谁打谁了？

众人说没有人打架啊。没有人打架聚集在一起干什么？散开散开。警察用手指着围观的人群。

女人一边哭一边对警察说，警察不是打架，是强奸啊！

警察马上面色严峻，问你是受害者，罪犯呢？

女人一跺脚，你没有眼睛吗？怎么说话呢？不是我，是我的狗。

罪犯是他。她指着刘小军。警察看看狗，又看看刘小军扑哧笑了，他们把刚才解下来的警棒又系在腰上，他们总算放心了，如果是人的话，搏斗是避免不了的，能在光天化日之下强暴女性，绝对不是等闲的匪徒，众目睽睽之下作案，心理素质何等地好啊，有一个警察甚至都冲着对讲机喊话，准备要求增援。现在看到是狗的事情，放心了。

女人说是他没有看好自己的狗，现在把我纯种的藏獒给强奸了，我的狗一百万呢。

刘小军起先觉得还好玩，再一听藏獒的价钱和一套别墅的价格相同了，马上就笑不出来了。乖乖，一百万啊，那是一个多么大的数字。他见过一百万是冥币，不知道人民币一百万是什么样子，一麻袋能装下吗？那么多的钱买一条狗，真的闯大祸了，他想。他想跑，可是腿酥软得挪不动脚。进城的农村人怎么这么倒霉呀，他现在才相信人背了放屁都会砸着脚后跟，这还不是砸脚后跟的事情，这是砸了脑袋的大事啊。

警察并没有打算要带走刘小军，可是女人不依不饶，她质问警察刘小军是他们的亲戚吗，既然不是亲戚为什么心慈手软，连他也不敢抓，为什么不给他戴上手铐。他的身体那么好，腿那么长，如果一会儿跑起来，就是有车估计也追不上。后来她就继续打电话，并且询问警察的姓名，甚至让警察接电话。警察说自己没有这个义务接她的电话。后来女人说是你们苏局长的电话，你恐怕是个新警察，连你苏局长的电话都不接，你不想干了。知道吗，她对警察说，我是局长的妹妹。警察的表情马上变得严肃起来。拿过电话听过声音后连说是是是，好好好，最后还站得直直的好像面对的不是电话，而是亲临现场的局长。

走吧，他们对刘小军说，请配合我们的工作，警察拉响了警笛，警灯也开始闪烁。

刘小军说我给老板打个电话吧，他的手抖个不停，不是拨错了按键，就是发射不出信号。警察说别拖延时间，大家都是忙人。要打就打电话，不打就跟我们回去。

女人不愿意跟车回去，她说她有车，就是没有车她也不和流氓坐一起，看见他，她指着刘小军说十天都可以不吃饭了，如果不是早上没有来得及吃早餐，现在早已经吐得稀里哗啦了。

刘小军大声地说请你尊重一些！他一直没有说话，现在他觉得这个女人完全把自己上升到了一个伤害人格和尊严的地步。我是农村人，但我并没有做什么鸡鸣狗盗的事情，即使农村人低城市人一头也并不能在人格上被击倒，就是城里人的拳头大，也不能用拳头击打尊严和良心。

女人说尊重是有条件的，对流氓谈什么尊重，臭流氓！鄙视你！鄙视你！

到了派出所，刘小军就被人带到了滞留室，没有一个人问没有一个人管。好不容易看到一个警察，警察跑过来脱了他的皮鞋，抽了他的皮带，他提着裤腰说我不会上吊，我要个说法，凭什么把我关到这里来。警察说喊什么喊，你就不能好好地悔过悔过吗，我抽你的东西也是为了你好，你出个什么事情我们都说不过去呢。

刘小军的工头下午才赶到了派出所。他质问刘小军为什么把铁链子弄断。要知道铁链子花了五十多元钱呢，那样的链子不是生产的，是专门找人定做的。现在把你卖了能给人家赔上藏獒吗？如果要判刑，你就承担责任吧，我没有看狗，我有什么责任呢！

后来刘小军就被警察轮番问话，是不是早有预谋，是不是跟踪过吴小姐，是不是看上吴小姐的藏獒，是不是和吴小姐有什么仇恨，如果没有仇恨完全就是仇富心理在作祟。这个地区经常有人砸车，经常有人砍人，还有人开车绑架。总之是种种的设想没有给刘小军戴到头上。

第二天上午，警察实在找不出理由给刘小军一个罪名，法律规定的滞留时间也到了，就开始要钱，说赔偿吴小姐。工头说现在工地停了，哪里有钱，有钱还要狗干嘛，要狗就是不用给狗发工资，不用给狗买保险，更不担心狗为钱要跳楼，人要跳楼，警察还要出警，养狗也算是给警察解决难题。警察就和吴小姐商量怎么办，吴小姐说没有钱坚决不行。警察就给工头施加压力，工头才极不情愿地交了两千元。刘小军一出来就被工头骂得狗血喷头，工头还扬着右手要抽刘小军。刘小军不躲也不说话，他看着工头扭曲的脸，在地上吐了一口。

他在门口见到了二虎，二虎说城里人坏透了，我们回去吧，你还留恋什么呢？

刘小军留恋什么呢？他没有什么留恋的，他们两个像当初出门一样，从一个街道穿过一个街道，把省城看了又看，刚来的时候他们清楚地记得城市是多么漂亮啊，高楼大厦，人山人海，可是现在看起来却是那么古怪和嘈杂。和坡上村比较，有什么好呢，坡上村有绿油油的麦田，有红的桃花，有粉的梨花。

他要跟梨花告别，毕竟还是夫妻。可是到了梨花的门口，明明听见里边有声音，就是不答应。他咚咚地制造着声音，下了楼。在楼门口等了几分钟后轻手轻脚地走了上去。他让二虎把自己轻轻地抬起来，他爬到了门口上方的小窗户，他准备看看里边有什么情况，一个陌生的男人光着上身也正往外看。刘小军和男人的眼光碰在一起的时候，刘小军啊的一声从二虎的身上甩了下去，二虎问怎么啦，怎么啦？刘小军说腿抽筋了。

刘小军想大踏步地离开梨花的房子，可是迈出的双腿就和灌了铅一般沉重，他的浑身颤抖着下了楼，很快梨花也追下了楼。二虎看着飞跑下楼的梨花，眼睛瞪得犹如挂着两个鸡蛋。梨花扑通跪在刘小军的面前，使劲抽打着自己的脸。梨花白皙的脸上落下了一个又一个清晰的手印。她还嘴里说我不要脸，我不要脸。可是我不和他睡觉，谁保护我在火野鸡安全呢。他是火野鸡的霸王，受他保护的女人他都要睡。

刘小军鄙夷地看着梨花，他看到梨花染黄的头发枯黄，脸上的泪水就和尿水一样一钱不值。如果过去还把她当一个人看待的话，如今在他的眼里哪里还有一点人的样子。二虎说城里人变了，现在看来城里人是什么样子自己压根儿就不知道，而真正变了的就是从土地里走出来的这些人。他们为了一点利益，什么都可以变，心变得快，情也变得快，一切变得那么深不可测。

## 6

刘小军回到家的时候，刘小军的父亲说你回来的太好了，我正要给你打电话了，兵兵失踪了。你妈也病倒了。

刘小军的父亲说自从给刘小军前几日打完电话，一天都没有安宁过。小偷好像偷听了两个人的谈话，疯狂地偷盗起来啦。村子里没有一个壮实劳力，男的女的都走了，现在留在村里的全是老人和孩子。小偷就像商量好的一样从东头开始往西头挨家偷，有牛的拉牛，没有牛的拉羊，没有牛没有羊的就拿上袋子装粮食。家里人听见了，小偷也不怕，装粮的装粮，看人的看人，还有没有事情干的就拿着刀子在门框上砍，老人吓得没有一个人敢冲出去。胆子大的还倒能挺住，你妈胆子小已经被吓得心脏病犯了好几次。

有人报了警，警察来了找脚印没有脚印，找线索更没有一丝线索，只好开车离去。小偷简直是属狗的，鼻子那么尖，离去的当天晚上就来了，来了还放话说，别说是警察就是把联合国的部队叫来都不怕，现在还只是偷个东西，惹急了还要放火。

村子里全乱了，天一黑，家家户户就早早关门了。关了门也睡不着，睡不着就黑着灯在黑暗中盼天亮。很多老人哪里能受得了这样的折腾啊。偏偏在这个时候兵兵也忙上添乱，还彻底不见了踪影。

兵兵两天没有回家了。老人以为孩子去了同学家，可是老师捎话说孩子几天没有来，到底怎么回事。老人才着急了，找遍了学校，找遍了角落，都没有找到兵兵的身影。现在好了，刘小军的父亲喘着气，他说，我要管管你妈了，你也管管你孩子吧，实在不行就把梨花叫回来吧！刘小军说叫人家干什么，我回来了就可以了。他想就是梨花回来能有什么用呢？

刘小军在心里轻轻地叫喊着兵兵啊兵兵，你在哪里啊？他在街道上寻觅，一个又一个的店铺他都要进去，进了门就大喊刘兵兵，惹得店面老板很不高兴。还有人以为刘小军脑子有毛病就拦住不让进。好不容易找完了村上又跑到了镇上，在镇上的一家网吧里，他看到一大堆的和兵兵一般年龄大小的孩子，他们坐在显示器面前，不断地喊着，快上子弹，我快死了我快死了。还有孩子在播放着性爱电影，孩子的鼻子下流着两行长长的鼻虫，面色通红，眼睛一丝不苟地看着剧中的男女在赤身裸体中搏杀。女人的喘息声像一把尖利的锥子穿破刘小军的耳膜，深扎在刘小军的心窝上。刘小军看见不断还有孩子进来，老板忙碌地给孩子们找钱，给孩子们开机，给孩子们打开成人电影的网站。

在一个阴暗的角落了他终于发现了刘兵兵。兵兵大喊今天升级不成功，就不活啦。刘小军握紧拳头，想狠狠地给兵兵一记拳头，可是想想他只有九岁啊，如果不是自己离开孩子，如果有自己在兵兵的身边，如果给孩子稍微一点关心，也许孩子都不会有现在的结果，或许这不算是结果，只是一个开始。

兵兵在刘小军的怀抱中又哭又踢，鞋子掉了，袜子也飞了。刘小军心里突然就想到了梨花。梨花没有这样的哭闹，可是她同样固执地死守在省城的舞吧里。

刘兵兵已经彻底深陷在游戏的世界里了。刚被刘小军拉回家，一转眼就不见了，二虎说看见刘兵兵往镇上跑了，手里还拿着一张揉得发皱的纸币，神情慌里慌张。二虎还和刘兵兵开了一句玩笑。该不是偷钱了吧？刘兵兵说没有没有，我去给我奶奶买药去。刘兵兵跑得比兔子还快，他一边跑一边还转过来看看和他说话的二虎。二虎看他的时候他迅速地把目光收了回去，很快就消失在东头的庄稼地里。

一定又是在网吧了，刘小军大踏步地追了出去。果然不出所料。

刘兵兵又一次被刘小军像拖着一个包袱一般被拽到了学校。

学校正好下课了，孩子们在教室门前游戏跳跃，都看见刘兵兵被刘小军铁钳一样紧紧地钳在手上，大声喊，快使用七十二变，快使用七十二变。刘兵兵面孔挣得通红，想脱身出去，他一边喊着放开我，一边探头把嘴放在刘小军的手上去咬。刘小军眼看就要抓不住了。放开他，刘小军看见一个戴着眼镜的女老师对他喊了一句。刘兵兵不挣扎了，他低着头两只刚才还挣扎的双手低垂在自己双腿的裤缝里，像蚊子一样叫了一声田老师。

田老师站在刘小军的面前问刘小军，你是他的父亲吗？刘小军点点头。田老师说你不是在省城吗？刘小军说刚回来。田老师说我就不叫你去办公室啦，你回来了，我现在就告诉你，你这个孩子我不要了，看见你刘兵兵我的头就疼。他一来我们班上就成了花果山，他一走我们班也没有人抽烟了，也没有人上网吧了，就连唐小雅也不告状了。田老师说刘兵兵在班上不学习还倒罢了，竟然给唐小雅写情书啊，你说说九岁的孩子知道什么啊？唐小雅每天都来告状说刘兵兵给他写信啦，信上全是错别字，不知道刘兵兵写的什么，她才不愿意看全是错别字的信。让刘兵兵叫家长，家长没有来，刘兵兵自己也不来了，你说这样的孩子我们怎么教育呢？

刘小军赔着笑脸说让田老师费心了，我就是专门回来教育孩子的，孩子还小，给个机会。田老师说机会已经给了无数个了，孩子不收心，机会再多有什么用，就和你们这些家长一样，只知道挣钱挣钱，可是孩子荒废了，你有再多的钱能干什么用？

刘小军不知道该怎么说才能让田老师放心，后来就说我给你保证吧！再有一次，我绝对不为难你。

田老师说那就写个保证吧，你给我写个保证，白纸黑字，只要再犯一次，我也保不了他了。刘兵兵拿来纸张，刘小军爬在学校乒乓球案上歪歪扭扭地写了保证书，还准备盖上指印。田老师说算了，这又不是借钱呢，我不怕你反悔的。她拍着刘兵兵的脑门，说给你爸爸争口气吧！

刘小军看着刘兵兵坐到教室里，他丝毫也不敢离开学校，他担心如果离开学校，刘兵兵再次出逃，那么他一定就没有办法给田老师一个交代了。

轮到了田老师的课，田老师说如果刘小军不反对的话，教室里有一个空座位，你干脆就坐到后边吧，刘小军说为了不影响孩子们上课，自己还是在教室外边等吧。

刘小军知道，接下来，他哪里也不去了，他要陪着孩子上学，他要陪孩子放学。他很希学校也能给每个家长增加一套桌椅，那么他就可以坐到教室，一眼不眨地看住孩子。梨花没有了，还有兵兵。

接送兵兵的期间，梨花打回来电话，问刘小军还能接受自己吗。真的给她关闭了回坡上村的大门的话，她能接受，她攒了一些钱，给你两万元吧，买个孩子都够啦，就当是给兵兵的赡养费。两万元，真多啊！刘小军心想。对刘小军来说钱已经不是那么重要了，他已经没有了当初对于钱的那种惊喜和奢望，也许那张张纸币都写满了耻辱，片片纸币都记录着肮脏。过去他认为钱是万能的，可是李胜利拿到了四万元，又改变了什么呢？亲亲的嫂子成了针锋相对的仇家，害得老人每天吃不到一口热腾腾的饭菜。老人被当作皮球一样踢来踢去，亲情变得和纸一般稀薄。

他对梨花说，钱让你变得失去了本质，钱让你变得失去人性，在你心底里还能否感受到你是一个孩子的妈妈？

梨花先是哭，后来就说告诉兵兵吧，就说我死啦，死了就不用再想我了！

刘小军依然挂断了电话，他不想再给石头心肠一样的梨花说什么了，再多的话都是多么的多余。只有给刘兵兵一个坚定的信念，那就是在接下来的日子里，他哪里也不会去了，他会守着自己脚下的这片土地，像当初守着梨花那样，守着自己的孩子。他想起田老师就觉得好笑，尽管给田老师写了一份保证书，可是在他的心里完全是镌刻上了每一个笔画。他想一定一定。

他坐在学校的操场上，看着天空，学生们正在上课，校园里非常安静。

电话响起的时候，刘小军被吓了一跳。他一直在全神贯注地想着刘兵兵的虎头虎脑的样子，根本就没有防备这样的时候铃声大作。又是二虎，已经说好了，再不去省城了，为了表示坚决，两个人说谁再去省城谁就是猪，哈哈，莫非二虎想当猪？

二虎在电话里慌里慌张，说不好了，坡上村要大变样了。刘小军说怎么变都是一个村庄，二虎说你是天天陪太子读书不管朝中事啊，坡上村挖出了上千件青铜器，一考究全是西周的文物啊。现在有省城的一个大房产商投资要把坡上开发成西周古镇，现在我们的村子全部要拆除，庄稼全部要铲掉，你快回来吧！刘小军说再有一个月麦子就成熟了啊！二虎说等不到了，现在大型机械已经到地头啦！你听吧……在电话里刘小军听到隆隆的机器轰鸣。

他跳上车子飞快地往家跑，在村口的时候，他看到村里的老人都挤满了地头，看热闹的孩子跳跃着、欢呼着，

刘小军的父亲也夹杂在中间，被施工队的一个胖子推得直打趔趄。胖子说大家都不要胡乱生事，好说有好说的办法，赔偿一分不少，最起码给家家都能弄上几万元，要是不听话，乱在机器底下躺，不要怪机器不长眼。

老人们老泪纵横着说，土地糟蹋不得啊，庄稼怎么能随便破坏，作孽啊！有几个老人被年轻的施工人员拖在手里，动弹不得。旋耕机轰隆隆的声响淹没了坡上村父老乡亲的呼喊，淹没了坡上村一个季节的希望。

刘小军站在被机器旋掉的麦茬边上，眺望远方，远处的远处就是省城。城里还是吸引着很多的人，因为它在很多的人眼里，是那么让人着迷。可是有了经历就有感慨，当一次次地在城里受到伤害的时候，是谁接纳了自己，是坡上村的土地；当一次次在迷茫中徘徊流连忘返的时候，同样是坡上村的大地指引了回乡的路。孩子是我们的希望，土地是我们的根基，可是我们的土地没有了，不久这一片都将会是宽阔坚实的水泥建筑，我们怎么去怀念繁华背后蕴

藏的希望，谁能告诉我们祖祖辈辈赖以生存的幸福到底游走在何方了呢？

回答刘小军的是老人的哭声，机器的轰鸣声，还有孩子的嬉闹声。

# 寻 虎

## 1

一沓，两沓，三沓……刘正龙把码放整齐的老人头放到了随手的编织袋里，把袋口扎了又扎，这可是救命钱啊。他把编织袋扛在肩上，他觉得惬意极了。回家的路就像穿行在秦岭这个庞然大物体内的血管，又像是吴老二家里到处悬挂的腊肠，吴老二是村里的屠夫，把那些卖不出去的猪肠子添上猪头肉做成了腊肠挂在院子，肠子从这个枝上绕到那个枝上，弯弯曲曲像连在一起的麻绳。弯曲的山路也让他极其小心，每走上一段，他就用手刻意地摸摸袋子里的钱，每摸到那厚实的钞票，他就在心里乐一下。拐过了村头的水渠，远远地他就看见了模糊的家门。终于到家了，他再一次伸手去摸袋子，袋子是空的，他怎么会没有感觉到呢？那十几沓的钞票呢，他努力地去想，山路，山路，转弯，转弯，就是没有一个闪失的空子啊，他想把袋子放下来，可是刚才一直还背在身上的袋子也没有了。他两只手放在脑门上，脑门上全是汗，他嗷地叫了一声，一下子惊醒了，才知道是做了一场梦。

刘正龙想钱想得太辛苦了。在这个秦岭山麓的小寨子里，能吃饱肚子已经不是什么稀罕事情了。一家一家比着把房子往高里盖，房子高了人就想着闹些其他的，于是那些洁白而光滑的瓷砖走俏了，一块几毛钱，但是那些发着耀眼光芒的瓷砖密集地贴在房子上，房子就不是房子了，不是房子是什么，是白宫啊，和美国总统享受一样的待遇啊。刘正龙不是小布什，也不想什么美国总统，他只想要房子，要一个大大的，二层的，外面贴满白色瓷砖的房子，就是不给外人看，也是给马丽一个欢喜啊。为这个家马丽可是受了太多苦啊，刘正龙眼看快三十了，老婆还没有一个影子。不是没有人嫁刘正龙，主要的是刘正龙家里没有办法能迎进一个新娘子。房子也不像个房子，四面里用土夯成了墙壁，上面用一根木头苫了些茅草就成了房子了，房子有些年月了，父母在世的时候，刘正龙住在里边，父母一个一个离他而去，他依然住在里边，介绍个对象吧，正巧碰上了阴雨天，女方父母进了房子，刘正龙正忙着用脸盆接漏雨，漏水的地方太多了，房子里摆满了盆子，人就没有一个落脚的地方，媒人说，小伙子很能干，枪法准，一里外的兔子，瞄也不用瞄，一枪就会撂翻，这你们结亲了，光这野味就吃不完。女方的父母脸拧成了麻花，转身就往外走，就是不走也没有一个能坐的地方。就是能吃上熊掌，我们也不稀罕的，说这个是房子还不如说是火坑，你愿意把你孩子往火炕推我还不愿意呢。他们丝毫没有顾及刘正龙的面子，摔下了几句话就走了。

走了就走了，看着别人走，谁有什么办法呢，刘正龙伤心啊，雨停了的时候，他睡不着，睡不着就从房顶上漏雨的地方看星星，越看越睡不着，心里痒痒的，那些村里的婆娘一个个丰满的胸部和屁股老在他眼前晃，大山里的夜很长，长得让刘正龙流口水，没有一个女人愿意到他家来，他就在集市上买了一些明星照片，贴满了房子，明星比村子里那些婆娘山姑更胆大，那些露胸露腿的动作简直要让人流鼻血，刘正龙下定决心，不弄个女人回来，日子就没法再过啦。

机会果然来了。夏日的一天，刘正龙看到有一个女人在自己屋子吃剩饭。他为了看清楚是谁，就一直匍匐在房子外的茅草丛中，女人显然饿坏了，大口大口地吃，吃得顾不上草丛中注视自己的刘正龙。女人算不上漂亮，脸上抹满了煤灰，但是两个眼珠黑得就像村里小孩玩的黑水晶弹球，鼻子是五官上长得最漂亮的，尽管抹满了煤灰，但是鼻子却很挺拔。真正吸引刘正龙的是女人的身材，因为女人背身在吃饭，这样整个体形就暴露在刘正龙的眼皮下，腰很细，屁股比村里的女人大，关键女人有两条细长的腿，虽然女人外边穿着一条格格的花裤子，但是刘正龙想到了裤里的光而白的腿。他看了看周围，山谷寂静而空旷，通往其他村的路上没有一个人影。刘正龙一时间心就通通地跳，两个手心瞬间就湿漉漉的，他像一只豺狗一样从茂密的草丛中扑了出来。他发出的声响一下就惊动了正埋头吃饭的女人，女人咣当一声把盛饭的盆子掉到了地上。刚啊了一声，就被扑上来的刘正龙抱在了怀里。因为用力过猛，刘正龙摸到的是女人肉乎乎的胸部，女人啊啊地叫着。刘正龙前言不搭后语地说："赔我盆子，赔我饭，谁让你来偷东西？"

女人说："我不偷东西，我饿坏了。"

刘正龙的手用力搓动着，嘴上质问着女人你说怎么办，他说，你总不能白吃吧？

女人说："大哥，我已经两天没有吃东西了，不……吃……我……我……快死啦。"女人说话的时候已经不挣扎了，她说："我没有钱，只要不要命，你要什么都……都……行的。"

女人放弃了反抗，刘正龙高涨的情绪一下就泄气了，他想把女人压在自己身下，如果女人反抗，那他二十多年的劲就会释放出来，现在看来想错了，刚才还感觉别人侵入了自己的家，一下子感觉就全变了，好像自己跑到了别人的家，要睡别人的女人。那村子里的女人多了，就是再怎么想，也不能连脸都不要了，他甚至清楚地想起来，在镇上的公判大会上，胸前挂着牌子的强奸犯被武警们押送的情景。

刘正龙松开了抓在女人胸部的手，无可奈何地说："你快走吧，我不动你了，你快走吧，免得我一会儿后悔。”

女人见刘正龙松了手，又让自己走，脸上的惊恐也没有了，她看到眼前这个和自己年龄相仿的男人身子骨也很瘦弱，只是比自己高了有半头。她的心里掠过了一丝感激，她说：“我给你做顿饭吧，只要嫂子不反感？”

刘正龙说你还带着你嫂子吗？女人被逗笑了，她哧哧地笑着，露出一嘴洁白而整齐的牙齿，我说是你老婆。

刘正龙像霜打的茄子一样蔫，真是哪壶不开提哪壶，一句就说到了他的痛处，他该怎么说呢，说没有人跟，觉得不可能，说自己穷吧，嘴又开不了口，憋了半天，才红着脸说他没有老婆。

女人愣了一下，气氛有些尴尬，但是一瞬间女人就下定了决心，她说，我给你做几顿饭吧。就当是给你赔偿盆子吧。

刘正龙没有说好，也没有说不好，说好他觉得有些小家子气，说不好又觉得这个女人还不是那么让自己反感，再说了自己很少吃一个年轻的女人给自己做的饭，吃饭是次要的，重要的是这个感觉好啊。

女人在刘正龙的眼皮底下轻车熟路地取了盆子，反正刘家盆子多。倒了少许水，女人的两只白皙的手伸到水里，左搓右搓，手更白了，紧接着女人的两个脸蛋也像变戏法一般在水的滋润下干净了，女人的皮肤很好，是那种自然和健康的白，刘正龙的眼睛在女人的身上跳跃着，真的有些对刚才摔碎的盆子心存感激了，别说摔盆子就是把房子掀翻了，也值得啊。尽管他知道房子是不值钱的。可是女人不知道啊。

刘正龙整夜整夜地想女人，可是当一个活生生的女人站在自己面前的时候他却结巴了，他站在哪里都觉得多余，不知道把脚落在哪里，他说哎——你是哪里人吗，哎——你怎么跑到我这里来了。女人已经没有了忧愁，最起码不为肚子发愁了，她想了半天，说我有名字呢，我不叫哎，她对刘正龙说我叫马丽，你叫我小马吧。

刘正龙心里迅速就记住了，他想我要牢记这个名字。

跟你怎么说呢，真的很乱。乱得我一想起来就要头疼。我家是四川的，家里有三个孩子，我是老大，我打工的时候认识了一个老乡叫张帆，在建筑工地上干体力活。我在工地上做饭，因为是老乡，所以就好上了，去年才结的婚，结婚一个月后，张帆就去广州打工了。几个月前，张帆在十三楼上摔了下来，没有送到医院，就断气了。建筑老板给家里赔了一笔钱，马丽说人都没有了，要钱有什么用呢。可是钱确实让张帆的父母很快就没有失去儿子的痛苦了，他们把拿回来的十万元存到了银行，存折放到了他们的床上，就是上个厕所，也轮流着换着上。张帆有一个痴呆的大哥，三十多岁了，看见人就流口水。你说就这样的四个人，两个老人轮换着上厕所不是像防贼一样防我还能防那个爱流口水的痴呆？他们后来听了别人的话担心我要走，就怕我和他们抢夺十万元，就给儿子出馊主意。

六月的天气很热，我开着门睡觉。睡着睡着，觉得眼前有个人，眼睛一睁，妈呀张帆的大哥流着口水站在床前笑，打小他就是这样，我大喊大叫，张帆的父母就骂我，张帆是男人，你哥就不是男人了，喊那么大的声，让别人以为是土匪进家了。后来就有人劝我，说跟谁都一样，就当他是张帆了，再说灯一拉，谁能看见谁，没准他大哥还比张帆能干呢！我知道肯定是我公公婆婆的主意了，怎么能一样呢，我和张帆毕竟是熟悉的，他知道疼我，他更知道给我买衣服，可是他大哥知道什么，我难道为了十万元就要接受一个流着口水的傻瓜吗？公公婆婆开始给我摔盘子砸碗，就在前几天竟然把大哥放到房子里，把门锁上。他们叫着大儿子的名字，说好好耍。我发疯一样地叫喊，可是山里面不是城市，一家离一家能看见，走路也要两里多呢，鬼也听不见，没有人能救我。相反我的哭喊，尖叫把大哥吓坏了，他抱着自己的头，躲在墙角不出声。门被婆婆打开了，我不知道哪里来的劲把婆婆冲了一个趔趄，撒腿就往外跑，我听见婆婆杀猪般的号叫，她叫着公公的名字。我在一瞬间就决定跑出这个家，我不能回家，家里没有人会支持我，因为家里也需要那笔钱。我听见耳后的叫骂声响成一片。我给自己不断说不能停，停下来就会完蛋，我跑出了寨子，跑出了小路，跑上了大路，我看见车就拦，那个时候天还没有大亮，我披头散发站在路中间。后来就被一个路过的大卡车拉上了，司机问我去哪里我说走到哪里算哪里，司机说现在油价飞涨呢，我和你非亲非故，你给我个烟钱吧，我说我没有钱，我是从家里跑出来的，司机不相信，我把所有的口袋都掏遍了，就是没有钱。司机不高兴了，把车开的东摇西拐，一会儿工夫我就晕车吐得一塌糊涂。司机拉着脸说你怎么不忍忍呢？我说大哥我实在忍不住，我感觉所有东西都在晃，就和坐在船上一个样。司机说你看这个车还能坐不撒，坐不成了就下？

下就下，实在也熬不住了，再坐下去我就没有命了。车还没有停稳，我就跳了下去，把司机吓了一跳，司机说你没事吧，我生气地说你走吧，有事没有事不用你管了。可能是觉得自己的做法有些过分，他说我们都是老乡么，要不我给你拦个车回去吧？我不喜欢这样一拉一送的做事。我说谢谢你的好意，油价这样的飞涨，别人的油难道不要钱吗？司机说你等等，要不我再捎你到西安去。我说不去了，我要来的就是这里！

天其实已经大亮了，我远远看到你们村子，我饿坏了，昨天我就没有吃一点东西晚上又吐了一夜，所以我就看到你家了，没有大门，我问了几声没有人应声我就进来了。马丽说司机态度虽然不好，但是还是好人，你也是好人。

刘正龙说那你准备去哪里？

马丽说我能去哪里呢，我没有去的地方。刘正龙想说那你住我这里，又好像觉得不妥当，一个大男人家里怎么适合住一个女人呢？他实在想不出一句能够安慰马丽的话，马丽看他的时候，他也正看马丽，两个人的眼睛一碰时，他面目绯红地挤出一点生硬干巴的笑。他试探性地问，要不我找个人家去睡，你睡我这里吧？

马丽双眼充满了喜悦，说你要收留我撒？她问刘正龙，你怎么这么好呢？

住了一晚上，马丽就后悔了，山里的寂静也太漫长了，半夜里山风一吹，刘正龙家里到处都是风的声音，风里甚至夹杂着动物的叫声，一个晚上她都不敢合眼，感觉一合眼就和睡在露天的野地里一样。第二天晚上，刘正龙要出门睡觉，马丽说什么也不让刘正龙走，她红着脸，说你别走了撒，你走了我就要吓死了。

瞌睡碰了枕头了，刘正龙心里美滋滋的，他第一次觉得真的是个男人了，他想，我就站在她旁边陪她一个晚上，也不错啊。

房子里收拾了一下，好在是夏天，勉强还能睡，刘正龙把床让给了马丽，自己用塑料纸铺在地上，然后再铺上厚厚的稻草，躺在软软的地上，真的是好舒服，很快他就睡着了，他的呼噜声均匀而又那样有力，马丽感觉就和在自己的家床上一样温馨和安全，因为有个男人在身边。

刘正龙家里藏着一个女人的秘密很快就被村长发现了。村长接到乡里通知，说当地发现了华南虎的踪迹，要当过猎人的刘正龙注意，遇见情况要及时通报，因为上边说华南虎已经绝迹了，但是有人看到了在森林深处的粪便，像是老虎的又像是豹子的，总之，乡政府已经开始部署跟踪了。

一个睡眼惺忪的女人站在王村长面前时，王村长吓了一跳，他指着马丽惊讶地说你，你，你是谁？你怎么会在这里？

刘正龙说是在外乡的表妹，王村长将信将疑，他把刘正龙拉到一边，严厉地责问，告诉你，拐卖人口要犯法的，不能图了自己快乐，不管国家法律。

刘正龙说我哪里有钱买女人。

王村长说，一男一女，哪里像是表兄妹，你该不是限制了人家的人身自由了。

我没有，你可以问她！刘正龙强调说。

村长说不行，我是村长，我知道了就要报警，我不能看着你胡来。

当天上午，镇上派出所的人就来了，刘正龙和马丽被分开询问，最后两个人的笔录完全一致，派出所的人建议马丽离开刘正龙回四川，马丽不说话，只一个劲用脚踢地上的泥土。刘正龙也是声称自己没有权利支配别人的想法。

民警看没有办法，就说如果遭遇了刘正龙的性侵犯，随时可以拨打110。如果电话不方便就找王村长。

现在真的是闹大了，刘正龙在家里藏女人的消息就像长了翅膀的野鸡，一时间就在村民的嘴里当作鸡肉一般被嚼开了，说什么的都有。

可是马丽没有一点要走的意思，过去晚上起夜小便时，她还会跑到房后的猪圈里去。现在天一凉，她不去了，晚上在黑暗中，窸窸窣窣地脱下了裤子就地解决。透过星光，刘正龙看到马丽脱下裤子的屁股在黑暗中白晃晃的，有力的水流声击打在盆子的中央，刘正龙在黑暗中舔着自己的嘴唇，他用力咳嗽，他想提醒马丽，我还没有睡呢！马丽回到了床上，她在黑暗中问刘正龙，她说是不是有些冷。刘正龙没有说话，他说什么呢，他能说什么呢？

他听到了马丽的叹息声，他问你怎么了？

马丽说我冷啊，都十月了。

……

你不冷吗？马丽好像颤抖着声音问刘正龙。

不回答是不行了，刘正龙说是有些冷，山里就是这样了。

……

马丽又不说话了。

两个人又是沉默，有一句没一句地对话，外边好像有公鸡的打鸣声了。

睡吧，鸡都开始叫啦。刘正龙说。

嗯！马丽说。

哎，要不你上来一起睡吧，马丽轻声地说。

什么什么，刘正龙感觉自己的耳朵听错了，可是他真的听到了有这么一句，他在黑暗中忽地坐了起来，他说你真的让我上来，你不怕吗？

我有什么好怕的，你又不是狼?

我就是狼，刘正龙说，我是一条能吃人的狼。

马丽咯咯地笑着，笑声里隐藏着很多的内容。似乎在暗示着刘正龙快上来，又好像是某种需要来临。她的笑很快被刘正龙喘着粗气的嘴堵住了，在黑暗中，刘正龙准确无误地咬住了马丽的嘴唇，他把整个身体都顶在了马丽的身上，他的两只脚用力地脱掉了马丽的裤子，马丽的脚指头也在一瞬间拉掉了他的裤子。四条腿紧紧地缠在一起，他想说话，可是嘴被堵得死死的，马丽想说什么，可是在两个舌头交织的嘴中发出的声音完全不是语言了。马丽的两只胳膊紧紧地勒住刘正龙的腰部，恨不得把刘正龙的整个身体吃进去……

好不容易有个喘息的机会，刘正龙对马丽说我要努力给我们盖房子，你能生孩子吗?黑暗中马丽用身体做了回答。

刘正龙心想，明天，不，今天我就去想办法!

## 2

听说刘正龙要去找老虎，吴老二笑得快岔气了。他穿着笨重的胶鞋，手上残留着猪毛和血渍，他是到村长家送猪腰子的，村长的腰不好，人说吃什么补什么，他就把猪腰子留给了王村长。但是他不喜欢让人看见他巴结王村长，他把四对热气腾腾的腰子包在一个黑色的塑料袋里，然后放在腹部宽大的人造皮围裙当中，就像一个怀有身孕的妇女。他刚准备掏腰子的时候，刘正龙就进来了。他的手只有取了出来，他故作轻松地搓着手上的血渍，一面示意村长快打发刘正龙。

刘正龙刚进来，怎么会有走的意思呢，他是来问王村长的，他要问清楚上次王村长说的话代表的是村长还是政府，究竟是谁在拿钱找老虎，如果不是玩笑的话，那么也应该看看盖有红章子的文件啊。

村长说有文件的，你等等。村长进了屋子，半天才拿出半张油乎乎的纸来，他说半张没有了。你就凑合看吧。

因为是半个文件，所以看起来相当费力，不过，大体的意思还是能看明白的，发现华南虎踪迹的奖五万，拍有照片的奖励十万。

刘正龙说明天我就去寻虎，我要挣钱盖房子。

吴老二的眼睛眯成了一条线，他用发着亮光的袖口捂在自己的嘴上，他说有那时间还不如喂几头猪呢。

王村长批评吴老二不能这样说话，华南虎可是我们的国宝呢，尤其是野生华南虎已经十几年没有发现了。就是你把全中国的猪都杀了，猪还是绝迹不了的，可是华南虎没有了。

现在附近几个乡的猎人都上山了，庄稼人嘛，杀猪也要先买回来啊，可是寻虎没有开销啊，你只需要出个力气，我们庄稼人多的是力气，就光用用腿就能挣钱，这打灯笼都难找的好事情你说在哪里还能碰见啊?

吴老二好像听明白了，又好像不明白，他心里嘀咕，下个月如果猪肉还不涨价，他也真的要上山寻老虎去了，看你们还吃什么肉。

刘正龙说那我一会儿就准备上山了。

王村长冲着刘正龙摆摆手，没你的事情了，你快去寻虎吧，没有钱你拿什么盖房子呢?

村子的后边就有一条进山的路，刘正龙告别了马丽，腰里别着一把锋利的砍刀。他本来是有猎枪的，可是公安部公布收缴民间各种枪支的时候，他的枪被村长强行没收了。没枪了也好，去年东村的张大嘴在附近的山上打野兔，结果一枪打在了在茅草丛中解大手的村民的屁股上，那情景是相当恐怖的，整个人半个屁股里全是铁珠子，远远看去就好像在屁股上扣了一个筛子。还好人没有死，就这样张大嘴现在还在监狱里背砖头呢。

进山的人不止一个，路上可以不时看到和刘正龙一块打过猎的猎手，大家都互相打着招呼，但是谁也不愿意和谁走一起，如果真的看到了老虎，那钱还要两个人分，那简直是在人身上割肉吗，能进山的人没有一个是傻子，不是傻子就应该把钱揽到自己腰包里。

已经记不清翻了多少座山了，刘正龙把马丽为他准备的干粮快吃完了。他想起马丽对他说的话，腿上的肉就突突地跳，他感觉劲头十足了。

马丽说，如果房子盖好了，他们就有好日子啦。

马丽还说，房子盖好了就要给刘正龙在房子里生很多孩子，满地都是刘正龙的孩子一起叫爸爸，那多么壮观啊。可是很快就觉得自己的想法太幼稚了，现在只能生一个孩子呢，村长是坚决不同意生很多孩子的。

想到生孩子，刘正龙更兴奋，猪饿一夜，都能把猪圈掀翻，自己饿了二十多年，还真亏了那个不知道姓名的司机了，你看看这么大的中国呢，他要是把马丽拉到其他地方，我吃什么啊。

他突然就想马丽了，想她光滑的腿，想她柔软面团一样的奶子，她在干什么呢，如果不出来，或许她已经脱得光光的在床上等他呢。

刘正龙用手扩在嘴上，他冲着山的深处，深深地吸了一口气，然后对着苍翠的山脉大喊，马……丽……于是山里就盛满了很多的声音，到处都是马丽马丽马丽的叫声，马丽听到了吗？他想，要是马丽能听到，该多好啊！他现在才发现自己是多么爱马丽啊。于是又大喊，马……丽……是……我……的……山里继续回荡他的话，声音变了，刘正龙自言自语地说，屌，你是谁啊，我的马丽能是你的？

一个松鼠正好奇地看着他，两只黑溜溜的眼睛转来转去，前边的两个爪子也像是一个虔诚的佛教徒一样。你这个坏蛋不害怕我了，他用手作着一个瞄准的姿势，嘴里发出“啾”的一声。松鼠狼狈地跑了，就好像刘正龙的一个情敌跑了。

路越来越难走了，到处都是碧绿的苔藓，走一步都要用砍刀砍掉缠绕在脚下的藤条。他并没忘记在树上做着一个清楚的记号，老练的猎手都会给自己留后路的，如果在一个到处都相似的山脉里行走，不留一个记号，就是记性再好的猎手都会永远在大山里转悠，永远也不会走出去，每年都会有那样的二百五进山，最后找见的时候只看见的是东一块西一块的骨头。

刘正龙的脸被灌木撕烂了，火辣辣地疼，坡度也更陡了，他几乎快和地面平行了。他努力迈着步子，但还是没有走好，被一个横穿的树杈挂住了，他用手上的砍刀去砍树杈，结果树杈看起来朽了，砍上的时候却没有断裂，他用力过猛一头栽了下去，就像一个失控的车轮一样，他的嘴上哎哎地叫着，一时间森林也成了圆的了。翻滚翻滚，停下来的时候，他的头已经鼓起来一个鸡蛋大的包，钻心地痛，他手里的刀在一米外，他的身体向前爬着，他想站起来，可是浑身针刺一般。

这样的时候刀是不能离手的，他挣扎着往前爬，终于把刀子拿在了手上，左手好像扎了一个蒺藜，他疼得险些要叫出来，可是很快他就觉得不大对了，哪里有这么大的蒺藜，他看到扎在手上的东西黑乎乎的，外边带着泥。刘正龙用衣角擦了半天，才看到了好像是个钩子一样的东西，他想把它扔出去，觉得这个东西有些面熟，是猫的爪子吧，却比猫的大很多，对可能是豹子。他呼哧呼哧喘着气，他把它包在了纸里然后装在背包里。他觉得肚子也咕咕叫了，他翻开背包时候，背包里的干粮已经只剩下两个了，不能再走了，他记得马丽对他说过，如果干粮快完的时候就必须往回走，要不然会饿死在山里的。他爬行了一阵，身体似乎好了很多，

刚才做的记号也出现在视线里，他挣扎着站了起来，他想王村长的文件上怎么没有说找见老虎爪子给多少钱呢？要是这个真的是老虎爪子的话，那怎么办呢？

回到家的时候已经半夜了，刘正龙全身像从水里捞出来的。一进门，马丽就哭了。

刘正龙摸着马丽的头发，说哭什么呢我不是回来了吗？

马丽说，你找的是老虎啊，不是去找人。想一想真的是多可怕啊，你一个人要是碰见个黑熊怎么办呢？

你以为我进熊窝里了，刘正龙说。

马丽说，我看也差不了多少。

马丽要关门，刘正龙说我还要出去呢。

马丽不解地看着刘正龙说，你干吗去啊？

刘正龙说，去让村长看个东西。

村长的门关得死死的，叫了好半天，村长才答应了。村长站在院子问有什么事情明天不行吗？

刘正龙压着声音说，村长，村长，你猜我找到老虎什么了？

村长终于把门打开了，村长的脑袋在门口了探了探，说都几点了，你明天不行吗。你找见老虎的什么了，你不要说你把老虎儿子带回来了。

刘正龙没有说话，王村长看到刘正龙手上捏的东西时，那个虎爪一样的东西就在自己的眼皮下。他说黑乎乎的是什么呢？他把刘正龙让进屋子里，在灯光下，他终于看清楚了刘正龙手上的东西，他的眼睛放着奇异的光彩，他把它拿在手上，好像是拿了一件极易破碎的玉器，他小心翼翼地把东西包好，郑重其事地把它放到了柜子里。

村长我能拿多少钱？刘正龙问。

钱钱钱你钻钱眼啊，村长说，还不知道是不是老虎的爪子呢，能不能觉悟高一些啊，不过给不给钱我只有明天问了以后才能知道。

王村长连着打了几个哈欠，看刘正龙并没有走的意思。他说天晚了，你回吧，明天自然会给你答复的，就是不给你答复，你找见的爪子还是你的爪子，我是不会要的哦，你担心什么呢？

## 3

院子里同时进来了很多人，就显得特别拥挤，人都是王村长带来的，他们进门的时候，日头刚刚躲进了西山。有一个人刘正龙认识，他是镇上的白镇长。其余的人除过王村长没有一个认识，后来因为有了白镇长的介绍，才知道右边戴帽子的是县委曹书记，中间比较胖的是旅游局局长赵三宝，旁边穿中山装的是县林业局局长贾勤劳。对了还有一个年轻人，年轻人是县委宣传部白干事。刘正龙站在院子中央，和一个一个领导握手，抓住领导的手，他的心就快速地跳，甚至握完的手不知道该往哪里放。过去镇政府开会，镇长也是远远地看，现在一下就站在自己的面前，好家伙，这风光可不是一般人有的啊。他不知道该干吗，后来就给领导取凳子，一个领导坐一个，凳子也不够用了，好在刘正龙家盆子多，刘正龙坐在自家的盆子上，他就开始担心盆子是否能承受自己的重量，所以显得很谨慎。

曹书记安慰他说，不要紧张，没有什么大事，我们过去对你关心不够，这次我们几个部门联合过来看看你，有什么困难可以给组织提嘛，你看我们给你这次带来了油米面，最起码吃上几个月都没有问题。

刘正龙真的感动了，想说感激的话，可是喉头动了几动，却说不出来，马丽在一边给他做手势，尽管太阳落山了，他还是能看清楚马丽的动作。马丽的两个手合在一起，就像庙会上那些老太太一样，他于是就清楚了马丽希望他能说谢谢，于是他站了起来，站起来后果然就没有那么紧张了，他连着说了五个谢谢。

曹书记说你能不能给我们说说你前天上山的情况，经过我们县城几个相关人士的确认，可能你拿回来的那个东西就是华南虎的爪子，现在爪子已经送到省城去鉴定，如果鉴定结果一出来，那么你就是我们县上的大功臣，不，确切地说是我们省上的功臣，甚至是我们全国的骄傲。说完话，他看了看周围的几个局长。

话音结束的时候，林业局局长贾勤劳两个手握着一个钢化杯子，杯子的下部是厚厚的一层茶叶，他咳嗽了一声，嗓子似乎在咳嗽前卡住了。他说，我们这次不仅给你带来了生活用品，还给你带来了两架照相机，这两架照相机都是当前比较先进的机器，具体的使用方法我们宣传部的白干事会给你再详细讲解的。其实也没有什么难的，能找见老虎还用不了相机？

其他的几个人都附和着局长的话。

曹书记回过头对几个局长说，你们最近要多联系小刘，多关心群众的生活，我们正贫县的翻身就看这一次了。现在我们把下一步的工作在这里部署一下。

曹书记说等结果一出来，那么我们就要先开一个座谈会，但是属于那种小规模的，不见老虎我们不大整，真正看到了老虎，或者说拍到了老虎，我们就要召开新闻发布会，向全国宣布。尤其是赵局长这里，要随时掌握动态，机会成熟，要马上抖出包袱，把旅游者的钞票给我们拿回来。

几个局长都分别向曹书记表态，会把这件事情当作当前一个重要的事情来抓，绝不辜负领导和组织的信任。

刘正龙不知道说什么好，他把两架照相机挎在身上，站在几个领导的面前。他看到王村长的眼里满是落寞和伤感，他开心极了，但是他还不能急于表现出来，他在心里说，找老虎确实是个好事情啊。我就是把秦岭山跑遍也要把老虎找回来。我要让马丽过上好日子，再不能这么下去了。

最后临走的时候，曹书记说，如果事情能够顺利发展，那么媒体肯定会来采访，小刘的这个家显然是不行的，我们就是现在抓紧时间盖，也是不现实的。

白镇长说，这个书记放心，如果真的事情有变化，我们就让王村长找一户家庭条件好的。我想王村长应该没有问题吧。

王村长说当然没有问题了，我们村有一家孩子在省城工作的，家里的条件还是不错的，我给李老汉说说话，借用是没有问题的。

其他基本上没有问题了，曹书记说我看就这么办吧，我们也该走了，让小刘同志早早休息，争取早日上山。

领导都走了，刘正龙心里空落落的，仿佛被人带走了魂，要知道，没有这档事，他这家里来过最大的官就是王村长了，现在好啦，连县委书记都来了，县委书记人好啊，那么大的官，一点架子都没有。尤其是他带来的不仅仅是吃的用的，最重要的他带来了希望和好日子的开始。他有些不相信刚才发生的一切，他把手指头放到嘴里，生疼，他抬起头，心情舒畅极了。天是多么干净啊，星星就像镶上去的。

他问马丽高兴不？

马丽说怎么能不高兴呢，我又不是傻子。

刘正龙说你高兴我怎么没有看出来呢？

马丽说我要怎么你才觉得高兴？

刘正龙说，我们睡吧，我想睡了，刚才他们在的时候我就想睡呢。

马丽懊恼地说，我不行啦。我倒霉了。

刘正龙像一个泄气的皮球，他说怎么这么巧，我总得找个办法高兴啊。

马丽说忍一忍吧，就是几天的事情。马丽说我有个担心，万一不是华南虎怎么办呢？

是呀，万一不是怎么办呢，刘正龙还没有想这个问题，他一直在想的都是存在的现实，却没有考虑更多的。看来要忍的还很多啊。

几天后，就在刘正龙坐卧不安的时候省城鉴定也出来了，基本上肯定了华南虎存在的可能，但是省城希望当地政府要尊重科学事实，必须要有足够的证据才能发布消息，否则那将是一个欺骗全国甚至全世界的玩笑。我们必须要确凿的证据证明华南虎存在。

你说怪不怪，就在这个消息没有送到耳朵的时候，他先是整夜整夜梦见老虎在林子里跑，他一个人举着照相机在后边追，闪光灯发出的白光刺得人眼睛疼。可是王村长告诉了他上边决定的时候，他的梦就开始变了，老是梦见自己背着钱走路，走着走着没有了。他不知道这样的梦是好是坏，不过刘正龙下定决心，要用一个事实来给大家惊喜。

刘正龙背着两架照相机进山里，通过白干事的调教，他已经掌握了两架相机的用法，现在高科技，数码相机简直是太容易拍摄了，刘正龙不是笨人，几下就会了。他想一定要把老虎抓到镜头里。

一个月过去了，刘正龙还在进山出山，他的肩上的两个相机里的卷片器依然在零的位置上。再有半个月，就要封山了，那个时候，秦岭山脉被厚厚的雪盖住了，人就没有办法进去了。他要抢在下雪前给寻虎画上一个句号。

他准备去商店买双棉鞋，路过村口的时候，碰见了端着父母照片的牛发财。牛发财的父亲十年前去世了，母亲才去世，可是牛发财胸前的照片上两个老人紧紧地靠拢在一起。刘正龙觉得既然是相隔十年的时间了，两个人怎么会有这么一张合影呢？于是他就拦住了牛发财。正在赶路的牛发财吃了一惊，他问刘正龙有什么事情，他已经给全村人通知了这次不打算请客了。他说听说你忙着寻虎呢，怕你不在就没有给你说。刘正龙说就是不请客自己还是要去的，人总不能忘记了老人活着的好啊。牛发财说着感谢的话，要回家，刘正龙就问照片在哪里冲洗的，怎么这么清晰呢？牛发财说镇上的梦幻影楼，他说真是高科技啊，两张照片被影楼的小伙子左右一收拾，我父母生前没有合过影，你看现在就给放在一起了。梦幻影楼的老板说了，别说把两个人放在一起，就是有一张照片把你可以放在美国白宫前也不是什么大事情呢！看着刘正龙不相信自己的话，牛发财说你去看看就知道了，我没有时间和你闲扯了，你看了就是事实了，总比想象的要好。

刘正龙就去了镇上。梦幻影楼在政府的西隔壁，刘正龙到门口的时候，门口围了一大堆的少男少女，吵吵嚷嚷的，梦幻的老板是一个留着长发的年轻人，他的鼻子上挂着一副墨镜，他冲着嘈杂的孩子喊，都别着急都别着急，我把人群分一分，排成队吧，他说，愿意和刘德华照相的排左边，愿意和成龙合影的排右边。谁要是不按规矩就没有机会。孩子们都迅速站成了两行。刘正龙踮起脚，哪里有刘德华，哪里有成龙，这么小的县城，刘德华和成龙恐怕都不知道地球上还有这个县城呢。梦幻影楼没有什么梦幻感觉，房子就有个十几个平米，靠墙的是一个巨大的照片，像是一个舞台，舞台的前方放着两个真人高低的照片，应该说是把照片的轮廓剪了出来，两个明星微笑着，做着潇洒的造型，他们的身边各自站着一个孩子，远远看去就和搂着真人没有什么区别。孩子的一只胳膊搂在明星的脖子上，另一只手两个手指头做着“V”字手型。闪光灯一闪，他们就兴奋地叫着，快乐地跳着。

刘正龙的到来还是引起了梦幻老板的注意，一个看起来没有多大派头的中年人，身上背着两个相机，是谁都会注意的。他问刘正龙是不是要冲片子，刘正龙说过几天吧，过几天要冲很多片子呢。梦幻的老板慌忙从自己的口袋里取出了一张名片，他友好地对刘正龙说叫我毛摄影吧，我们是同行呢。能问问您大名吗？刘正龙正要说话，旁边有人喊刘正龙刘正龙。刘正龙回头一看，是镇上的白镇长，他刚想过去，白镇长就过来了，他拍着毛摄影的肩膀说，老刘来冲相，你可要重视啊，你应该知道轻重的。

毛摄影忙不迭地答应，那是那是。

寻虎的进展怎么样了？白镇长问刘正龙，刘正龙说明天就要上山了，不怕找不见老虎。

白镇长说，人身安全很重要，同时要抓住机遇。

毛摄影说为个老虎有必要这么辛苦伤财啊。现在都什么年代了，都赚钱呢，就是找见又能怎么样。白镇长说能怎么样，告诉你吧，旅游必将大发展，一车一车的人会到这里来，就是看不到老虎，听老虎的叫声也是一个刺激的事情啊，那时候你的影楼光接待游客都来不及。你明白吗？白镇长问毛摄影。哦，毛摄影恍然大悟，他转过身对刘正龙说那你还不走等什么呢？我要免费给你冲洗照片，说不定我也能全国出名呢。

离开梦幻，临行分手的时候，白镇长对刘正龙说，回来后直接到镇上汇报。

山上风飕飕刮，刘正龙依然没有看见老虎的影子，他多么渴望老虎从草丛中跳出来，那样他就能迅速地拍下老虎的照片了。可是别说老虎，就是田鼠也在这样的天气里不愿意出来了。

临到傍晚的时候，他又一次回来了。马丽安慰他，马丽说就是没有老虎，我们的日子还是要过的，我跟你的时候可不是看上你在寻虎，我不在乎你没钱，最重要的是看重你这个人。我在外边打过工的，外边有钱人太多了。所以对我来说你就是我丈夫，我没有在乎我们贫穷，我最担心的是你在寻虎的时候丢失了自己。

白镇长心情也被刘正龙弄坏了，他拨通了曹书记的电话，说刘正龙还是没有拍到老虎。曹书记说什么听不到，光看见白镇长点头哈腰地说对对对。后来白镇长就把电话给了刘正龙。刘正龙听见曹书记的声音很疲惫，他觉得很对不起曹书记，他不知道该怎么说。曹书记说，寻虎不要盲目地跑，要用脑子，想想办法，就是找见了老虎，你难道能抓住它吗？你们这些人，怎么不会想问题啊，困难是存在的，但是人是活的嘛，我们总不能一辈子都在找老虎。刘正龙说再给我几天吧，我会努力的。曹书记说日子不多了，我不管你用什么办法，我只要老虎的照片，有老虎的照片，你就拿你的钱。说完就把电话挂了。

现在刘正龙觉得寻虎终于是给自己寻下了一个麻烦了。他躺在床上的时候，脑子全是曹书记焦急的责备声。马丽劝他思想上别有压力，有压力怎么能开心呢，马丽对他说，村子里这么多人，没有饿死的人。

## 4

刘正龙终于给正贫县放了一颗卫星，从他下山后，他几天都没有看见马丽了，事实上他也见不上。镇上给他安排了住处。

之后，曹书记带上司机拉上他去了省城，当天晚上，他就被省电视台约到了演播厅。来之前，有人已经给他交代过了，所以主持人问他的时候，他肯定地说：我向大家宣布，我们正贫县发现了绝迹的华南虎。他把放大的华南虎对准镜头，在翠绿的树叶当中是一只斑斓猛虎。

一下节目，曹书记就来接他，在车上，曹书记兴奋地说，比他预料的还要火爆，现在他的两块手机电池都没有电了。正贫有希望了。

车穿行在回家的路上，刘正龙的心被巨大的幸福包围着，他看见在县城的路口上已经栽上了一个巨大的广告牌，几个大字特别醒目：到正贫县，看华南虎。

回到家的当天，众人都已经等在了刘正龙的家门口，花炮齐鸣，刘正龙胸前戴上了脸盆大的红花，他抱着县政府送来的十万元现金，笑得都没有个样子了。好不容易等人都走了，房子恢复了平静，他终于哭了，他说我明天就给我们准备盖房子，我要盖一座很大的房子。马丽没有他想象的那么兴奋，她问刘正龙在哪里拍到的老虎。

刘正龙说说了你也不知道，山大了。

马丽说，你看到老虎了？

刘正龙说，我看到老虎的时候老虎正在看我，我想完啦，我还没有孩子呢啊。

马丽再没有说话，她紧紧地抱住自己的男人，泪水冲破了堤坝一样，肆意地流。

天刚一亮，门口就等满了人，王村长说全是全国各地的媒体，刘正龙说回去吧，我不会接受任何媒体采访的。记者们都说我们换了很多趟的车，才跑到这里来，总不能让我们空手回去啊。有人提议说，干脆接受采访一次，给你五百元吧。刘正龙想想这个办法也不错，马丽坚决反对他这样见利忘形的做法。刘正龙不是这样看的，他觉得自己凭劳动挣钱没有什么不妥当的地方，吴老二卖的是猪肉，我卖的是智慧啊。

有钱就是好啊，刘正龙院子已经挖开了一个大坑，忙忙碌碌的工匠们穿行在坑里，叮叮当当地砌墙开始了，刘正龙每天背着手站在院子，眼睛看着房子拔地而起，又看着白色的瓷砖一块一块地贴到了墙上。

院墙高了，大门也紧了，刘正龙忙得焦头烂额，每天都有报纸报道他是如何克服困难拍到老虎的，说到自己在山上的遭遇，他的眼泪就流下来，所有的媒体和记者都把他当作一个英雄一样地歌颂。

现在刘正龙走到哪里，都会引来别人的注目，过去单身的时候，就是连寡妇也不愿意看的刘正龙现在一下成了镇上的焦点了。

县委曹书记听说要去市里当副书记了，白镇长要回县里，在一片耀眼的光环里，笼罩的岂止是刘正龙一个人，不，绝不是。就连梦幻影楼的毛摄影一下子也成了镇上的明星了，他顺利地加入了省摄影协会，并且拍摄的照片不断在全国获奖。村子吴老二提起刘正龙也感激得要命，他甚至十二分地懊恼当初嘲笑刘正龙上山寻虎的举动，过去，能走进村子的外人没有多少人，现在每天采访刘正龙的一拨又一拨，来的这些人要吃饭啊，附近小饭馆哪里有那么多的储备啊，于是吴老二挂在树上的腊肠已经供不应求了。他在自己家门口也挂了一幅标语：听华南虎咆哮，吃吴老二腊肠。吴老二腊肠成了真正的没有污染的绿色食品了。他现在看见刘正龙就掏烟，刘正龙给他带来了如此巨大的财富，他给刘正龙根烟又算什么呢，他开始把新鲜的猪腰子给刘正龙送了，而王村长的猪腰子时不时就没有了。

刘正龙收获是巨大的，他不仅盖起了令全村人艳羡的房子，马丽的肚皮也开始吹气球一样膨胀了起来，马丽每天摸着鼓鼓的肚皮坐在自己的家门口发呆。时世真的可以改变一个人，过去没有盖房子的时候，刘正龙每天会陪在马丽的身边，现在刘正龙却忙得顾不上和她说上几句话，假如有话说也是吹嘘自己如何如何能赚钱，他要那么多的钱干吗，在马丽看来钱多钱少没有丝毫的意义，该生活还是继续生活，就和每天喷薄而出的太阳一样，它从东边山头跳出来，又在西边山头跳进去，它没有丝毫的懈怠，日复一日地反复着。

正这么想的时候，刘正龙就回来了。马丽有很多话想给刘正龙说，可是一进家门，刘正龙的手机就不停地响，刘正龙就开始在屋前屋后地走动，他的姿势不断变换着。

马丽真的生气了，她掂着沉甸甸的肚子，蹒跚着进了房子，打开电视，赌气似的把声音拧到了最大，她恨不得上去把刘正龙的手机摔掉，问他不打电话还能不能活。屋子里的电视声音大得吓人，就好像房子里有人在吵架，刘正龙挂了电话进房子左顾右盼，马丽没好气地问他找什么，他说找遥控，这么大的声音你不怕把孩子吓坏了。

马丽说，你还知道孩子啊。

刘正龙说我的孩子我不知道难道吴老二知道。

马丽说，吴老二也比你强。

刘正龙说吴老二光知道杀猪，还能干什么？

马丽说人家是靠的勤劳，有什么不对的，总比这样空来空去好。

刘正龙冷笑着，他觉得没有必要给马丽讲那么多的大道理，女人么，就是说多了也不一定能知道，还不如不说。

遥控找到了，他调小了声音，他看到电视上有一个男人和主持人坐在一起说华南虎的事情。男人说自己是一个研究动物多年的专家，通过几个月的观察考证，他可以拿自己的人头担保，华南虎的照片有作假的嫌疑。并向社会公布了自己的电话，希望成立一个民间打假组织，他希望全社会善良的人们加入到这个组织中来，争取让真相大白。

他愣了半天，娘的，人出个名咋就这么难呢，谁都给你找碴啊。马丽说，真金不怕火炼，他就是说什么你担心什么呢，除非你的老虎是假的。

刘正龙火了，他说我的老虎怎么会是假的，我哪里有假老虎去照。他气坏了，他拿出一根烟，送到了嘴上，然后点了几次才点着。他粗暴地用手直接按在电视开关上，啪的一声把电视机硬生生关掉了。过了很久，他才回过头问马丽。

他说，老婆要是照片是假的，你说会不会坐监狱？

马丽说不知道。

他说要是假的，你还会爱我不？

马丽点了点头。

刘正龙决定去找白镇长，他现在已经是县旅游局局长了。

旅游局在县委的四楼，局里的人早都认识了刘正龙，有人把刘正龙带到了局长办公室门口。进了办公室，白局长正在打电脑，看见刘正龙进来，他说老刘你来得正好，你看现在网上已经形成了两派，一个是挺虎，认为你拍的老虎没有问题，一帮是打虎派，认为你的老虎绝对有假，赞扬的骂人的，说风凉话的，同情你的说什么都有，真的是林子大了，什么鸟都有啊！不过争议越大越好，这就是炒作啊。你看一帮年轻轻的女孩子，唱歌连调都唱不准，可是就是敢唱，她们把自己打扮得像个男人，再把衣服穿反，在舞台上听不清唱的什么，但是手脚并用，孩子们喜欢啊。火了超女肥了公司啊。再看还有明星自己把自己的裸体照片往网上贴，这真的是一个和传统背道而驰的年代啊。

刘正龙说，今天有人说要拿他的人头担保呢。

局长哈哈大笑，他的人头能干吗，说白了又是一个敢死队员，他这么做的目的和秃子头上的虱子没有什么区别，专家是狗屁，只会在狗窝里放狗屁，他们还不是要跳出来咬一下人，然后给自己争个名声。要不然十三亿人呢，专家多得不计其数，有谁知道他呢？这就是树欲静，而风不止，只要这股风不停，还怕正贫没有人？你看看我们几个月的旅游统计，局长用手指着对面的墙壁，墙壁上一行数字，数字的里边是一条笔直向上的红线。白局长说看到没有，三年的人数比不上这几个月的收入啊。

有了白局长的话，刘正龙心里踏实啊。收入再多的钱他装不到口袋，他可以不去管，但是他受益的也不少，眼看着房子拔地起，存折上的数字也开始在上升，怎么能不让人高兴啊。

下楼的时候，碰见了宣传部的白干事，白干事最近也忙坏了，连着采访刘正龙，所以外边的很多报道都是白干事的功劳。白干事也看到了刘正龙就把刘正龙往自己的办公室拉，白干事给刘正龙递了一支烟，刘正龙说抽不惯别的烟，还是抽自己的好。白干事把门关上说，我现在是宣传科科长了，这烟是曹书记给的，自己都没有舍得抽呢，一支的价钱能买你的一盒呢。你尝尝这烟，你那烟就不是烟了，完全是吃草呢！刘正龙把烟放在鼻子下闻，果然闻到的是纯正的烟叶还带着沁人心脾的香。点燃香烟，白干事，不白科长就问他，怎么样，是不是味道不一样？他眯着眼睛沉浸在享受之中。白科长说我不留你吃饭啦，我中午还要赶一个稿子，可能我们县要争取华南虎基地呢，如果申请成功那国家就给我们县几百万呢。你看我们县就要大踏步跨入小康县了。

刘正龙还在回味着香烟的味道，他想有钱就是太好了，没有钱，他拿什么盖房，没有钱他拿什么养孩子，没有钱他能在村子抬起头，没有钱，吴老二能给他送猪腰子？他哼着自己也听不清的曲子往回赶，他想马丽的预产期好像该到了，说什么也得要好好检查检查了。

回到家的时候，家里有一个人在等他，来人说是南方一家大报纸的记者，有几个问题要问他。刘正龙说自己不接受采访，记者说我不是来采访的，我以个人名义问你几个问题就可以了。采访已经没有意义了，因为全中国的人都知道刘正龙的事情，我采访那些做什么。我只是对几个疑问很好奇，你可以回答，也可以不回答：一，你拍老虎的时候老虎没有发现你吗？二，你拍老虎的时候老虎也不跑就等着你拍？还有你拍的所有的老虎怎么都是一个眼神，难道老虎是一只温顺的猫咪……

刘正龙没有回答记者的问话，之所以没有回答的原因不是刘正龙拒绝回答，而是马丽突然肚子疼，一时间，刘正龙没有任何心思回答记者的问话了，他的希望就在老婆的肚子里，他不能为了一个鸡毛蒜皮的问题耽误时间。对他来说，记者问的话太好笑了。刘正龙说对不起了，我要送马丽去医院，他说，我们的孩子要出生了。

医院就在镇上，天黑下来的时候，马丽就生了，孩子是个男孩。

刘正龙抱着孩子亲啊亲啊亲不够，同一个病房的产妇都斥责自己男人，看看人家，多爱孩子。刘正龙心里终于发出了感叹，这才是刘家的根啊！我要让我们刘家的根更加粗壮更加茂盛！

# 5

天一亮，刘正龙就要去给马丽送饭，马丽说吃不惯医院的饭，老是能闻见有一股子来苏水的味道，母亲吃不好，刘家的孩子吃什么？刘正龙就在自己家熬稀饭，他听人说稀饭里放上了红枣还有枸杞子，能大补身体。他想马丽一定喜欢吃的。

走到医院门口的时候，一个卖报纸的小贩大声地喊，快来看快来买，香港明星的性爱录像是如何在网络上走红；十问华南虎的拍摄者，造假即将现形；《苹果》电影为何不能在大陆公开放映。

刘正龙真后悔没有把记者踢出门，现在的人怎么这么没有诚信，还说自己不是采访，这就开始糟蹋人了。他叫住了小贩，说一份报纸多少钱？小贩说物价都飞涨呢，就报纸还不涨，五毛一份。刘正龙说，数数看看你有多少，我全买了。小贩高兴坏了，把所有的报纸给了刘正龙就想走，刘正龙说你去看看其他的报纸，我今天全买了。

他抱着一大堆报纸找了个公共厕所，然后把报纸都用火柴点燃了，看着火苗忽忽地跳动，他在心里骂卑鄙死了，为挣稿费胡编造。

他进病房的时候看到病房的气氛有些不大对，他问马丽，马丽说我好丢人啊，现在大家都议论这件事情呢！坐躺在病床上就感觉躺在了铁板上，我恨不得找个地缝钻进去。他说你担心什么呢，有领导给我撑腰你怕什么呢？明天我就去县城，相信事情能够有个说法的。

没有等到第二天，白局长就打来了电话，他大声质问刘正龙凭什么恶意收购报纸，现在互联网上都已经刊登了刘正龙收购报纸的事情。刘正龙想解释什么，可是白局长并不容他解释，说报纸是党的喉舌，你一个刘正龙凭什么要恶意制止民意所向，现在你把事情搞砸了，谁也管不了你。

刘正龙心想，你不管我直接找曹书记。好不容易翻出了曹书记的号码，可是话筒里传出的却是你呼叫的手机已经停机。刘正龙再打白局长的电话时，一直处于通话状态。

当天晚上，他在自己家的电视看到了新闻，说浙江有一个人已经拿出了证据，证明华南虎是一张几年前的年画。屏幕一闪，年画和照片的老虎虽然不是一个背景，但是两个老虎的眼睛却一模一样。之后就有记者在街头现场采访对于这件事情的看法，有人说希望造假者勇敢站出来承认错误，有人说造假者会受到法律的惩戒。之后又报道了报纸在当地遭受恶意收购的消息。那个穿着黄马甲的小贩说有一个人买光了镇上投放的所有报纸。他说他记性不好，不过看起来和刘正龙的照片有些相似。

刘正龙一大早就坐车到了市里，在市委门口转了半天，很快就引起了武警哨兵的注意，他们询问了半天，才把电话打了进去，可是一会儿门卫就告诉他，曹书记正在开会，今天没有时间见任何人。并且曹书记说自己并不认识刘正龙。

刘正龙僵硬在了原地，就像一个废弃的木桩，他对门卫说，曹书记怎么能不认识我呢？

门卫说曹书记凭什么认识你呢，你又不是书记。

刘正龙离开市委的时候，阳光被厚厚的云层遮住了，风也呼呼地刮着，他不知道还能找谁去。回到医院的时候，医院里很多的病号都已经睡了，他轻手轻脚地进了房门，马丽的床是空的。他去问大夫，大夫正在值班室看球赛，连头也没有回就说人今天下午出院回家了。

进村子的时候，村子里大部分的人都已经进入了梦乡，吴老二门口的牌子被风撕成了两半，一半在风中啪啪作响另一半连影子都没有啦。

房子里像个冰窖，他站在院子里，不知道怎么办，他努力想象着马丽会去的地方。可是头都想疼了，也想不出来马丽会抱着出生没几天的孩子去哪里。

他感到了有雨滴落在了脸上，他用手去摸，一滴两滴，逐渐在增多，他走出了家门，开始沿着那条出山的路，雨愈加地大了，山里更寂静了，他迎着风雨，往下走去。

天亮了，刘正龙的家门口又围满了记者，家门是虚掩着的，问王村长，王村长说昨天晚上就没有见人。后来就有人给刘正龙的手机拨电话，电话处于关机状态。

记者们都找到了镇上，问镇上的情况，镇上的领导说自己是才来的，不知道以前的情况。

有人就询问在新闻发布会上见到的白局长，白局长说，刘正龙是个骗子，他不仅骗了我们，而且他骗了全国人民！

# 覆水难收

该来的都来了，不该来的也来了。无论怎么看，谁都以为这是一次极其平常的朋友聚会，没有任何的异常。就连饭店的服务员把我们领进包间以后，除了点菜她留在包间一会儿，点完菜，也走得没有影儿了。这桌饭是我做东，我充当的是王小燕的表哥。实际上，我没有表妹，我的亲戚极少，就是有表妹，也都已经很早就做了家庭妇女了，不在一个城市，联系也很少了，更谈不上让我出马为表妹设宴请客。说实话，就是我想吃饭，也都是别人请我，我的饭局多到让我经常应付不过来，我破费这么一桌饭，完全是因为王小燕。

可以肯定，牛强内心相当紧张，他不断地喝水，我观察了他很久，自从王小燕把他叫过来，他就意识到不大对劲儿。包间里除了我和王小燕，还有两个人。实际上，我也不知道他们的名字，只知道他们的绰号，一个叫黑四，一个叫刀疤。黑四长得有些壮，脸上的肌肉鼓得有些像青蛙的脊背，下巴上还留了一点点山羊胡须，胳膊上刺着一条张牙舞爪的飞龙。叫刀疤的有些精瘦，头发剪的短寸，显得精干利落。他和黑四比起来，如果没有眉心上的一条疤痕的话，谁都会觉得他们是一对说相声的好搭档。他很少说话，但是黑四说话的时候，他的两只眼睛会闪出一丝凶狠的目光，他的一只手一直放到裤子里，我刚见到他们时以为他裤兜里揣了一把枪，尽管我知道，他口袋里什么都没有。

王小燕有着纤细的身材，她白皙的皮肤总让人浮想联翩，她胸前隆起的波涛像两个熟透的桃子。我老感觉那不是一个真实的王小燕，而是一件艺术品。我感觉自己就是一个钢琴师，用自己熟练的双手弹遍她身上的每一个音符。我把王小燕搂在怀里的时候，我经常会发出由衷的感叹，上帝也会送这样的一个极品给我呀。冯小刚说过，他和老婆的结合，完全是鲜花和牛粪，他老婆那朵鲜花左躲右躲，还是没有逃脱插到牛粪上的命运，我和王小燕开了这个玩笑，王小燕就不高兴，她说，人家徐帆是老婆，我是什么呢，我是野麻雀，你什么时候把我能当家禽？你的工资都交给了你家里，我得到了什么待遇？

王小燕的这个话我听了有些刺耳，她总在我兴致正浓的时候说出不合时宜的话刺激我。女人真的是一个难以琢磨的物体，奇怪极了。我说为什么你求我办事的时候，不是这样的态度，如果是这样的态度，就是你把两个篮球塞到胸部，我也不会动心的。

王小燕自认为很聪明，事实上她确实属于那种察言观色力极强的女人，从我认识她的那一刻，我就对她有这样的认识，可以说她的浑身都长满了眼睛，她和你说话的时候，看似漫不经心，甚至会不断甩甩她瀑布一般的长发，但是她的眼睛不会因为头脑的轻微摆动而放弃对你的注视。她的头发很黑，像电视片广告女郎的发质那样柔顺，她的目光总会发出那种电流般的光芒。

她和人合伙要开一个印刷厂。实际上办公室办事的小郭，已经审查完了她们的资料，前几次来局里办事的不是她，可能是另外的人。听小郭说，来的人瓜兮兮的，像个愣头青，说话的时候声音像个破锣，还没有礼貌，以为资料全了，就能顺利批准了，因此上横得就像个省长的儿子，觉得我们就应该给他盖个章。

小郭是个股民，买了些股票，正逢那几日股市连着跳水，眼看着几万元像蒸汽一样地消失了，气得他在办公室看什么都不顺眼，哪里能受得了王小燕那个单位的办事员催促。他告诉对方，因为电脑无法上网，对方的请求根本送不出去，就是能送出去，审批表也没有了，具体什么时候能回来谁也说不上来。就是所有的东西都全了，陈处长学习去了，最起码要等陈处长签字后才能盖章。

王小燕的办事员被小郭浇了一头冷水，灰溜溜地回去了，后来又来了两次，都被小郭支走了。我知道小郭忽悠的本事，我经常在办公室里生气的时候，他都会拒绝找我办事的人，他会客气礼貌地告诉对方，陈处长开会去了，你可以下次再来，也可以留下您的姓名，还可以给陈处长打电话。对方问起我的手机的时候，他总会告诉对方，处长的手机他不清楚，他从不在处长开会的时候打手机，因为会场上不允许接打手机，有时候领导在讲话，有时候领导在听，你说你的电话打进去，众目睽睽下，你让领导怎么接?

我觉得小郭是个聪明的人，我多次在处里的会议上表扬他，后来在王小燕找上门的时候，我更加对于小郭前期的拒绝作了肯定，如果没有小郭的拒绝，我怎么会认识王小燕，如果没有小郭的横加阻断，我哪里会把王小燕蛇一样的身体搂在怀里。

王小燕那天被小郭领进门的时候，小郭的眼里似乎蕴藏着一丝暧昧，他对我说，陈处长您看看，这个印刷厂的资料能不能通过。他把资料恭恭敬敬地放到我桌子上的时候，我才看到他身后的王小燕。王小燕那天穿了一件白色的T恤，下身配了一条齐到膝盖的碎花裙子，两条白皙的玉腿细长而有弹性，她向我点头的时候，鼓起来的胸部险些要撑破她紧身的衣服，她嗒嗒的皮鞋撞击地板的声音也一下子撞击在我的心灵上，虽然她从门口走到我跟前只有几步路，但是她一身香气迎面而来。我还在想是她的发香还是她的体香的时候，我看到小郭，已经迅速退到了门口，很快就消失在门外，他出门的时候，像我肚子里的蛔虫，把我办公室的门轻轻地带上了，我听到啪嗒一声锁扣发出的响声后，我从心里由衷地喜欢了他。

我虽然心里暗暗对王小燕的美丽赞不绝口，但是我不能表现的太过于在乎，我把自己的身体堆放在舒适的老板椅里，身体努力后靠，或许因为体重，还是因为椅子的滑轮没有了润滑，发出咯吱咯吱的响声。王小燕就站在我的面前，我并没有直接去看她，我努力地让自己侧着身体，脸上没有任何表情地问她，办什么呢，你是做什么的？

王小燕说，她们的设备都到齐了，工人也找下了，有些关系户已经把活儿都要送过来了，她的人都已经来了几趟了，可能是来的人不懂事，没有文化部门的审批，执照就拿不下来，所以还要陈处长，高抬贵手的嘛！说完，她向前迈了一步，她把手上精致的皮包放到了我的桌上，从里边拿出了一个信封，她把信封拿在手上，两只手捧上，送到我的面前，她的手很白，两个手指细长。她给我递上信封的时候，还朝身后看了一眼，我知道她是担心这个时候会有人进来，那样会坏了她的好事，我哦了一声，但是我并不想起身接这个信封，我知道信封里是什么，可是我那个时候突然觉得我不想要王小燕的任何好处，我想还有什么比王小燕更让我动心的。

我对王小燕说，你这是干什么，你这是干什么？你要是这样的话，你给我马上出去，你还要不要盖章审批？我的声音可能有些大，表现甚至有些异常，王小燕一定没有料到我的态度会如此坚决，她愣了一下，但是还是没有忘记说陈处长，一点小意思，你不要误会，以后少不了要麻烦你的嘛！她说。王小燕看到我身子都没有动，有些尴尬，她觉得我有些恼怒，似乎不知道该怎么做，但是很快她把信封放到了我的跟前，然后把自己的皮包拉上，迅速把皮包提到自己的手上，可能觉得这样就是别人看到的话，也一定会认为信封是我的东西了。我努力探了身子，把信封拿在手上，我对王小燕说，你把这个拿回去吧，你年龄小，怎么也都学会了这些，难道不花费事情也不能办了啊，什么逻辑嘛，你把社会都想成什么了？我对她说，她看我把信封给她，她有些犹豫，甚至有些不知所措，但只是一瞬间的事情，很快她就说，陈处长，那干脆一起吃个饭吧，吃个便饭怎么样，吃个饭该可以吧，总得要让我表表心意嘛！事实上我晚上有事情，但是基本上不算什么重要的应酬，再说了，我觉得如果我再拒绝的话，似乎有些说不过去，我想了半天，说那就下班再说吧，现在还不知道有没有事情呢。

王小燕有些失望，她觉得我可能是不想去，她说陈处长一定一定，如果你不给你妹子这个面子，我真的很失望，我心里会很难过的。你看就是一顿饭的事情，你还有什么拒绝的?

我说那好吧，我就看在你的面子上去吧！我对王小燕说，如果是别人，别说吃饭，就是吃鲍鱼海参我都不会去的。

王小燕笑得有些合不拢嘴，她笑起来更加好看，她说我去安排啦，你把电话给我吧。末了觉得有些不合适就说处长你说号码我打给你吧，这样你就有我的电话了，以后有什么事情，你就给我打电话嘛!

原本我想带小郭一起去吃饭的，但是后来想了想就放弃了打算。王小燕走后，我在众人的面前好好表扬了他，我出门的时候他正坐在凳子上看材料，我刚一出门，他就起身对我点头，我上去拍拍他的肩膀，说如果没有什么事情，就早早回家吧，工作是一天干不完的。

王小燕安排得确实很到位，饭店很优雅，包间很干净，暖暖的色调和暗暗的灯光让房间里有些暧昧。只是她带来了她的合伙人，一个愣头愣脑的男人，我还在想是不是跑了处里几次的那个小子。王小燕说男人叫张长生，在印刷技术上有一套，过去一直做这个工作，所以印刷的事情他会全权负责。张长生慌忙伸出手，他两只手把我的手握在里边，脸上堆满了笑，我甚至看到他额头的皱纹里有一丝丝的油墨。我可能表现得有些冷漠，还是对于张长生的到来不大开心，我只是礼貌性地摇了摇他的手。

王小燕一定是感觉到了，她说张工就是认识一下陈处长的，他还有些小活在赶速度，他马上要回到厂里去的，不干活，找的那些人早都飞光了，谁还在等你办完手续才上班啊。

我说那既然来了就一起吃嘛，吃完再回去也不迟的，我对王小燕说。王小燕说不用了，真的不用了，他确实有些忙的，机会总是有的。她说完就对张长生说，张工那你就快过去吧，我会把处长陪好的。

说实在的，我是怎么把王小燕搞上床的，如果不努力想，我都快要忘记了。记得王小燕的印刷厂开业的时候，我去祝贺她，那个时候我已经成了她的高参了，包括一些活路都是我给她们联系妥当，别人都看在我的面子上，和王小燕签订了印刷合同，如果没有意外，王小燕的厂子一定会大赚一笔的。

王小燕有些高兴，一定要请我，她喝了些酒，脸蛋红扑扑的，我觉得她就像熟透的苹果一般，散发着诱人的清香，我几乎有些忍不住有想上去咬上几口的冲动。她说要好好感谢我，印刷厂的功劳有我的多半，她要和我喝个痛快，她左一杯，右一杯，我有些担心她喝出了问题，就开始劝她，她就不喝了说自己有些头痛，让我扶她回去。碰巧那天电闪雷鸣的，雨水倾盆而下，到处都是一片汪洋，王小燕穿着高跟鞋，在雨里行走极不方便。咔嚓一声炸雷，让王小燕浑身哆嗦，她说最怕响雷了，小时候一响雷，她就要堵住耳朵，钻到被窝里。她问我能不能开个房间，躲一下雷嘛。

后来我就在附近的酒店开了个房间，从饭店到酒店还有一段距离，我让司机已经回去了，只有我和王小燕冒雨跑到了酒店。我是从背后把王小燕抱住的，她说胸罩进水了，衣服湿了粘在身上真不舒服。她的胸罩被我刚解开后就被她从前边拿走扔掉了，湿漉漉的胸罩被我解除后，她的两只山峰突兀挺拔，我两只手把它们握在手上，就像握住的是一对柔软的皮球。王小燕的气息很快就变得有些急促……

王小燕出现在我生活里以后，我就开始把她当作我的知己一样对待。她让我感到了无比的新鲜，她年轻的身体激发了我浑身的能量。仔细想一想，在我五十岁的时候，上帝能给我送来这样的一个尤物，我有什么理由不高兴呢。我在努力让王小燕的身体得到安慰的时候，我更在经济上对她照顾有加，一个年轻时尚的女人，需要的不仅仅是资本，更需要的是经济。

可能是我太累了吧，也或许是我的身体的异样引起了老婆的警觉。每天晚上，她洗完澡后把香水打遍全身，十分讨好地依偎在我的身边。我哪里有精力应付她呀，她躺在我身边的时候，我就是碰到她松垮垮的肚子，也没有一点点感觉，甚至有些厌恶，哪里还有心情和她温存呢。

后来我发现，她背对着我在卫生间哭，甚至还夹杂着埋怨的声音，她说我活的是什么人嘛，完全是守了活寡了，年轻轻的，就和一个人没有两样了，要知道这样，我还不如去新西兰呢，我还不如去陪读呢。为了不让家里的保姆听到，她的声音轻重不一，我听得断断续续。我知道她不高兴，我也知道她埋怨我不宠爱她，我发现她哭哭啼啼的时候，我使劲儿吼她，要钱有钱，你还有什么不满足的？或许是我的吼声，不，可能更像咆哮，吓到她了，她用手捂住自己的嘴，嘴里发出的声音像一只暗夜里的蚊子。我恼怒的眼神让她的身体瑟瑟发抖，她慌不择路地夺门而出，一边走一边对我说，你一定是外头有情况了，我用女人的敏感百分之二百地肯定，你要是没有情况，那么太阳一定从西边出来。

真是神经病，我大声地说，我努力为自己做辩解，我肯定不会承认我和王小燕的事情，我会对老婆把所有的真相说出来吗？我又不是脑子进水了。再说了，老婆也只是怀疑，并没有确凿的证据，假如王小燕和我赤身裸体在床上被她发现的时候，她一定会用她尖利的指甲，来挖我的脸。也许会把家里那些值钱的东西摔得满地都是，只有那样她才能发泄自己的不满和愤怒。我知道人愤怒的时候什么事情都做得出来，我们都是从年轻的时候过来的。那个时候她父亲是个局长，我在家里说不上话，一旦有什么事情不如意，她飞扬跋扈的声音总让我胆战心寒，后来她的父亲患了脑血栓，就像一个被套上了枷锁的猛兽，再也没有了一丝的威严，随着我在局里的声望和提拔，她的威风也像个午后的夕阳一般，隐没得悄无声息。

说实在的，我还是惦念她的好的，没有她，我哪儿来的儿子啊，她最起码给我把孩子带得那么好。说起儿子我就很骄傲，他一直上的名牌学校，学习成绩也相当好。我们家庭的和谐在局里都是有目共睹，在众人的眼里，我们就是别人学习的楷模，尤其是儿子被送到了新西兰留学，我更成了局里别人谈论的话题。局长的儿子不争气，上学犹如上刀山，高中上了两年就上不动了，局长一个劲儿让我给儿子说说，看能否把他的儿子也带到新西兰去，外国的环境好，让他的儿子也镀镀金去，人总不能吊死在一棵树上嘛。

王小燕听不得我说家里的好，每次说起我的老婆，她就醋意大发，她用两只手护住自己的身体，不让我碰一下她。我正在兴头上，能把胸中燃烧的火焰熄灭下去嘛，肯定做不到，我说你不要老说她的，我给你的钱还少吗，现在我除了给家里上缴工资，所有的外快都给你了，你还要什么呢？

王小燕说我要的不是钱，我要的是人。我这过的是什么日子嘛，过年过节的，没有一个人在身边，就是生个病，也没有人照顾。就是给你打个电话，还不能晚上给你打。她越说越激动，说到最后，眼泪就扑簌簌地往下掉。我这个人心软，见不得女人哭，王小燕一哭，我就想安慰她，我把她抱在怀里，搜肠刮肚给她说好听的，我说不管什么，那也要有个时间，我总不能写上一纸休书，就让老婆从视线里消失。王小燕说我不管你用什么办法，我就要你休掉她。休掉她我就是你的，你想做什么就做什么，反正土地任你耕耘，田地任你浇灌。我说行行行，我会努力的，我是这么说的，我甚至没有忘记告诉她，我让儿子买了一块“欧米茄”女士手表，价值好几万呢，儿子问我给谁买，我说局里的同事买的，实际上我是买给你的，你说我怎么心里没有你。王小燕终于破涕为笑，她两只紧紧护住自己的手也变得软绵绵的，她转过身，摸住我胖胖的肚子说你以为我稀罕手表嘛，我是稀罕你的人啊。

王小燕虽然说稀罕我，但是我感觉她明显没有了刚开始的那种激情。过去，在床上的时候她努力迎合着我，可是过完春节后，她就开始变得有些敷衍了事。她和我出去的时候，也总是拖拖拉拉的，总在说好的时间过去很久才匆匆忙忙跑过来，就是在床上也恨不得我三下两下就结束。

我不是女人，但是这点微妙的变化我还是能感觉到的，我觉得她一定是有问题了，虽然我的心里极其不高兴，但是想想自己还不能给她一个名分。尽管嘴上说说希望能够走在一起，但是我从内心里，说要离开自己的老婆，真的有些放不下。老婆不是王小燕，年龄大了，也没有什么手艺，更和美丽沾不上边，假如有个什么变化，她的世界一定会一片黑暗。而王小燕就不同了，她年轻漂亮，漂亮的女人身边就不会缺少男人，就是再怎么，她都会生活得春风得意的。所以面对王小燕轻微的变化，我也不想戳穿她，戳穿了除了自己的心痛外，还能有什么更好的疗伤方法？王小燕是人，如果是条狗，我也许会找个棒子狠狠地暴打它一顿，还会把它用绳子拴住脖子，吊在树上，让它四脚悬空，在挣扎中嗷嗷求饶。

有一天，有几个朋友请我吃饭，他们都是多年的哥们儿，所以我们之间也不存在什么秘密。他们都带着自己的相好和女朋友，这样大家一个也不会担心另一个泄露自己的任何秘密，完全是松弛的气氛和环境。

王小燕可能心里有事，几下就喝高了。这个我也能够理解，平时，王小燕的酒量就是喝个半斤八两的都没有任何问题，可是心里一旦有了事情，那就是另外的一番景象。那天她只喝了几杯五粮液就喝高了，她的话特别多，她还喜欢在朋友说话的时候，打断别人。我有些不高兴，我点了一根烟，故意把烟吸进了喉咙，烟雾让我的喉咙发痒，我就使劲儿咳嗽。我是故意让王小燕听的，说不到点子上，就不要给我丢人，再说了说的多也没有人给你发奖。也许是王小燕感觉我不高兴，就不说了，她坐在一边闷闷不乐，她甚至从烟盒里取了一根烟，熟练地夹在了两个手指之间。朋友看她抽烟都有些惊讶，他们都看了我一眼，没有人说什么，但我从他们的眼神里看出来，他们觉得有些异样。没有等我说什么，王小燕把刚点完烟的打火机猛地摔到了餐桌上，火机被猛烈地一掷，发出了一声清脆的爆鸣，就像点燃了一根炮仗，我们都被吓了一跳。餐厅里吃饭的人都回过头朝我这边看，以为是热菜的酒精锅底发生了爆炸。

我问王小燕，你怎么了，你还让不让吃饭？朋友都打圆场说没事没事。王小燕怔了一下，她的脸没有化妆，变得有些煞白，她先是恼怒，很快就变成了委屈，眼泪也开始顺着眼角留了下来。我就坐在她的身边，我一只手放到她的肩膀上，一只脸几乎贴到了她的脸上，我说你到底怎么了？有什么事情你就说出来嘛！

她真的有些委屈，只是不知道什么原因，她说我说了你不要怪我，我承认我错了。她的头低下去，好像自己是一个做错事情的小学生。

王小燕的漂亮是有目共睹的，那样的一个女人别说在爱情里会永远是春天，就是在生活里，她也更像一朵姹紫嫣红的玫瑰，在街上行走，她的身上从来不缺少垂涎的目光，那些好色的男人会盯住她曼妙的身材，恨不得用目光把她身上的每一寸肌肤都看遍。

牛强是王小燕的大学同学，在学校的时候就一直像个苍蝇一样，叮在她的身后，他为王小燕打饭，为王小燕占座位，可是王小燕并没有被他的殷勤所感动，相反她觉得牛强完全是那种纨绔子弟，没有一点内涵，就是唱歌吧，老跑调，却还自我感觉良好得犹如是张学友一样。尤其是他给王小燕写了很多封信，王小燕几乎没有理，出于礼貌，她给牛强还是回了一封信，结果牛强把回信的事情故意渲染得像个发酵的面包，恨不得让整个城市的人都知道王小燕给他回信了。王小燕很生气，就不再理他了，一直到了毕业。

突然有一天，王小燕和牛强在街上碰见了，那个时候王小燕正为我和她的事情犯愁，她觉得我对她的态度没有很明确，因此心情很是沮丧，偏偏那一阵我去外地考察学习，她正为自己的前途烦心不已的时候，牛强突然出现在她的面前，毕竟有同学的情谊在里边，而且几年过去了，王小燕已经把过去的那些不快忘记得一干二净。牛强长的不算难看，最起码看起来干干净净，只是可能心气过高，所以毕业几年了一直没有一个稳定的工作，在哪里都是三天打鱼两天晒网。

王小燕珠光宝气地出现在他面前的时候，他有些惊讶，但是很快就使出了浑身解数，献媚讨好。王小燕不是傻子，或许是牛强有年轻的身体，抑或是牛强嘴里的甜言蜜语让王小燕尝到了被人赞美的感觉。她觉得反正我没有答应把她娶回家，她总要给自己留个后路。况且和牛强知彼知己，因此上，她偷偷和牛强谈起了恋爱。

牛强的父母是工厂的工人，家庭环境很是一般。可是王小燕当初没有看重那些，只是觉得有个人这样地疼爱自己，钱可以慢慢地去赚，她甚至有了想让牛强参股进来经营印刷厂。可是没有过几天，她发现牛强还和过去的女友丝丝缕缕地牵连不断，更让王小燕气愤的是，牛强把王小燕为自己花钱看成天经地义，甚至开始从王小燕的身上知道骗钱花。起初王小燕并没有意识到，可是后来发现的时候，她在牛强的身上已经花费好几万了。

他们真正闹翻的时候，牛强说要带王小燕去南山玩，王小燕信以为真，结果到了山里，牛强看她高兴，就说想要买个手机，要王小燕借给他钱。他已经以借的名义拿走了多少钱，王小燕嘴里不说，心里和明镜一样，于是说自己没有，要买自己想办法。牛强说妈的，你今天不给我钱，我把你从山里推下去。他说着，果然把王小燕放到悬崖边，还故意把王小燕身边的一块石头踢了下去，石头滚落山涧的声音很是清脆，一路在山峦间碰撞着落到了谷底。王小燕吓得花容失色，苦苦哀求，并答应给牛强钱买手机，牛强才放了手，为了防止王小燕去派出所告他，他说他手上有他和王小燕的裸照，如果王小燕要让自己不好，他就把照片发到网上去，让全国人都看到王小燕的身体。王小燕为了稳住牛强，只有说自己想办法。

王小燕害怕极了，虽然牛强是钻到她肚子的一只苍蝇，可是她没有一点办法把这只苍蝇从自己的生活剔除出去，她不敢告诉任何人，尤其是我。过去，我给王小燕的钱，她拿钱给牛强买衣服，把牛强从头到脚武装得犹如一个好莱坞明星，现在她怕我骂她脑子有病。她一个劲儿说自己确实有病，怎么就没有看到牛强是个这样的货色，要是知道，她就是吃屎也不会把牛强的这个牛粪吞到肚子里去。

我一直听王小燕给我说，我确实有些想上去扇她的冲动，我还在想如果一拳打在她漂亮脸蛋上会不会让她的鼻子变歪。你给我做的什么事情嘛？我对她说。我把手上夹菜的筷子都扔到了地上。我的脸色一定很难看，王小燕有些吓到了，她只是说，陈哥，我错了，错了还不行吗，你快想想办法，牛强那边还给我有时间限定呢。如果不处理，我的那些裸照怎么办呢，我以后怎么见人呢？

她的声音尽管很小，但是还是让我几个朋友听到了，他们没有说王小燕什么，他们只是问我，怎么办？我说谁做的事情谁收拾吧。我这样说，说完我看到王小燕眼泪又纷纷掉落，她的鼻子使劲儿抽泣。

后来朋友孙铁柱说算了，我找个人收拾一下这个小子吧，我让几个小兄弟出面吧，陈哥你一句话，想让他消失了也可以，就是卸条腿也可以，不信他小子有多大的能耐。

我想想也再没有什么更好的办法了，有些事情也许真的要以暴制暴，那样才能让这个棘手的事情解决。我说，给兄弟们说好，不管怎么做，我不会亏待弟兄们，但是有一点，不要把事情闹得太大。我们都是有身份的人，闹大了就不好收场了。我甚至想这个事情结束后，我还是远离王小燕，突然出来这么一件事情，我怎么觉得她有些脏了，我不知道，她是如何在两个男人之间周旋的，我对王小燕说，就这一次，以后你再这样，我就不管了，要是你觉得他好就不要再找我了，谁管谁是孙子。

王小燕慌忙点头，她一再保证，她要是再这样子，让她全家人都死光，包括她自己。

后来，我们就约在了“川菜坊”，王小燕说自己虽然有黑四和刀疤保护，但是没有我在场，她心里还是不踏实。后来我就去了，我是以王小燕的表哥名义去的。

还没有说话，牛强就已经觉得到气氛不大对，黑四和刀疤的样子虽然有些幽默，但是再傻的人都能看出来，两个人都有些来者不善，尤其是黑四去的时候手上提了一根铁棍，指头粗细，他把铁棍放在自己的身边，形影不离。以至于让牛强喝水的时候眼睛也紧张地盯着铁棍和黑四。

后来菜上齐了，颜色搭配鲜艳，香味四溢，可谁也没有心思吃一口。我有些想笑，这哪里是吃饭啊，分明是来开会。还是我打破的僵局，我说牛兄弟，王小燕是我表妹，你和我表妹谈对象，我不管，但是现在我表妹觉得你人品太差，所以你也不要缠着她了，那些下作的事情你也不要做了，做了于你没有什么好处的。

牛强没有说话，黑四把铁棍拿在手里，问牛强，我陈哥的事情就是我兄弟的事情，你不要让我陈哥不开心，我陈哥不开心，我就不答应。他问牛强，你的头有没有这个钢筋硬？牛强摇头。黑四把钢筋的两头攥在手心，一用力，直直的钢筋成了一副铁环，他哐啷一声把铁环扔到地上。刀疤终于插话了，他说牛兄弟，你不要管他，你好好吃饭吧，你看这桌饭多好啊，你吃饱了，我带你去个地方，去了可能就再也吃不到这么好的饭了，你快动筷子吧！刀疤的话说得有些可怕，他好像要吃完饭让牛强在这个城市里消失。

牛强扑通一声跪到了地上，他抱住王小燕的双腿哀号，他说燕子，看在同学的面子上，放了我吧，我知道错了。他一边说一边还把头在地上磕得砰砰作响，生怕黑四和刀疤做出什么不理智的事情。

王小燕不说话，她厌恶地躲避着牛强的磕头。她的确知道错了，她在把双腿抽出来的时候，用手在牛强的脸上留下了清晰的五个指印。牛强的嘴角和鼻子的下边迅速盛开了一朵灿烂的玫瑰。

我说你起来吧，你想安安全全，你就把你那些照片都拿来吧，所有的照片包括存储的电子信息全部拿出来。我可以给你保证，不会为难你什么，如果拿不出来，谁也给你保证不了的。

牛强从身上斜背的背包里哆嗦着拿出了一个信封，很快就被王小燕拿去了。我眼睁睁看着王小燕用打火机把信封点燃，并且很快就变成了一堆灰烬。我知道王小燕这么做担心我看到她的裸照更加生气，为了阻止我看到她的“罪证”，她甚至把牛强送过来的一只优盘也用椅子腿砸得粉碎，一边砸还一边骂，照你妈的相，你以为你是陈冠希呢。

我没有理会王小燕，我让牛强起来，我说你来吃点东西吧，这么一桌的东西不吃有些浪费。牛强哪里还有心情吃东西，他说我还有事情，我可以走了吧，他近乎有些哀求，他问我的时候顺便还看了黑四和刀疤，我对他们使个眼色，黑四说滚，滚得让爷看不到，看到了你小子就别想轻松。

牛强溜得很快，黑四说让他滚的时候，他的手都拉在了包间的门把手上，他刚一出去，我们就看到他跑得飞快的脚步，他可能顾不上大厅里吃饭的食客，他在飞奔而出的时候还回头看了一眼包间，确信没有人追出来。

这样的氛围里，谁也没有心思吃饭了，我给黑四和刀疤一个厚厚的信封，我说兄弟辛苦了，这是一点心意，希望不要客气。黑四和刀疤说什么也不要，说陈局的事情就是我们的事情，以后有用得上的地方尽管吩咐。我知道一定是他们知道了我可能即将提拔的消息，因此称呼也变了。我摆摆手，示意不用这么称呼我，没有宣布的事情，我不能随便让别人乱叫的。我把信封硬塞到了他们手上，我说，你们不拿，我心里怎么过意得去呢？

那顿饭结束后一连几天我没有再给王小燕打一个电话，我由衷地感叹了知人知面不知心的话语，因此那几天我下班后谢绝了一切应酬，直接回家。连老婆都感到了有些意外，她给家里保姆放了几天假，亲自下厨变着花样给我做好吃的，甚至让我坐在沙发里什么都不要动，饭好后直接让我坐上餐桌。从来滴酒不沾的她竟然还拿来了一瓶法国干红葡萄酒，说饮酒有助睡眠，她觉得我睡觉老睡不踏实，翻来覆去地像炸油条，她从电视上看说喝些红酒，睡眠会很好的。我很感激她跑来跑去的辛苦，说真的，和王小燕好上后，我几乎把多半的精力都放到了王小燕的身上，对她的关心和照顾微乎其微，所以我对她说了声谢谢。

电话又响了，我知道又是王小燕打给我的，我几天都不接她的电话，吃着碗里看着锅里的一个女人，我还有什么心情再和她纠缠下去。老婆看到电话响个不停，就劝我不管是什么人，还是接接吧。她帮我从我上衣的口袋里把电话递到我的手上，我看到她拿电话的过程里甚至连看都没有看是谁的电话，我看了一下来电显示，我果断地按下了拒绝键，一边按一边说，不认识的电话接了有什么用呢？

我看到老婆竟然背过身，悄悄地擦拭眼角的眼泪，我的回心转意让她如释重负，只是她觉得太突然了，她给我碗里使劲儿添肉，并把自己认为好吃的菜放到我的面前，她说等保姆回来后，她准备和她的发小红梅一起去香积寺烧香许愿，她现在给我帮不上一点忙，但是去烧香还是可以的，听说香积寺的香火特别旺，而且许愿也灵验，她就希望我平平安安的，她就没有什么遗憾了。

我有些感动，心里头暖暖的，我伸出手摸摸她的脸，温热柔润，她有些娇嗔，有些妩媚。我把她抱住的时候，她浑身颤抖，她两只胳膊箍住我的脖子，她说，我以为你真不要我了呢。

我想再有几天王小燕一定会偃旗息鼓的，她不是那种粘人的人，好说好散，那样对大家都好，就当是一场梦而已。

大清早，开完早会，电话又一次响了，而且是个陌生的号码，一定是王小燕打来的，她看我不接电话，所以换了一个号码，没有什么要说的，我本来想拒绝了，但是又想到会不会是别的人，尤其是有一次局长还给我打过一个陌生的号码呢。犹豫了片刻，我想想如果真的是王小燕，我现在就明明白白告诉她，我们彻底结束了，不要再给我电话了，都不是小孩，那样只能让人更反感。

打电话的不是王小燕，声音有些东北口音，我问他找谁，他说你是陈建军处长吗？我说怎么了，你是谁？他说你不管我是谁，你的家是不是在×市×街×号的×楼×号房间。我没有说是也没有说不是，我没有必要把自己的住址给一个陌生的人说出来。他说，我叫小龙，兄弟是道上的，你一定是得罪别人了，兄弟们也是拿人钱财，替人消灾，现在有人买你们一家人的命，他们让兄弟在一周之内，解决你和你的家人，但是毕竟是人命关天，我们有必要和你联系一下，看看怎么把这个事情处理好。

我头皮一阵发麻，极力告诉对方，我从来没有得罪任何人，我不做生意，也没有树立过任何的敌人和仇家。说实在的就是除了运用手上的一点权力，也不至于招来杀身之祸啊。小龙说你还是仔细想想，要不然我们怎么能知道你家庭的详细住址，而且知道你的孩子在新西兰留学，虽然新西兰有些远，但是你的仇家给的钱，我们可以考虑境外开展工作的。

孩子是我的软肋，我一生的心血就促成了一个赖以骄傲的作品，我怎么能眼睁睁看到孩子倒在血泊之中。他的人生才刚刚开始，他的坦途才逐渐铺就，不能因为我毁了他幸福的前程。我突然就想到了王小燕，一定是王小燕，真是道高一尺，魔高一丈，我刚用了的手段，竟然就让她学会了，简直是恩将仇报的一个白眼狼。我对小龙说我有一个问题，我的仇家是不是姓王。小龙嘿嘿大笑，他说道上有道上的规矩，无论怎么样，规矩是不能破坏的，我们怎么会随随便便把客户给卖了呢！我说我考虑考虑再给你回话，我对小龙说，我觉得我有必要见了王小燕再说。

见王小燕之前我给儿子先打了个电话，儿子没有接电话，发了信息回来说正在上课，有什么要紧事情吗？我想新西兰社会治安毕竟不同一般，就是小龙捣乱，也不至于那么快速，实话实说，担心他心里多想，只有回了一句：人在境外，多加小心，尤其是过马路。我担心被人制造车祸，那样的话谁也感觉不到一场车祸潜伏在仇杀之内。儿子很久才回了一句：知道了！

不管怎么样，我有必要给老婆也提醒一下的，老婆电话响了一声，就接通了，她的声音有些激动，可能我好久都没有给她主动打过电话，她说她和红梅在去香积寺的车上，听说天气预报有雷阵雨，但是这或许是老天爷考验她们的诚心，别说下雨，就是下刀子，也要去的。我没有打击她的热情，她要去就让她去吧，最近一段时间以来，我几乎没有怎么过问过她的事情，这个时候我要是说什么显得有些多余。我准备挂断电话，临挂断的时候我还是多了一句，我说，你们注意一点啊，我对老婆说。

王小燕对我给她打电话有些意外，她说陈处长该不是提拔到了联合国了，人不见影，电话也不接了。我没有心思和她开玩笑，再说了玩笑也不是和她这种人开的，我说我有事情要见你，你说个地方吧。

王小燕听我说的有些着急，她说哦，那就到“约客”吧。“约客”是我们第一次的那个酒店。我说好，我马上就赶到。虽然我对王小燕的做法十二分的厌恶，我甚至想到了见到王小燕，我就想上去抽她几个嘴巴，让她跪在我的脚下。但是王小燕给我打开房门的时候，她披着浴巾，一定是刚刚洗了澡，白皙的双腿上还带着点点水珠。我一肚子的火突然觉得没有了，我把她身上的浴巾粗暴地撕到了一边，把她狠狠地按倒在床上，狠命抓揉她的胸部，她的胸部很快就留下了我的抓痕。她挣了挣身体，但还是迎合我。我们在床上折腾了半天，或许我的心里因为有事，最终失败了，我喘着粗气，趴在她身上不愿意下来。

王小燕没有怪我，她只是把我往身边推了推。她说你一定是在家里做多了，做多了就不要逗起别人的火，逗起来了，你却冷得像冰。我没有接她的话，我觉得我有必要质问她，小龙是怎么回事？

她说什么小龙大龙，我不知道你说的什么。说这个话的时候，她可能觉得房间有些安静，就把电视遥控拿在了手上，电视里正好转播一场演唱会，声音很大，现场的气氛有些热烈，演员很卖力，王小燕也跟上唱了起来。

我有必要给王小燕摊牌了，她不承认，我总不能陪她看一天的电视吧。我说，你是不是找人要收拾我？王小燕没有听清我说的话，她问我说什么，我说你是不是要收拾我！她说你有病吧，我好好地收拾你做什么，我用什么收拾你嘛，一直都是你收拾我的。

我突然就火了，看来不用点颜色，她真的不会承认。我把环住她身体的两只手放到她的柔软的脖子上，我的牙齿也在格格作响，我说妈的，你给我老实说，你是不是找人了？我的手劲儿有些大，可能把王小燕捏疼了，她努力探探身子，嘴里发出连串的咳嗽，她也有些怒，她说，我就是不说，你捏死我嘛，你捏死我嘛，捏不死谁就是猪，谁就不是他妈养的。她说这些的时候，美丽的脸庞变得极其扭曲和丑陋。

我承认我骂了更粗的话了，我一边说着粗俗的难以入耳的话语，一边双手卡住王小燕的脖子，我用尽了力气，我说我捏不死你，看我捏得死你。王小燕喉咙里发出呃呃的叫声，她开始在我的身下挣扎，她努力用双腿往上蹬，因为我的身体死死地压住了她，她在身下几乎就没有办法翻转过来，后来她的两只手也开始在我的身上乱抓乱挖，虽然她的指甲有些长，挖到我的身上有些疼，但是一想到她所作所为，我把那些疼痛彻底忽略了。我觉得有些安静的时候，她已经放弃了挣扎，我才平息了自己的怒火。我对她说算了，你只要告诉小龙这个事情不要闹了，我什么都可以答应，就是给一些补偿，我也能够做到。

王小燕不理我，她圆睁着双眼，奇怪的是，她在我的身下，逐渐开始变得冰凉起来。一想到死亡，我就有些慌张，我把一只手指放到了她的鼻子下边，她真的没有了一丝气息。我惊叫着坐了起来，我感觉自己没有用多大劲儿啊，她怎么说没气就没气了呢?

电视里的演唱会还没有结束，场面很热闹，唱歌的明星甚至越过保安的护卫，冲到了观众席和观众互动。前排的观众都和明星握上了手，很兴奋，尤其是那些少男少女甚至发出了尖叫，叫声让我有些害怕。我颤抖着双手把衣服穿上了，因为自己内心的慌乱，竟然把西裤的开口穿到了屁股后边，领带也打得歪歪扭扭，我努力了半天才让自己平静下来。我想我还是要告诉小龙，王小燕已经死了，他的客户已经不存在了。

小龙听了我的话，他啊了一下，很快就说哥们儿，我只是想骗你的钱花，我并不认识王小燕，这下你的麻烦大了……他说，你还是投案自首争取宽大处理吧。就是判个死缓也是有个奔头的，你说是不是，他说完又说，祝你好运吧，再见啦!

我觉得小龙说的话很有道理，我哆嗦了半天才按对了数字，警察让我不要动，他们马上就来。他们在电话中还表扬了我，虽然做法欠妥，但是能够迷途知返，可以看出来是有些素质的。他们让我原地等待，一定要等待他们到来。

刚挂了电话，老婆又打了过来，她告诉我在香积寺遇到了一个住院和尚，和尚能占卜命运前程。她说，和尚只问了你的生辰八字，说你还会高升。我不信，说你已经五十了。他说命里注定，不足为奇，姜子牙八十三岁才出山呢。和尚的一番说辞，让我老婆很开心，她的心里就像有人给浇了一罐子蜜，她拿了一沓子钱都没有顾得上数，就塞进了庙里的功德箱，钱是什么呢，和男人的美好前景比较，她宁愿不要钱，只要老公的事业好，什么都会有。她问我对不对？我说是的，是的，你说得很对……后来我的喉头一紧，就说不出话来。我的异样引起了她的不安，见我很久不说话，她问我干吗呢，怎么了？

王小燕的身体越来越冷，红润的脸庞白成了一张纸，我现在真的想不到一个让我能够顺利收场的理由。我不想说话了，我说什么都是毫无意义的，我没有挂电话就把手机狠劲儿地摔了出去。我看到手机化成一条弧线撞到了结实的水泥墙上，摔碎的手机碎片飞了回来，一截子金属碰到了我的头上。我的头上一热，我用手去摸，竟然是一手的鲜血。我伸出手把血迹擦到了王小燕身上的时候，楼下的警笛开始由远而近，很快我就听到了楼道里奔跑的脚步声，并且越来越大。

# 相亲记

三虎不但没有眼色，嘴还有些长，像个挑拨是非的婆娘一样。王海军自从听了三虎的话以后，就开始从心底里冷落了李二妮。李二妮是王海军没有过门的媳妇，如果没有意外，春天过后是夏天，夏天穿过秋季，就在冬天的开始结婚办喜事。

去三里外街上赶集的三虎，看到李二妮叉开双腿坐在邻村强娃的摩托车后座上，摩托车像个跳跃的小马驹一样在一段被大车轧坏的疙瘩路上上蹿下跳。李二妮从后边紧紧地抱住强娃的身子，他们两个都低着头，就像电视上摩托车赛车手一样。从后边看上去，李二妮的两只浑圆的屁股像在摩托的后座上放了两个篮球。如果不是王海军未过门的媳妇，三虎觉得他们看上去多么的般配啊。强娃和李二妮经过三虎身边的时候，摩托带起的灰尘有些大，李二妮透过灰尘看清三虎的面貌后有些不好意思，她把头偏向了一边。她心里虚着哩，三虎对王海军说，她一定是心里有鬼才躲我呢。

王海军心里装不住事，再和李二妮见面的时候他就想到三虎的话，他就开始身上发冷，底下也软塌塌的没有一点感觉。一时间，他的嘴里就像吃了黄连一样，苦得很。刚刚过完正月十五，他本来打算外出打工，现在一点心情也没有了，女朋友都被别人撬走了，还哪里有心情打工嘛。

事情既然已经到了这个份上，脸皮也就撕破了。李二妮的父亲，以前是村上的村长，明显是个偏心眼。李二妮有了外遇他不说自家人的错，事情黄了，也没有什么顾忌的了，他说现在新社会了，李二妮爱谁就找谁，大人还能管娃娃的事情？

王海军的家里开了个磨面房，十里八乡的都把收拾干净的麦子拉过来，机器整日整夜地响，王海军父亲的腰包也一天比一天鼓。他对于儿子的婚姻出现的意外一点没有感到诧异，只是对于李二妮父亲的挑衅有些不高兴。就是乡长做这样的事情也是说不过去的，拿了东家的钱，坐到西家的摩托上撒欢子，哪里还有半点有教养女人的样子，他认为这样的女人娶进门脸上抹黑的事情也是迟早的。他不顾媒人的劝阻，跳得有半尺高，他说离开你家的，我儿子的媳妇多得是，拿马车往家赶呢。他说：你等着，我就让你们看一看。

王海军听了父亲的话，和李家赌了气，他要配合父母的愿望，打工可以缓一缓，赚钱可以等一等，全力以赴找老婆。

有些事情就是邪乎得很，你好好地找东西，东西总会躲在角落里不见影，王海军就有强烈的感受。他的年龄不见得有多大，可是问遍了周围几十里，就是没有一个合适的。不是年龄大了，就是人长得像个矮冬瓜，而且还有一脸的麻子。八字还没有一撇，女孩就开口询问县城有没有买房子，没有车也不行，摩托车彻底不坐，没有听说要想死得快，请买一脚踹嘛！还有几个更不靠谱，人还没有见，就开始要彩礼，彩礼的价格高得离谱，不像是人家要嫁女儿，倒像是卖女儿。眼看一个多月过去了，女朋友的影子都没有。

不过也能理解的。过完年，不到初八，村里的小伙、姑娘就纷纷像商量好的开始往外走了，他们被街道上来回穿梭的汽车拉到了全国各地，谁还在家里等着王海军啊。

口渴找不到水，就有些急人，王海军有些后悔，后悔不该给李二妮说了那么绝情的话。真离开了李二妮，他的心里还是能偶尔想起李二妮的好的。他偷偷摸过李二妮，甚至在李二妮的家里，还偷吃了李二妮。那天，李二妮的家里人都不在，他们两个坐在热乎乎的土炕上看电视，电视里正好演着一个不知道什么名字的电视剧。男主人公在女主人公的房间里聊天，突然房间停电了，男主人公就趁着黑暗把女主人公搂到了怀里，开始接吻，最后把一件一件地衣服往外扔。王海军看得热血沸腾，他觉得喉咙里干得厉害，但是他屏住呼吸没有让自己发出声响，他担心一声咳嗽让电视的画面没有了图像。他回过头看李二妮的时候，李二妮也正面红耳赤，两个脸蛋像一对红扑扑的苹果。他试探性地把手伸到了李二妮的胸脯里，李二妮没有反抗，他就开始变得大胆起来。他的举动，很快就引来了李二妮的配合，他们就像两个小猫小狗一样，门也顾不上关，就哼哼唧唧地撕扯到了一起。

现在没有了李二妮，王海军才觉得有些想李二妮了。他想会不会是三虎看错了呢？万一三虎看错了，岂不是冤枉了李二妮，那李二妮该有多么委屈啊。可是也没有看到李二妮辩解啊，相反李二妮对自己又是跺脚又是咬牙的。也许事情闹到最后，谁都为了面子，谁会放下尊严，落下面子去哀求一方呢。

后悔归后悔，相亲的事情还是要继续的。

北村有个人家姓赵，有两个女儿。两个女儿在方圆无论长相还是身材都算是挑捎的。不好的就是家里没有儿子，眼看女儿也一天比一天大，却没有找到一个合适的人。据回来的媒人说，不是找不下，而是这几年，大多家庭都只有一个孩子，主家曾经放话说，准备给女儿找个上门女婿呢。本来儿子也不多，谁愿意把自己的独苗苗往别人家里送啊，地主家也没有余粮嘛。

后来赵家的两个女儿跟上南下的大军去打工。外边的世界大，大女儿玲玲很快给家里领回了个江西人，不管是不是入赘，总算有一个男人进门了，现在就剩下了小女儿铛铛。姐姐找了个外地人，妹妹总得要个家乡的吧。

他们就约好在县城见面。县城有个广场，广场中央有个喷泉，王海军赶到的时候，铛铛还没有到。王海军赶得有些着急，额头上冒出了细细密密的汗珠。他用手抹汗的时候，觉得自己的头发有些乱，他想找个镜子照一照，总不能头发乱得像个鸡窝吧。可惜喷泉边没有镜子，刚刚过完年，北方的冬天比较冷，管理喷泉的担心喷泉的水会冻坏了管道，所以，喷泉就没有喷水。如果水池子有水，最起码也能在水中看看头发吧，王海军心想。

远远的王海军看到了一个女孩走了过来。王海军有些近视，看得不是很清楚，等到了跟前，王海军才发现，女孩实际上还是很漂亮的。可能是女孩没有睡好，脸色有些不正，虽然抹了些粉，但是可以看出来。她的眼睛还布满了血丝，一定是愁的。王海军心想，一定也是找得着急啦。不急是骗人的，自从他和李二妮断了，他的心里就有一种说不上来的紧迫感，每黄一次这种感觉就更加深一次。

铛铛比较耐看，王海军和她没有说话的时候，他已经偷偷地把铛铛从头到脚看了个遍。铛铛当然也看到了王海军看自己，她想给王海军说什么，可是没有开口，王海军就从她的身边跑了出去。

喷泉的旁边是一个卖甘蔗的小贩，长长的甘蔗堆了一车子。小贩用手上的刀子把甘蔗的皮去除得干干净净，脱了皮的甘蔗白花花的，王海军回头看了一眼铛铛，他心里跳了一下，他想铛铛脱光了也是这样的白吧。

他把一大截甘蔗塞到铛铛手上的时候，他自己也咬了一口，甘蔗的水很大，甜滋滋的。他对铛铛说，铛铛，你吃甘蔗吧，甜得很。

女孩哧哧地笑，她一边摆手一边说：错啦错啦。王海军有些莫名其妙，吃个甘蔗有什么错嘛，哪个女孩不好吃嘛。李二妮和他在一起的时候，经常不喜欢把甘蔗砍断，拿在手上，就像拿了一根长长的矛枪，还说甘蔗比糖好吃。

铛铛摆摆手，从自己的小包里取出了钱包，把王海军吓了一跳。他以为铛铛要付给他买甘蔗的钱，他本来想伸出手拒绝铛铛的过度客气，一截子甘蔗总不能让人倾家荡产的，他是能买得起的。可是很快他就发现铛铛不是在拿钱，而是拿出了一张照片，并且顺势递到了王海军的手上。照片是夏天照的，女孩穿了一身连衣裙，可能当时的风有些大，她长长的头发被风吹得飘散在她的脸庞上。照片对焦有些不准，因此上，看起来照片不是很清晰，不过照片上的女孩看起来还是很清秀的。

王海军问，铛铛，你给我照片干吗？

铛铛说，我不是铛铛，我是玲玲。

玲玲对王海军说，今年过年，铛铛没有回来，铛铛说全球经济不景气，她们厂子要裁人，回来过个年，工作也就没有了，所以就没有回来。

王海军这才明白了，原来眼前的是铛铛的姐姐玲玲啊。他虽然有些不高兴，但是玲玲给他说铛铛比自己漂亮多了，就是照相的没有照好。她用手给王海军描画，铛铛站直了，她的头才能到铛铛的耳朵上，铛铛的腿细长细长的。她没有生孩子的时候，她们在一个工厂，她们姐妹一起上街，那些天南海北过来的小伙子总喜欢看她妹妹，还有身边的工友请她吃这个吃那个，要让她给自己介绍铛铛呢。

玲玲给王海军画了个饼，饼子虽然不能解决肚子饥，但总是有的嘛，着急也不是一下两下的。况且玲玲说，铛铛对他也是有印象的，十里八乡的，谁不知道谁嘛？她说如果王海军同意了，铛铛也就没有意见的，铛铛对她这个当姐的说了，姐姐能看上，她就能看上，她相信姐姐的眼睛。

王海军有些期待，他甚至有些想象铛铛的美丽了。玲玲给了王海军一个电话号码，并且把铛铛的照片也给了他。她一再叮咛，有时间了就和铛铛多联系，如果觉得长途话费过高的话，就给铛铛发信息，发信息还是很划算。她和老公没有什么着急的事情，就不会打电话，一般都是发信息，信息费一条才一毛钱，一条信息可以说很多的事情呢，一毛钱就把家里的事情说得很清楚了。她早上起来还给老公发了信息呢，昨天晚上，孩子拉肚子，闹了一夜，害得她一晚上没有睡好，如果不是今天替铛铛相亲，她就会坐在家里发信息。玲玲还说，发信息的感觉很美好，两个人在一起未必有那么亲热，未必有那么和谐，经常为鸡毛蒜皮的事情吵闹，什么事情都能是吵架的导火索。不在一起就好多了，她发信息的时候可以想象老公是刘德华，也可以是张学友，想是谁就是谁，起先不习惯，时间久了，觉得还是好。

王海军觉得玲玲话有些道理，他和李二妮也喜欢发信息。他在李二妮的面前不好叫李二妮老婆，但是发信息的时候，就可以发老婆，亲爱的，李二妮也从不拒绝，有时候她回过来叫他老公，有时候也叫他肥猪。叫他肥猪，那是因为他爬在李二妮的身上的时候，李二妮说他结实的身体像头肥猪，把自己压得喘不过气。

先处处看吧，同样没有看到铛铛的王海军父母，都是这样的想法。他们看到铛铛笑得灿烂的照片后觉得还是比李二妮好看多了，最起码李二妮的腿有些粗，虽然头发遮盖了铛铛的半个脸，但是他们通过对比铛铛的脸型比李二妮的好看，李二妮的脸像个盆子，又大又呆，如果不笑还勉强过得去，要是李二妮一笑，脸上的肌肉就像个起起伏伏的沟壑。

说话的时候，王海军已经钻到了房间里，他把照片放到自己的面前，小心翼翼地把玲玲给自己的号码打开来，然后用手指一个字一个字地打了起来。他觉得是第一次发信息，因此打了很多的字，觉得不合适，后来就删除了一些，只保留了几个字，他说自己是王海军，今天很高兴认识你。他发出信息的时候，把号码一个字一个字的对了，确信没有问题，就发了出去。等到手机清脆的一声“滴”的时候，他看到铛铛回了信息，铛铛回了一个字：哦。才一个字。王海军觉得铛铛真小气，一个字和十个字都是一毛钱，铛铛为什么不多说几个字吗？可能是铛铛也陌生吧，毕竟是第一次，慢慢就会好了。他又问铛铛：工作累不累？要保重身体啊。铛铛这次回得很快，说还可以吧，就是再累也已经习惯了。王海军说也是的，毕竟出去几年了，不管在哪里都能习惯了。他问铛铛什么时候能回来，回来的时候他会去车站接铛铛。铛铛说不知道，现在基本上没有什么假，每天都像个上满发条的玩具，看时间吧。铛铛说，她要是回来就会告诉一声的。有可能是五一，也可能是十一，说不准到过年了。王海军说好吧，他说你忙吧。铛铛这次没有回，一直等了很久。王海军心想，一定是铛铛忙开了。

很快，王海军就和铛铛熟悉了。和铛铛聊久了，王海军真有些想她，尽管他没有见过铛铛，实际上铛铛在他的心里已经很清晰了，他甚至还在天气渐热的一个晚上梦见了铛铛。铛铛见到他的时候，他们已经没有了那种生疏，他和铛铛在路上奔跑；和铛铛在村后的水塘子边上；他们躺在柔软的草地上，草地散发着迷人的清香，他去抱铛铛，铛铛也不反对，他就和铛铛开始在草地上翻滚。他们把身后蓬勃的野草压倒了一片又一片。

后来王海军就醒了，他的裤裆湿乎乎的。他妈妈叫他来吃饭，他像个卧床的病号一样，不敢起来，他想铛铛也真是的，为什么就不知道回来一下吗，这样下去，他什么时候能见到铛铛呢？见不到人，就是有个想法，也没有办法，总不能去南方找铛铛吧，就为去睡睡铛铛，他觉得代价太大了。他为自己荒唐的想法而感到不可思议，出去走走也就不想了，他对自己说。

想出去，他就不想再躺下去了，他决定和三虎去街道上逛，他好久也没有去了。

他和三虎在街道上的时候，却意外地碰到了玲玲。玲玲抱着几个月大的孩子，也在逛街。玲玲远远地看到了王海军，她朝王海军招手，让海军过去。玲玲今天打扮得有些时尚，腿上穿着发白的牛仔裤，裤子有些紧身，把玲玲两个屁股衬托得又圆又丰满。她告诉王海军，铛铛说十一想回来看看，昨天晚上才说的。

玲玲怀里的孩子有些闹，咿咿呀呀的不听话，让玲玲的话也说不下去，后来还哭闹不止。玲玲也不避讳王海军，她把自己的外衣解开，把一只丰满的奶子掏了出来，并且以最快的速度塞到了婴儿的嘴里。王海军有些不好意思，他故意偏过头去，他不想看玲玲的胸口，可是玲玲的那对奶子白花花的，像自己妈妈过年蒸的礼馍。礼馍很香甜，很劲道，那种面香让人总会回味不绝。他在心里咽了一口唾沫，他想就是看看也不犯法，也不能把玲玲怎么了去。看了一眼，又看了一眼，他就再没有什么不好意思了，后来他想再看的时候，玲玲已经把衣服拉上了。他虽然和玲玲在说话，但是心里却一直在想别的事情，直到玲玲走远的时候，他才感觉玲玲的胸部和李二妮的一样，像两只雪白的兔子，他忽然就有了想摸一摸的冲动。玲玲是铛铛的姐姐，年龄也和铛铛差不了几岁，走到一起不说年龄谁也看不出来什么的，就在他们两个在街道上说话的时候，别的人还以为他们是小两口呢。

一想到玲玲的胸部，王海军就坐立不安，他心里就像被什么在挠一样，他觉得夜晚也开始变得漫长起来。找不到事情做，他就给铛铛发信息，铛铛有一句没一句的，说正在加夜班，监工像个黄世仁一样，在旁边转过来转过去，上个厕所的时间都没有，铛铛说她都有些撑不住了。王海军知道铛铛说得没有错，他也出去打过工，没活儿的时候，几乎能闲死，工厂像死了一样，没有一丝生气。可是这样的时间总是很少的，活路来的时候，机器昼夜不停歇，上班的年轻人三班倒，为了防止工人脱岗溜号，老板不知道从哪里弄了一条狗，放到了车间门口，谁就是有再多的理由也不敢出去。湖北的一个小伙子，吃饭吃多了腊肉，口渴得要命，嫌开水太烫，就喝了冷水，一会儿就开始闹肚子了，肚子疼得冒冷汗，早把门口拴狗的事情给忘记了，结果，被狼狗差点把命根子咬掉了。虽然相亲是借口，但是王海军还是感谢李二妮的，如果没有她的变化，他还要出去的，大家都一窝蜂地拥到城里，可是有几个干的是轻松的活嘛。

天气已经开始暖和了，一轮月亮挂在王海军的窗口。月亮刚刚升上来，就像给田野涂上了一层薄薄的黄漆，王海军忽然就有些躺不住了，他想去看看玲玲姐一眼，就只一眼，他反正也没有什么事情，也不一定说话了，就远远地看一眼。

他开门的时候，他的妈妈还在厨房里收拾吃晚饭的锅碗。她看到王海军蹑手蹑脚地要出去，就问他干吗去，天都黑了呢。王海军说他去磨坊看看，反正他没事的时候就去磨坊，他爸一个人，他有时候能去给打个下手，尤其是帮助乡亲秤个小麦或者帮助安排个次序总是可以的。

王海军出门后就开始往大路走了，铛铛的村子就在镇上的附近。月亮很亮，他的心里也像四周的田野一样豁亮，想想他兴许就能看到玲玲，他兴奋得心里就像灌了蜜一般。他嘴里发出了欢快的叫声，他听到自己的叫声在村庄之间回荡。很快他就迈开了步子，在大路上小跑起来。习习的夜风就像李二妮柔软的手，伸到他的脸上，他的脖子里，他想铛铛的手也是软乎乎的吧，玲玲的手也是软乎乎的吧？他没有摸过玲玲的手，看玲玲的胸部，他想也是的。

后来他被村子拦住的时候，他就不跑了，再跑哪里去呢。玲玲家的对面是村子里新批的庄基，不知道谁家要盖房，他们把买回的砖块躲得像一个高高的山峰，他蹑手蹑脚地站了上去。玲玲在院子里，她正把孩子一天的尿布往院子的铁丝上搭，铁丝有些高，她努力了几下，可能是在自己家吧，玲玲没有穿外套，就穿了一件贴身的T恤。

玲玲的身材也是不错的，王海军想，要是能看得更清楚该多好啊。这样想的时候，屋子里孩子开始哭了，玲玲进了屋子，王海军看到玲玲的影子映在窗口，她把孩子举过头顶，孩子一定在咯咯地笑，因为他也听到玲玲咯咯地笑声。王海军看得太专注了，以至于下来的时候，差点把脚给崴了，他想他明天要不要再来呢，就为了看看玲玲？

算了吧，玲玲又不是自己的老婆，真是便宜了那个狗日的江西人，他想，他一定把玲玲那个又大又圆的奶子握在手上，当皮球玩。他去能得到什么呢？

第二天，天刚擦黑，他就忍不住了，说不去是嘴上这么说的，可是心里像被人用什么敲了一样，他一想到玲玲的胸部和她紧绷绷的屁股，他心里就像猫抓一样。他突然就有些讨厌起江西人了，那么远的地方，谁都不要，偏偏要玲玲呢。他从那个砖垛子上去的时候还在想，要是没有江西人该多好。但很快他就觉得这个想法有些矛盾，铛铛怎么办，他的女朋友是铛铛，又不是玲玲，就是没有江西人，他能把玲玲怎么样？

最先发现王海军的是玲玲的父亲老赵，可能是玲玲的孩子有些感冒，他去镇上给孩子买药。镇上的熟人多，有人拉住他聊了几句，他就看到了站在砖垛子上往自己屋里看的王海军。那天天有些黑，他只看到一个黑乎乎的人影站到砖垛子上，他以为是小偷。村子经常有人手脚不好，往自己家里搬砖块，可是很快他就发现黑影不是偷砖块的，而是把脖子伸得像个长颈鹿，往自己家里看。他吆喝了一声，王海军像个夜猫一样，从砖垛子上跳了下来。他不知道吆喝自己的是玲玲的父亲，他想不管是谁都不能让人发现自己。他猫着腰，往黑漆漆的村子后边跑。村子的后边就是一大片的果园，果园里的花苞早已经开谢了，青涩的苹果像挂在树上的小拳头，他在果树间跑动的时候被那些青果打得脸蛋生疼。他顾不上去抚摸一下被苹果打疼的身体，被玲玲发现了，他的脸往哪里搁呢。

一整天，王海军都没有出门，他躲在家里，他的脸上被青苹果打得起了很多的疙瘩，但是都不是很大。他妈妈以为他哪里不舒服，也就没有多过问。他的头睡得昏昏沉沉的，他给铛铛发了个信息，询问铛铛国庆节能不能回来，要是能回来，他家里准备定亲呢。

信息发出去后，铛铛一直没有回。王海军的心里很不高兴，到底是什么态度，该有个话嘛，总不能让人无限期地等待啊。后来玲玲回了个信息，说让他到第一次见面的地方去，她有事情要说。

糟了！王海军突然想到了昨天晚上的事情，一定是玲玲的父亲发现了自己，他跑的时候虽然没有出声，但是他的姿势一定是被铛铛的父亲看到了。王海军不知道该怎么对玲玲说，他说他去看玲玲，肯定不合适，那该怎么说呢？

好在玲玲没有提晚上那件事，总算让王海军松了一口气。玲玲的眼睛红红的，就像第一次见他的时候，但是这次的发红明显不是没有睡好，而是一看就是哭过。但是很快玲玲就让他不安起来。玲玲说铛铛不能给你当老婆了，她昨天给我发信息说，她跟一个四川的老板好上了。她让我告诉你，不要再等她了，她说非常对不起你，幸亏没有见面，照片烧了，实际上什么都记不起来了，就像没有发生一样。

王海军没有说话，或许是早有预感吧，他的嘴紧紧地抿住。从开始都是空的，现在又回到了空的地方，他有什么伤心的。他掏出手机，把他和铛铛的所有信息选定，然后按下了删除键，他听到手机发出叮叮当当的提示音，他知道，铛铛从现在开始不存在了。

他坐在喷泉边上，喷泉也不累，一直噗噗往外冒水，散落的水珠把他屁股底下的地板都打湿了，他坐到上边，一点也没有觉察。

玲玲叫他走，他不走，他有些想哭，但是觉得在玲玲的面前不好意思，后来他的眼泪下来的时候，他听到了哭声。玲玲挽着他的胳膊，哭得很难受。玲玲一哭，王海军倒不好意思起来，他劝玲玲说，真的没事的，你不要伤心，可能眼下有些过不去，或许明天就好多了。他对玲玲说。

玲玲说，她不是哭王海军，她是哭自己。千刀万剐的江西人，骗了自己，嘴角像抹了蜂蜜，把她骗到了手，害得她怀了孕生了孩子。给了几个月的生活费，就一分也不给了，逼急了，才说，自己在老家有婆娘，现在怎么活呢。她还没有结婚呢，就带个孩子……给谁说……谁能信吗？

玲玲每说一句就缓口气，就像一个临近断气的病人。王海军把眼镜擦了擦，他想先哄哄玲玲吧，他伸出手，拍拍玲玲的背，他说不要悲伤了，他对玲玲说，你还年轻，担心什么呢？

玲玲只管说自己的，像个絮絮叨叨的老太太。天已经完全黑了，天气有些阴沉，街道里起风了。王海军有些冷，他想把坐在一起的玲玲拉起来，拉了半天玲玲都没有动。他伸出另一只手，准备用双手拉起玲玲，玲玲把他伸过来的手迅速地拨到了背后，王海军的两只手很快就交缠到了一起，他感到玲玲就像一只娇小的猫咪一样钻到了他的身体下。他想反抗一下，但是很快他就想到了玲玲雪白的乳房，玲玲身上的香气就像一个巨大的气球，很快就包裹住了他。

王海军的父亲在院子里跳得像个蛤蟆，他说，就是天底下没有女人了也不能把玲玲带进门。他说带一个没有一点关系的孩子进家门，就像拿了一把铲刀，把他的脸皮都铲光了。

昨天晚上下了一夜雨，雨水还没有渗干。王海军的母亲，像个没有骨头的海绵，也一屁股坐到了泥地里，只说王家的祖坟里冒了烟。要不然就是王海军的头里装满了大粪，要不就是王海军的头被门缝夹了，正常的脑子谁会做这种事情呢。

王海军不说话，他像个做错事的孩子，他在想怎么给玲玲回话呢。

一家人都像霜打了的茄子，王海军的父亲说让媒人来，说了个尿吗，说了个媳妇。

后来匆匆进门的就是媒人栓社，他可能从哪里得到了消息，他不能得罪王海军的父亲。农民嘛，难免要磨面吃粮，他自从给王海军说了媒，磨面的时候也没有少占王海军父亲的便宜，再说事情还没有到最糟的地步。李村长的女子李二妮和强娃好了几天，就说强娃是个败家子，骑个摩托胡乱跑呢，看起来威风得像个车手，实际上家里叮当响，口袋掏完也凑不齐一百元，跟上这样的男人混什么嘛，李二妮哭哭啼啼说还是海军好，她要继续给海军当媳妇。

王海军的父亲哈哈大笑，他说凭什么嘛，他女儿已经成了垃圾了，海军总不能捡个破烂吧，他们家开的是磨坊，要是开个垃圾站，再考虑。他对王海军说，儿子，你说是不是?

王海军没有说话，栓社说李二妮的父亲也说了，王海军要了快半年的婆娘，既然这样就算扯平了。他对王海军的父母说，李二妮父亲的话虽然不好听，但是听起来还是很实在的。

王海军一家都看着栓社，他们想知道李二妮的父亲说的什么话。

栓社不想说，他觉得说出来担心大家都不高兴，还伤面子。话由人说，他说他的，你管尿他哩。王海军一家人不答应，什么话还不能说，他们说你说吧，看看他李大嘴能喷出什么粪。栓社说他见李二妮父亲的时候，他正给家里劈柴火，他用斧头朝一根枯树的根上砍，结果砍偏了，把脚指头砍了个血口子，李二妮父亲像个跳跃的羚羊，一边跳一边说，都什么年代了，猪还嫌弃老鸹黑啊。

……

# 十八岁就是公民

十六岁的刘小虎一直在寻找着一个离校的借口，可是这个机会总是远离着他，直到元旦将近的一天，他才抓住了机会，而这个机会是王美丽给他的。

元旦即将来临的时候，育才中学初二（6）班显示出了一片慌乱，学生们的慌乱无非是在这样一个季节里为自己关系较近的朋友送上一个什么作用也不起的明信片。刘小虎用学校的粮票在校门口的商店里换了几张，他并不想用现钱买，现钱在社会上到处能用，而粮票不行，粮票只能在他们的学生食堂买饭，剩下的就是在学校门口魏校长的瘸腿儿子开的商店里能用。为了选几张图案漂亮的明信片，刘小虎不知该拿哪一张，挑来挑去，总是拿不定主意。校长的儿子很不耐烦，都一样，都一样漂亮，还用选吗？他拄着拐杖站在刘小虎面前说。刘小虎嘴里嘀咕着，手却一刻也不停，他不知道，王美丽是喜欢小燕子，还是喜欢刘德华，他不喜欢这些人，他喜欢成龙，更喜欢成龙的功夫，可是班上的同学都说成龙不可爱，功夫是好，可是鼻子太大了。但是很快刘小虎便拿定主意，一样拿一张，上课时再仔细看。就这五张。他对魏明亮说你看一看。魏明亮对他挥着手，走吧走吧！我有数呢。他脸上挂着一副阴阳怪气地笑说：

你不是那种娃，我爸那儿的名单上没有你。你赶快上课去吧！

刘小虎进教室的时候，上课铃敲过有十分钟。透过门缝他看到了班主任正站在讲台上。怎么会是他的课呢！他懊恼地想，这下又该受到班主任的批评了。未等他喊声报告，刘小虎、刘小虎进来，他听到班主任冲着他喊。刘小虎理亏地推开了门，刚想说他上厕所去了。未等他开口，班主任就说坐吧，如果我没有记错，你迟到的次数多得就像学生灶上倒掉的面条，数也数不清啦！教室里立刻像化学老师在密闭的容器里作了一个爆破氢气实验，轰地一声。刘小虎悻悻坐在了自己的座位上，心里却极不情愿。他本来就不喜欢数学课，加上班主任枯燥、发干的喉咙把那些函数讲解成一组组无法破解的密码，简直是外星人接头的暗号。很快刘小虎感觉自己的眼皮好像挂上了一块沉重的石头，拉扯着眼皮无法保持清醒状态，他想：我一定要找个打发瞌睡的办法！他下意识地揪了揪头发，胳膊肘碰到了衣袋里的明信片。干脆我给王美丽写明信片吧！刘小虎在一瞬间就被自己将要实施的举动激发得异常兴奋，刚才还睡眼蒙眬的眼珠简直要掉下眼眶。王美丽是他们班上公认的美女，只有王美丽才配叫美丽的名字。班上有很多的男生喜欢王美丽，可是王美丽却高傲得很，她经常把男生们写给她的情书去交公，这一点让刘小虎不大喜欢，情书么又不是钱包，如若交到班主任那里，只有一句话：死定了！班主任好像成了王美丽的父亲，经常把写信的同学骂得狗血喷头，末了还要让他拿着自己的“作品”在全班朗读，这样的羞辱大家，王美丽就是绝代西施，同学们也不敢绞尽脑汁地浪费上时间，给自己惹麻烦，真的，石头大了绕着走还不行吗？可是刘小虎却发现王美丽对自己有了意思，她竟然在每次进门的时候望着刘小虎的座位嫣然一笑。发现这个秘密的是江红星，江红星是刘小虎的同桌。他对刘小虎说：我敢打赌，王美丽喜欢你了。刘小虎满脸绯红，好像他和王美丽之间有什么不可告人的秘密一样。不过，他准备试探一下王美丽了。但愿明信片能让王美丽喜欢，那样的话刘小虎就可以顺利地成为班上的焦点人物了。刘小虎在一张有小燕子的明信片上开始歪歪扭扭地写上了几个大字：美丽美丽我看你，就像老鼠看大米。然后就是元旦快乐几个字。可是刘小虎觉得还是缺些什么，江红星说你画一个丘比特吧，那样才能体现爱情。可是我不会画人啊，而且丘比特好像还是外国人呢，刘小虎沮丧地挠着头皮，对江红星说。他的嗓门有些过大，引起了班主任不满意的哼哼声。江红星扑哧一声险些笑出声来，他极力克制着自己，一只手使劲地捏着自己的嘴，嘴里出来的声音就像一只烧开水的壶，噗——噗——噗。他指着刘小虎，他说你是猪，笨猪。什么？刘小虎问：你说什么？江红星一个字一个字地说：你——是——大——笨——猪！江红星并没有压住声音，教室里的寂静让所有人都听到了江红星的那句话。全班所有的学生惊讶地看着班主任，心想：看你怎么办，他说你是猪。班主任怎么会听不到呢？之前他已经注意到了刘小虎那里，现在竟然不为自己的哼哼警告声所惧怕，竟然在全班人面前公然对抗：反了——他叫了一声，长长的一声竟和京剧里的腔调有些相似，在同学们的哄笑声中，班主任就像在赛跑一般冲向了刘小虎的座位。班主任红着脸一只手重重地拍在刘小虎的桌上，大喝一声：谁是猪？刘小虎和江红星早已被自己导演的一幕惊呆了，不约而同地站立起来：我是！他两个低垂着头说。班主任被这两个勇于承担责任的学生险些逗笑，抽起手时，他才发现了刘小虎的明信片。嘿嘿——嘿嘿——他笑着拿起来，好！整天想着这件事情，怎么能学好文化啊！看看你呀，才十六岁啊，美丽美丽我看你，就像老鼠看大米，我都替你脸红啊。班上的学生都哄堂大笑，有些同学还故意对着王美丽龇牙。王美丽由起先的糊涂到明白，随后就趴在桌子上似乎在抹眼泪。王美丽哭了，班主任对着刘小虎说：刘小虎、江红星，我不想耽误大家的时间，你们说这件事情怎么办？江红星声音很低地说：老师，我愿意打扫一个星期的厕所。刘小虎抠着自己的嘴角说，我也打扫。班主任说你有什么资格打扫厕所，你的问题是早恋，刘小虎，不要把大事当小事，做下丢人事情就要受惩罚。刘小虎说我没有丢人，我怎么丢人了？他很奇怪写了张明信片怎么会在老师的口里成了丢人了。你不认为是丢人吗？我像你这么大和女生从来不说话的。刘小虎的顶撞让班主任生气万分：你这个样子还能考学，人都丢不完，还考什么学？刘小虎忽然嘴一咧眼泪扑簌簌往下掉，他几乎在喊：我没有丢人。班主任完全没有顾虑刘小虎的感受，此时的刘小虎完全把丢人当作了一个尊严问题对待，他想即使不上学，都不能认为自己有丢人的地方，况且自己还没有把明信片交给王美丽。刘小虎在捍卫自己尊严，可是却触犯了班主任在全班学生面前的尊严。我说你是丢人就是丢人，我还没有说你亏人哩，班主任也冲着刘小虎说，你就是丢人，还亏先人。刘小虎再也忍不住了老师的奚落，他哇的一声哭出声来，然后一脚蹬掉了凳子。班主任以为刘小虎要袭击自己，慌忙往旁边一闪，在一瞬间他才发现，刘小虎已经把自己的东西收拾得干干净净，号叫着夺门而出。班主任有些慌了，刘小虎，刘小虎，他说你走了就不要再回来，他想吓唬一下刘小虎，或许刘小虎会回来，再说毕竟还是孩子么，这样的事情以前不是没有过。刘小虎清清楚楚地听到了班主任的喊话，他已经在一瞬间下定了决心，就是八头牛拉我也不回来，为了表示自己的坚决，他轻蔑地对自己又像对班主任说，回去？谁回去就是猪！

我要是回去我就输了，同学们一定会嘲笑我的。刘小虎对当村长的父亲说，他当着很多学生的面羞辱我，我怎么能不走呢，我要是不走，别人一定说我大脑有问题。刘村长正在计算桌上一大堆的账目，嘴里嘟囔着一连串数字，从纸堆中抬起头说：一个村的事情就够我折腾了，你又要为我添乱，你以为你给我上学吗？告诉你，你是为你自己，失了学就意味着你干大事的机会少了一个，我的父亲也就是你的爷爷是秀才，我是村长，可是你呢，你不上学了，你就只能做农民。不过，你的做法我还是很高兴，你还算没有丢我的脸，毕竟有些骨气像我，我一生做什么也不愿意输在别人身上，同样也不希望你输，刘村长很肯定地对刘小虎说，先休息几天，我和乡上教育专干比较熟悉，我去给他说说，还是去上学吧。刘小虎靠着门框，头却摇得像一个拨浪鼓。我怎么去，他说，老师让我在全班念检讨，我才不愿意呢。反正我不会去了，就是去了我也考不上。要继续上你去上吧！刘村长火了，如果放在以往的脾气，他早都破口大骂刘小虎了，但是他还是懂得不该往孩子受伤的心里撒盐，毕竟才十六岁啊，可他还是忍不住呼地站起来，你说你说，你不去学校在家干什么？刘小虎说我不管干什么，反正不去，我说不去不去就是不去。你没有上过大学，你不也是村长么。望着儿子噘起的嘴，刘小虎的妈妈在一旁看不下了，就这么一个儿子，那可是他们唯一的希望呢，刘小虎上不上大学没有什么大不了的，再说不上大学的人不只刘小虎一个，别人难道就不活了，既然刘小虎不是上学的料，干吗要难为他呢。她提醒着刘村长，不是要选村组长了，你成天当村长呢，现在也不给自己娃办个事情。刘村长说，你看他能当组长吗？有什么不可以呢，刘村长的老婆说，现在的组长谁干事呀，要不是栓牢贪污提留款，人家不照样拿着八十元混日子呢。刘小虎听见组长两个字，高兴得脸上开了花，他好像看到未来的威风和神气。不学ABC，照样当组长，他想，江红星要是知道自己是组长了一定会流下羡慕的口水。还有王美丽，哼，以后见了班主任我就鼻孔朝天，才不叫他老师呢。于是他用流行歌的腔调大声唱着：组长，组长我要当组长，就准备往外跑，却被刘村长一把拽住了。刘村长严厉地看着刘小虎说，八字没有见一撇，就让全世界都知道，就是能当，现在也不能说。现在要做的是让全村人知道你退学了，然后在选举的时候提起你。只要能当组长，刘小虎当然愿意，为了防止自己的事情泄了密，刘小虎指着妈妈说，你也不能说，谁说我就骂谁他妈。刘小虎的妈妈扑哧笑了，真是个孩子。刘村长严肃地说，有什么好笑的，我不但骂，我还会给耳光呢，刘村长的老婆一吐舌头，好像已经挨了耳光一样。我干脆不出门，等选举结束我再出去，她说。

刘小虎退学的消息，就像刘村长睡了谁家的女人一样，你传我我传你，不出几天全村人都知道了。村长家的事情全村的人多多少少都要关心一下。有人说一定是刘村长想让刘小虎参加村组长的选举呢；还有人说刘小虎上学，就像上刀山，一定是上不动了；更有人说刘村长快要卸任了，准备给儿子安排好后路，可不是吗，过了这个村，哪里还有这个店，再糊涂的人都能想得到，何况当了多年的村长呢。村长的脑子就是比群众的好使唤。

刘小虎退学后的第三个月，村口的大树上贴上了选举的标语，大喇叭架得很高，刺耳失真的流行歌搅得一村的孩子过年似的在会场的左右穿行，孩子们兴奋极了。全村人早已经习惯了这样聋子耳朵样子货的选举，看似严肃，却并不是那么认真，再说选不选谁早已经内定好了，选举只不过走形式，急什么急。眼看日头挑在了树梢上，到会的男女老少还是嘻嘻哈哈没有个正经。刘小虎手上拿着一份过期的报纸坐在一侧装样子，头埋在报纸里，眼睛却滴溜溜看着一旁穿行的孩子，如果不是刘村长的交代，他早都和那些光腚的孩子疯在一起了。会台前，刘村长拿得很稳，该念的经他早已经诵过了，他的本家侄子正求他要庄基呢，他只是轻轻地点了一下，刘天良就知道了叔父刘村长的心事。会场的主席台上庄严地坐上了一位戴眼镜的年轻人，刘家村人却没有一个把他放在眼里，小孩子都知道那是乡上的蹲点干部吴林科，听说是农校毕业的学生，负责此次选举的监督和评判。三十多岁的人嘴上连胡子都没有，有什么可怕的，还没有赵启明威严，赵启明是村里的神经病，他要是来了，谁说话，他就给你吐口水，谁要骂他，他就揣一块石头砸谁家的门，刘村长都不敢得罪他。

嘎吱一声，流行歌总算停住了，刘村长冲着话筒一声咳嗽，会场就开始寂静下来。刘家村选举现在正式开始，刘村长说这次的选举很重要，我们要选一个能为我们服务的组长，大老粗我们是不要的。力争年轻，有知识的年轻人上来，此次选举，我们要打破常规，勇于推荐。你认为合适的人选你就庄严地为他投上一票，我们的选举是民主选举，所以选票不需要写自己的名字，当然你要选自己，我们也欢迎。为了活跃一下气氛他调侃地说，但不能选正吃奶的月子娃。场上轰的一声，大家笑得前仰后合。有人在人堆里说，那我想选赵启明。刘村长给了说话的李德平一个白眼，李德平吓得一吐舌头，故意用手在自己的嘴上扇了一下。刘村长扫视了一周，场上的群众都拿上了油印的选票，刘村长侧身看吴林科，吴林科冲他点了点头，刘村长说现在开始。

话音一落，场上就像有人用了一根竹竿戳到了房檐上的马蜂窝，嗡嗡一片。以往这样的选举太多了，可是那是选乡长，选县代表，一切都是有目的的，可今天一大部分人不知道今天该选谁，真是糟糕透了，刘村长为什么不提前公布对象呢，如果这样冒失地选上去，作废选票不说，还要在刘村长铜铃一般的眼神里遭到呵斥。选不到刘村长的心上，一切都是空的，栓牢当选的时候，刘村长私下早已经把组长许给了栓牢，害得大家选了一整天，作废了五次选票，才弄清了刘村长的意图，几个人想中途上厕所，刘村长的黑脸拧成了麻花，一整天好多人被憋得后来尿不下。前边有了教训，就不要听刘村长的两面话，更不要以为给你一根竹竿你就往上爬，说是选谁都一样。但还是要选刘村长的心上人。刘天良坐在人堆里，他对周围人的影响是巨大的，因为他是刘家的人，他的信息应该是准确无误的。几乎不用做什么工作，刘小虎是此次的重点便从他的周围开始蔓延，很多人觉得很吃惊，刘小虎还是个孩子呢，当组长不是开玩笑吗，有人开始犹豫，吃过亏的就传话说，今天谁要不选刘小虎，谁的女子长大当妓女。虽然是一个诅咒，可是谁也不愿意遭到这句话的辱骂，再说没有必要让自己吃这个亏，有了对象选举就简单了，这次的选举看来不会有什么问题。刘小虎的名字在会场上的黑板上写得满满的，刘小虎望着别人对他投过来的目光，心里美滋滋的，他想：哈，选组长比选班长还威风哩。刘村长的眼睛眯成了一条缝，黝黑的脸似乎成了一朵盛开的黑牡丹。无疑，一次投票就选到心上了。嘿嘿，他听见自己心里的笑声。

蹲点干部吴林科在刘村长即将宣布刘小虎当选刘家村刘家一组的组长时，用手阻挡了刘村长。刘村长以为吴林科要亲自宣布，心里还觉得好笑，这样的事情，吴林科都想展示自己的权力，真的让人笑疼大牙。这个选举不行，老刘，他听到吴林科对他说。刘村长一脸的不高兴，村民选的难道还有错吗？他用疑惑的眼睛瞪着吴林科。小虎的年龄只有十六岁，法律规定年满十八岁才是公民，公民才有选举权和被选举权，吴林科说，十六岁孩子当村干部传出去肯定会出事。够了！刘村长感觉就像衔着肥肉的乌鸦，哇啦一声，肉就掉到狐狸嘴里了。如果是村上谁这样说话，他早就一口唾沫飞上去了，说不定还要挨耳光呢，可是吴林科毕竟是公家人，即使再年轻还是得罪不起的。他觉得嗓子出奇的疼，他使劲地咳嗽，起先是他故意咳，后来他发现就是不想咳，也觉得有东西在里边挠，他对着失望而气愤的人群有气无力地说，大家不要着急，小虎年龄不够，十八岁才是公民，选举无效，现在重新选举。村民们都开始骂骂咧咧，大家的话里都含沙射影地暗示吴林科是龟儿子，害人害己，那么认真谁提拔他当县长呀？刘小虎被瞬间的变化击垮了，他痛苦极了，眼泪在眼睛里打着漩，望了刘村长一眼就冲出人群。刘村长脸好像被人抽了无数嘴巴，火辣辣的。现在选谁都不重要了，从会场抽身回家的时候，他觉得村民都在他的背后指着他的背嘲笑他，他甚至连吴林科的午饭都懒得过问了，进家门的时候，他终于骂出了声：选组长呢选他妈的×。

这下我做什么呢？刘小虎的眼睛肿得犹如两个挂在脸上的乒乓球，如果没有希望就不会有失望，偏偏就在气球充满气的时候却碰到了尖利的锥子，到手的组长飞走了，真的是太丢人了。刘村长的老婆也陪着掉眼泪。刘村长心里怎么能是滋味呢，我无论如何也要给孩子安排一个出路啊！一个晚上刘村长就像躺在蒺藜地里，临到天亮的时候，刘村长对吴林科的满腔憎恨已经消失得无影无踪，他叫醒了熟睡的老婆，他说：我应该感谢老吴啊。老婆迷迷糊糊问哪个老吴。吴林科么，还有哪个？刘村长为老婆的愚蠢而生气。老婆扑哧一声笑了，三十岁左右的人就叫老吴，吴林科肯定不愿意这样叫他。管他呢，反正我有办法了，咱们家小虎说不定还当个军官呢？

刘村长轻蔑地看着老婆说，就你呀，只能抱娃收鸡蛋。村长的老婆忽然又问，可是这和吴林科老吴有什么关系啊？刘村长认真地说当兵肯定也有年龄限制，想一想，如果到了跟前，我们的结局会像昨天的事情一样难受，老吴说小虎的年龄不够，正巧乡上派出所的老张管户籍，我明天就去找他，把小虎的年龄改成十八岁，知道吗，十八岁就是公民，那时，我们也省得求这个找那个。

一家人的眼睛顿时都亮了起来，刘村长说看来真的坏事里有好事哩。老婆说，我不管什么事情，我没有本事，小虎就看你了，如果小虎真的能走，也算为昨天的事情挽回一些面子，昨天的事情太丢人了。

刘村长说你算啥，我恨不得找个地缝钻进去，我才叫丢人呢。

丢人的事情谁也不愿意做，刘村长心想就是把头碰烂也要把刘小虎送出去。

刘小虎兴奋坏了，说老实话，如果把组长和军队做比较的话，那种神气是组长无法比较的，他开始已经以一个准军人要求自己了，在家里，他会站得笔直，然后自己喊着一二一，从前门走到后院，为了监督自己的标准程度，他一遍又一遍询问他的妈妈，他说你看我像个军人吗？我走的端正吗？刘小虎的妈妈没有刘小虎的那份闲情，冬天快要到了，她必须给一家人准备过冬鞋物，她一边纳着厚厚的鞋底，抽空瞅一眼刘小虎，她说，咱们村里原来几个当兵的没有一个能比上你的，不知道他们是怎么混到军队里的，你才是天生的军官相。刘小虎一高兴走得更卖力，他想，当军官多好啊，能打枪，还能坐火车，听说有时还可以坐飞机呢！

刘小虎果然在秋收后的征兵中被征兵的干部一眼看中，接下来，体检一关一关都很顺利，并且刘小虎的年龄刚刚十八周岁，既不小，也不大，农村兵嘛，文化程度低了点勉强能说得过去。征兵干部放话说，不管怎样，他都要带走刘小虎。

刘小虎真正才体会了什么是幸福，村子里已经有很多人当兵走了，走了的有退伍回来的，回来后没有一个在村上留，不是托这个就是找那个，都在县上的单位里混上了工作，没有回来的成了军官。那些军官每年带上时髦的老婆从城里返回乡下，吸引了全村人的眼光。所以，这次刘小虎憋足劲也要混出个名堂来，全村人丝毫没有把刘小虎当组长失败的事情记在心里，他们觉得刘小虎当兵走不了，就不会有第二个人了，仿佛刘小虎已经成了军官，话里都开始叫刘军官了。刘小虎嘴上不说，心里却舒服得要命。这种心情怎么也得找个人分享分享，给爸爸说，没有意思，给堂哥刘天良说，他光知道自己的庄基地。他想，我应该去告诉江红星，离开学校后很久都没有去了，江红星一直还是自己的好朋友呢！

刘小虎到育才中学的时候，学生们正在上晚自习。刘小虎趴在玻璃窗上往里看，班上座位好像重新调整过了，所以半天没有看见江红星。却看见王美丽，王美丽正好抬头往外看。她看到了刘小虎，脸一红，迅速低下了头，刘小虎心里一热，很快就哼了一声，有什么了不起。他转身想走时，却看见从教室的西边急匆匆跑过来一个熟悉的身影，是同学杨为民。杨为民也在瞬间看清了刘小虎，他上气不接下气地说，小虎，快，红星在操场上和（1）班的白兴兵打上了，你是红星的好朋友，咱们快去帮他。

刘小虎身不由己跟上杨为民到了操场，江红星正和白兴兵各自抓着对方的头发，你踢我一脚，我踢你一脚，两个人都说让对方放开，可是两个人都互不松手。刘小虎和杨为民的到来轻而易举地改变了势均力敌的局面，在暮色中江红星看见了刘小虎，他取回了右手，然后学着电视上拳击比赛的样子，一记勾拳挂了上去，白兴兵正努力地辨认跑上操场的人，一回头的当儿，江红星的拳头就击在了他的鼻子上，他的眼睛一阵酸痛，鼻子里立刻有了腥味。很快，他就发现自己鼻子流血了。刘小虎大喝了一声，放手。白兴兵一见流血便慌了手脚，抓着江红星头发的手赶紧捂在了鼻子上，这下却把整个面孔留给了江红星，江红星左右开弓，就听见清脆的耳光噼噼啪啪，刘小虎也乘势飞起一脚，白兴兵扑通一声躺在了地上来回滚动，一会儿他就号叫着说，不要打了，不要打了，我要死了。江红星哪里听得进去，拳头丝毫没有减弱。白兴兵冒着密集的拳头，把手伸进了衣服口袋。刘小虎说，小心他有刀子。白兴兵哭喊着说，我没有刀子，求求你们，不要打了，我有钱，我把身上的钱，全给你们。果然白兴兵从口袋拽出的手哆哆嗦嗦地捏着一沓钱。江红星停住手，一把拽过来，说你还算聪明，下次就没有这么好的机会啦，滚。白兴兵起身就跑了。

刘小虎问江红星为什么要和白兴兵打架，江红星没有回答，却把手上的钱分成三份，嘴上还骂着，王八蛋，六十多元一人只能拿二十多。刘小虎看见江红星把钱给自已递了过来，刘小虎说，我不要，我要钱干什么。杨为民说他也不要。江红星说干脆我们一起去大众饭店吃一顿吧，刘小虎本想反对，又觉得很久没有见面了，吃一顿饭也没有什么大不了的。

三个人坐在饭店时，天完全黑了下来。江红星要来了脏兮兮的菜单，递给刘小虎说，你随便点，今天我做东。我很快要走了，还是我应该做东才是，刘小虎心想。话没有说出来，却看见白兴兵在门口一闪。刘小虎说白兴兵怎么又来了？江红星说我看他的打还没有挨够。杨为民说他可能要他钱来了。他们正猜测的时候，外面的白兴兵大喊：他们就在这里！他们就在这里！白兴兵叫帮手了，刘小虎和江红星同时说。坏了，快跑！可是有人已经堵住了门。刘小虎认识堵门的人，他是乡派出所的警察大个刘，曾经给他们学校做过普法教育课。大个刘向他们出示了一张纸，脸似铁板似的说：你们涉嫌抢劫，你们被拘留了。话音未落，又进来了两个年轻的警察，他们都很利索地把三副锃亮的手铐戴在了刘小虎和江红星还有杨为民的手上。刘小虎反抗着说我们没有抢劫，我们是同学。大个刘说，到所里再说吧，相信法律不会冤枉好人。他说，法律是公正的。

在乡派出所的一间空房里，一个人做记录。大个刘坐在桌子上，问刘小虎，你们为什么打白兴兵？刘小虎扣着手指头说不知道。大个刘说我看你还是个死鸭子——嘴硬，那你们拿了白兴兵的钱没有？刘小虎说我没有。大个刘说你不要偷换概念，我是问你们，刘小虎只有说拿了。多少？六十多吧！这就对吗！你们不仅拿了，而且还知道数字呢，大个刘兴奋地说，结束了，盖个指印，说完后就把刘小虎的手拉上在红色的印泥里戳了戳，然后有力地摁在记录上。刘小虎用大个刘递过的卫生纸擦干净手，小心地说，我可以回家了吧。大个刘说你说什么？刘小虎又说了一遍，大个刘马上换了脸色，回家，你回个屁，你犯了罪还想回家？

刘小虎被捕了。刘村长听到乡派出所通知的消息，从凳子上跳了起来，喂喂喂他急切地冲着话筒嚷，弄错了吧，我娃怎么了？手也开始不听话了，听筒也从耳朵边滑落在一旁，什么，你说什么？刘村长的老婆听到了话筒里的余音。刘小虎和两个同学强奸了一个同学？她哭着说我娃怎么会强奸呢？小虎就不是那号人。刘村长一耳光打在了老婆的脸上，放你妈的狗屁！是抢劫！电话里的人以为刘村长骂自己，责问刘村长为啥骂人，刘村长慌忙解释，自己在骂老婆，我怎么能骂你。对不起，我马上过去。刘村长连夜赶到派出所，又通过熟人从各个渠道听到的消息似乎都是一个话，办案民警已经查阅了户籍，刘小虎年龄为十八岁，而江红星和杨为民年龄不足十六岁，抛开事情的起源，按事实以及造成的后果看，刘小虎作为一个成年人将承担主要责任，说通俗些，刘小虎是主犯，可是刘小虎也只有十六岁啊。猛然间，刘村长才记起改写刘小虎年龄的事情。看来解铃还须系铃人，我要找老张，他帮我改的年龄，我应该要求把小虎的年龄改回来才是，这样或许就会从轻处罚。隔着铁丝窗，刘小虎在留置室里哭成了泪人，他对刘村长说爸爸，我要当兵去，我不在这里边待。刘村长安慰着刘小虎，说你不要着急，我会想办法的。

第二天一大早，刘村长就敲着张警察的门，老张老张，是我。

里边好像还没有起床，懒懒地答应了一声。刘村长充满希望的站在门边等着，他一只手伸在口袋里，手里捏着一千元钱，如果老张稍微给些脸色，他就会用钱堵住老张嘟囔的嘴。老张发肿的眼泡刚在开了的门缝里闪了一下，刘村长就把整个身子都挤了进去。张警察看清了是刘村长时，睡意全消，顾不上裤子滑到了腿下，平伸着两只手，像农村的老太婆驱赶不肯上架的母鸡，出去出去，你来干什么，所长看见，我就说不清了。刘村长一边把钱往老张的手上塞，一边说，你把我娃的年龄再改回来吧！一千元并没有发挥出像刘村长想象作用，相反，老张碰到钱的手就像碰上了烧红的烙铁，他说刘建国，刘建国，我给你说，你娃这一下把祸闯大了，你不要乱跑了。

我只求你把小虎的年龄改回来，刘村长说。

不行！老张说。你这是叫我犯罪！

张警察扑通一声坐在了椅子上，把椅子压得嘎吱一声，同时伸出手把一支烟叼在了嘴上，刘村长慌忙擦着火柴想去点烟。张警察犹如躲避瘟神一般自己点着烟，他说，刘建国，你以为这是你们村上的账目表，想怎么就怎么吗？现在全县可都盯上这件事情了，全县学校唯一的一次学生遭到抢劫啊，别说我不敢改刘小虎的年龄，就是公安局长也没有这个胆子给你改年龄啊，你赶快回去，再不要想着这件事情了。说实话上次的事情我后悔得要命，弄不好，为这件事情我要脱了这身衣服，我这么大年龄你叫我好好退休好不好，他说着站起身，拉开门，你走吧，不要为难我了。你要是再这样，我就要告你行贿国家公务人员。

完了，被张警察重重推出门的刘村长自言自语地说。他想，我回去给老婆怎么交代这个事情呢？如果小虎不退学，就不会选举组长；组长没有当上，就不会改年龄；如果不给小虎改年龄，或许就不会有这个事情，坏事情里有好事，好事情里也有坏事。

临出门的时候，他看见几个荷枪实弹的武警站在派出所门口，刘小虎还有另外两个同学戴着手铐，往车上走。

清早的街上围满了人，因为都知道这可是全县学校里发生唯一的抢劫事件，人们纷纷议论着这三个罪犯的底细，有些甚至提到了他们的家长。人们在谴责他们的胆大妄为时，更对他们的家长进行了斥责：生娃不教育娃，丢人死了。

刘村长望着呼啸而去的警车，心里空落落的，真的是丢人死了，我还是个村长，他想，活屎呢。

他对农技站卖农药的小王说，给我拿瓶“敌敌畏”。小王认识刘村长，见刘村长黑着脸，不敢问刘小虎的事情，只有开玩笑说，怎么啦，家里闹跳蚤了。刘村长没有吭声，他递过去一张百元大钞，小王在阳光下照了照，说不会是假的吧，刘村长没有吭声。不找钱行不行，小王开玩笑说，刘村长还是没有吭声，他看见刘村长拧开了药瓶盖子，他一边在钱箱翻腾着零钱，一边说，这一次订的产品药效特别好，假一赔十。你还闻呢，嘿嘿，你真有意思。可是小王很快发现情形并不是他想象的那样，刘村长不是在闻，他像喝汽水一样往嘴里灌。小王嗓子里发着怪怪的叫声，类似于人们在大山前那样期待听到回音的叫喊，同时一只手，很快就搂到了刘村长的脸上。

刘村长醒来时，已经躺在了乡上的医院里，他想拔掉胳膊上的吊瓶，却被小王的手死死地摁住了，刘村长我求你了，我还有老娘，老婆儿子，你不要害我好不好。刘村长背过小王，一滴热泪滑落在脸上，他说，小王，你救我干什么呀，我丢人死啦，我还活什么呢。

病房里参加抢救的大夫和护士都看着刘村长老泪纵横，都想劝劝他，可是不知道从哪里说起，只有对刘村长说：丢人归丢人，日子还是要过下去的。小王觉得大夫和护士的话说得很对，也就对刘村长继续说了一遍。

# 同学会

## 王小宝

（小说所写人物纯属虚构，切勿对号入座。）

一个星期前，我接到了同学王小宝的电话，他告诉我一个星期后在老家要搞个同学聚会，分别的同学会从四面八方回到家乡去，尤其有很多的女同学。他说，你一定要回来，不能放大家的鸽子，分别二十多年了，我们都很想念的。说实话，我对于高中同学聚会这个提议，不是特别的热衷。一来我自从离开学校后，也没有做下什么名堂。二来我知道聚会完全是一个炫耀的盛会，那些出门后靠着小聪明赚些小钱的同学聚在一起，无非就是显摆显摆。前些年，我发表一篇文章，同学里还会有一些小的轰动，他们甚至为我发来信息表示祝贺，可是慢慢地，就连我班上一直崇拜我的王小宝也逐渐不和我联系了。他在老家买了一辆拖拉机，开着拖拉机忙着赚钱。拖拉机不是小汽车，发动起来车身抖得像个搅拌机，震得耳膜也嗡嗡作响，开一天车，骨头都好像散了架，经常把书拿到手上，就犯困。秋天的时候，他开上拖拉机带上笨重的旋耕机去田野里旋地赚钱。一场秋雨刚刚下过，土地有些松软，拖拉机冒着黑烟在泥泞的土地里挣扎。主家一看土地过于泥泞，就想等秋风把土地晾干再耕种，他答应了一圈上来就歇一歇，可是主家没有从土地里走出去，就被打滑的旋耕机机翼碰到了，庆幸的是主家只被机器削掉了两个脚指头，任凭王小宝怎么解释，人家就是不答应，没有办法，他只有给了几万元，才把事情摆平。他老婆对于他整天回家抱书就看给了无尽的数落，看看看，就是把书翻烂，也翻不回来几万元。他觉得老婆说得很有道理，从此就再不看书，甚至还对人说，写作的都是神经病。没有感动别人，自己先哭得稀里哗啦的。

王小宝的老婆是个醋坛子，恨不得把王小宝拴到自己的裤带上。那是因为她知道王小宝的毛病。王小宝和人说话的时候，喜欢像个苍蝇一样盯着人看，你动一下，他眼睛眨一下，把你从头看到脚，再从脚看到头，看得人心里发怵。我曾经带他去过我家。那个时候我的二哥刚刚结婚，一家人坐在露天的院子里剥苞谷。他的眼睛一直盯着我二哥。他就是那样直勾勾地盯住我二哥看，我刚刚过门的二嫂坐在二哥的旁边。后来，我妈妈问我王小宝是不是脑子有问题，正常人谁用那样的眼光看别人啊。

我后来专门观察了王小宝，确实他用那样的眼光看别人，尤其在文学社开会的时候，他的眼光让侃侃而谈的女同学脸红得像上了一层胭脂，她们的声音也在逐渐的发言中变成了蚊子般的鸣叫。

这些实际上都不是王小宝老婆发怒的缘由。农闲在家的王小宝，喜欢凑热闹。天下了一场雨，年龄一般大的年轻人挤在小宝的隔壁打麻将，王小宝没有上场，坐在旁边看热闹。社社带着老婆打麻将，社社连摸了几个炸弹，话开始多得像开了闸口的河水，他掩饰不住自己的喜悦，惊叹自己拿了一把臭牌，最后都能炸弹，他说他最近简直走了狗屎运了，坐到牌桌上钱就往他的口袋跳，钱也是个势利眼。他说得得意忘形，全然没有感觉到王小宝一直盯着他看，王小宝嘴角挂着笑，像个瓷葫芦，他的眼睛眨也不眨，一眼眼地看社社。社社嘴里说着话，眼睛根本没有时间离开麻将，他知道错过一张，就瞎活了。社社的老婆杜鹃看到了王小宝看自己，她感觉王小宝的眼睛像个钩子，一开始在勾自己的心，后来就整个魂儿也被王小宝勾上了。她开始觉得口干舌燥，觉得如坐针毡，她不敢挑衅王小宝的目光，可是后来一想，王小宝敢放火，她为什么不敢点灯呢，她就使劲儿给王小宝使眼色，谁怕谁嘛？

王小宝不是傻子，他看到社社婆娘的眼睛里有一种说不清的东西，是什么他说不上来，他能说上来的就是社社的婆娘有一对奶牛一样的胸脯。他们两家的土地连在一起，社社的婆娘在田间除草，王小宝经常能看到社社婆娘干起活儿来，胸前就像有两只兔子在跳跃。

后来天黑下来的时候，社社婆娘说她回家给娃做饭呀，她意味深长地看了王小宝一眼就走了。王小宝觉得社社的婆娘给社社撒谎了，她一定是想和自己出去走走，他是那么想的，他对打麻将的人说，他的屎憋到沟门子了，他要去上茅房，为了证明他没有骗人，他还拿了一张过期的报纸。

王小宝猜得没有一点错，社社的婆娘没有走，她出了门就一直在前院的黑影处站着等王小宝，王小宝出去的时候，她从黑影里冲出去，像个觅食的小猪一般扎到了王小宝的怀里，嘴上还责怪地说，你看我干吗你看我干吗吗？王小宝也不甘示弱，虽然在黑影处，他依然用眼睛直勾勾地看着杜鹃并不清晰的脸，他的手慌乱而有序地把杜鹃的衣服一层层分开，他要看看杜鹃胸脯下那跳跃的兔子和自己老婆的有什么不同。

遗憾的是，他刚刚用手摸到杜鹃柔软的胸脯，就被他的老婆撞上了。他老婆不明白，麻将有多大的魅力，竟然能让王小宝看上瘾，连家也不回。她蹑手蹑脚地进门后，一眼就看到黑影里撕扯的两个人，借着旁边的光亮她看清是自己男人和杜鹃的时候，她用自己尖利的指甲在王小宝的脸上狠狠地划了一下。王小宝的脸上火辣辣地疼，他顾不上去看脸上有没有出血，在迎着杜鹃撒腿跑出去的一瞬间，他把一只手堵在老婆的嘴上，一只手抱着老婆的腰，就像从战场上溃退的伤员一般，跑出了院子，他担心老婆叫喊，会引来屋里打麻将的众人，尤其是社社。

当天晚上，王小宝的脸被老婆挖得深一道浅一道，她让王小宝给自己保证，以后再那样看别人，她就死给王小宝看。我曾经给他们做过调解，他的老婆说我们过去一同上过学，就没有帮他改了这个毛病，她妈都说过王小宝这个毛病简直要不得，多大的人了，眼睛看人简直要脱人的衣服哟。

## 吴小勇

这次撑头的是同学吴小勇，说起他，我就想到他能够发光的脑门，高中的第三年，他的头发就脱得惨不忍睹，经常被上门寻找老师的家长认错。他之所以一心要促成这二十多年的重逢，是因为他过去曾经苦苦追求的吕丫丫在县城。

当年的吕丫丫父亲是县城农业银行的行长，所以吕丫丫经常穿得像个洋娃娃。她喜欢扎马尾辫，在马尾辫的周围她把那些精致的发卡卡在黑黝黝的头发上，闪闪发亮。每天跑操的时候，吕丫丫在人群中跑动，她的马尾辫高高地在人群中翻动，赵伟伟经常说那简直不是跑动的吕丫丫，分明就是电视连续剧《排球女将》中的小鹿纯子。

吕丫丫那个时候有些高傲，或许是她的父亲是行长吧，她实在没有把我们这些满脸灰土的农村孩子看在眼里。同样吃的是一锅饭，她带的饭盒都是那种有很多卡扣的饭盒，她细长的手指捏着铝合金勺子，慢条斯理地吃着相同的饭菜，给我们的感觉，她根本就是一个浑身都透露着贵族气息的千金大小姐。

吴小勇觉得吕丫丫成了他的女神，他说这辈子要是没有吕丫丫，他的人生没有一丝一毫的意义，真的，如果能为吕丫丫去死，他都是愿意的。

我们都让他现实一些，现在都是学生，看到的那种美丽实际上在走上社会的时候都是不值一提的。更没听说过马靠金鞍，吕丫丫靠衣裳吗。冯二娃把这个话说给吴小勇的时候，惹得我们哄笑一片。我们都觉得冯二娃说得很有道理，要是把那些华丽的衣裳穿到猪身上，猪才可爱呢。

吴小勇实际上已经听不进去我们的话了，他就像一个走火入魔的武士，他整个的美梦都是为了吕丫丫。他窝在靠墙的角落里，绞尽脑汁为吕丫丫写了一封十几页的情书，那个时候还没有互联网，他把各种美丽的词语堆在一起，他觉得吕丫丫就是个石头，也会被自己的情书感动的，他自己看了几遍，就哭了几遍。女人的心软，她一定会被自己的痴情所打动，一定会被自己的真诚所感染。

吴小勇失算了，吕丫丫并没有感动，也没有哭泣，她把吴小勇写给自己的书信送给了班主任左大全。

左大全是个泥腿子出身，曾经是生产队里的会计，经常手上拿个收音机学英语，几年下来，竟然能操着一口方言说英语。那个时候农村师资力量极度缺乏，他被教育局安排到我们学校成了英语老师，后来成了我们班主任。

他拿到那份信后，召开了一次班会。他说春天来了，小猫小狗都发情，人也开始蠢蠢欲动了。他说有同学给他交来了一封信，他不想看别人的信件，他知道在古代看别人书信那可是拔舌挖眼之罪啊。可是他是班主任，班上出的事情，他不管说明他不合格，他就冒着那么大的罪名看了信，看了比不看还后悔，信的内容太肉麻了，也太酸了，把他看得脸红脖子粗，他一颗老得榆木疙瘩一样的心也狂跳了几下。

说到这里，我们都知道是吴小勇的事情败露了，我们都去看他。可能他已经提前获得了消息，他的座位是空的，人早都溜得没有一点影子了。

班主任说名字他也不说了，任凭大家去猜，猜不出来就是说每一个有这种迹象的，他现在要郑重其事地告诉大家，也算是给大家提个醒吧，他说不要看悬崖的酸枣红，关键要看自己有没有本事摘上它。

受了打击的吴小勇像霜打的茄子，一连几天都不说一句话。听说后来又被吕丫丫的大哥叫上县城一帮好事的青年堵在路口，威胁了一番。

吕丫丫后来找的老公在县城一家工厂上班，前些年企业逐渐不景气，倒闭了。昔日的优越成了昨日黄花，吕丫丫一双光洁的嫩手也变得粗糙而黝黑。

通过串联，他们又一次相聚了。吴小勇现在公司办得风生水起，让人老珠黄的吕丫丫唏嘘不已。

吴小勇开始把自己公司的事情都放下不做了，整天开上自己的小车几百公里几百公里地往老家跑。在没有说聚会的时候，他几乎十几年都不回去了，家里的老人都不在老家了，他回去还做什么呢？突然间发疯一般地往老家跑，说是考察聚会地方，一定是吕丫丫的身上还有那么一点点吸引他的地方，让他那点没有泯灭的热情又开始燃烧了。

我把自己的想法在网上说给女同学琪琪的时候，琪琪不理我，问久了，她才说自己忙着给学生打饭呢，哪里有时间和我瞎扯。她和老公承包了一家子弟学校的食堂，一般中午吃饭的时候，大量的学生拥到锅灶前，恨不得把锅掀翻了，她要一边给学生打饭，一边给我说话，能给我回上嗯、啊、呵呵，就已经不错了，我还不知足，就是问隐私也不是在这个时候问嘛！如果确实想知道真相，聚会的时候一定会弄明白的。她后来是给我这么说的。我觉得她说的有些道理，我知道我回去不全是为吴小勇的事情，到底是为什么，我没有想很多。

实际上我到陕北也是有原因的，省委宣传部为了让作家写出基层的真实生活，因此给我安排让我在这边一个国企体验改革开放后国企的发展。我上来的时候，妻子并不支持，她认为孩子小，每天接送需要两趟，她也要上班。如果我走了，孩子的接送完全落到了她一个人身上，她和一个人有什么区别呢。临走的晚上，她给了我一个冷脊背，她说我都快五十的人了，还活在虚无缥缈里，一点也不真实，让她对于生活感受的是没有一丝盼头，她说还不如一个人生活呢。

我认为陕北到省城也就是一千多公里，距离并不是问题，飞机也就是一个小时的航程，就是没有飞机，还有动车，还有汽车，回程的方式哪一种对于我来说都不存在问题。

可是来了后，事情就不像我想的那么简单，那种路上的奔波经常让我精疲力竭。我明显感觉到妻子和我的关系发生了微妙的变化。她几乎从来不主动打电话给我，要知道过去，我时刻都会收到她询问的消息。

现在要聚会，我的思想上还有些动摇，我甚至想看看到底能有多少人打算回到家乡去，如果真的大家都对这个聚会表现出特别的热情的话，那么我就是到跟前决定实际上也是能够来得及的。

## 杨　波

杨波给我打来电话，他说我要是不回去，他也不回去。他在电话里特别强调了一下，他说他喜欢和我走到一起。实际上在学校的时候我和他关系不是很好，甚至差点打过一架。农村的冬天特别冷，我和王小宝、赵伟伟、张小波都睡在教室的课桌上。恰逢星期六，很多的学生都回了家，宿舍里的被子都闲置在铺位上。我们家里实际上给每个孩子带的褥子薄得就像一张硬纸板，睡在上面就像睡到水泥地，后半夜经常会被冻醒。为了能够睡个舒服觉，我们四个提议干脆多拉几床被子铺到身下，不知道那是多么幸福的事情。躺在柔软的棉花被子上，我们四个开心得像中了大奖，我们甚至一致决定，第二天早上推迟起床的时间，要好好享受这温暖的一夜。我们高兴得有些太早了，后来杨波回来找被子，一脚把我们的教室门踹开了，任凭我们光着身子，把被子拉走了，还大半夜叫了几个关系好的学生扬言要修理我们四个。最后我们四个把他按倒在操场上，打得直求饶，说被子他不要都可以，只要我们觉得他的被子好，他可以去借宿。为了表示他的诚意，他还多带了一床被子给我们。把他按倒在地的时候我没有动手，我总觉得我们四个是理亏的，我一直想给他解释，但是后来毕业的时候，我为了报考艺术院校，早早离开了，因此上道歉的话一直也没有给他说。

后来我在省城一家杂志社供职，他找到了我。他说他认识一个女孩，女孩偏执地喜欢文学，他又给人家吹牛说，他是我的同学，关系铁得要命。女孩最爱看的杂志就是我供职的那家杂志，因此上缠着他要来杂志社。后来女孩见到我的时候，犹如看到了明星，她甚至要我给她签名，还要和我合影。她甚至让我给她写上一封信，她说她们单位的很多女孩都可喜欢我们杂志了，要是她们看到我给她写了一封信，她该有多么的幸福啊。

杨波插不上一句话，他在一旁咳嗽吐痰都引不起女孩的注意。实际上，我也对女孩的热情有些反感，只是碍于同学的面子不便发作罢了。我们同事都大眼小眼地看着我，看着杨波的女朋友，他们甚至发出哧哧的暗笑，他们嘴角的笑意带着一丝狡黠。果不其然，杨波一走，他们就哈哈大笑，说这样神经的女孩真的是第一次见啊，他们还学着女孩的样子扭捏作态，嗲声嗲气地说，老师，求求你嘛，给我写一封信嘛。

我郑重其事地劝诫杨波，必须和这个女孩断绝关系，我并不想干涉他的任何私事，只是他找的这个女孩太不适合他了，完全是一个不食人间烟火的仙女啊。

实际上没有等到他和女孩分手，女孩就离开他了。省城有个老作家，写了一本书，女孩看得眼泪直流，她根本就不认识作家，她对杨波说，她已经爱上了作家，她的身体付出要有价值，她已经给作家写了几封信了，她有个预感，作家可能很快就会给她发来召唤，因此她觉得自己和杨波不是一路人，既然不是一路人，就早早分开的好。

杨波受了打击，他有些后悔，和女孩交往的那段时间，他一个月才那么一点工资，女孩要买衣服，他自己从来都舍不得穿上一件好衣服，结果给女孩买了。现在被女孩说甩就甩了。他给我打电话说他要到我这里来疗伤，我写文章哄别人，最起码懂得一点心理学知识，他让我一定要像对待读者一样抚平他千疮百孔的心。我一直等他到了下午还没有见到他，后来被一个陌生的电话叫到了，对方说他是派出所的警察。

我并不认识警察，警察找我做什么？我觉得很纳闷。

警察说你的同学杨波在我们这里，他出了点事。我吓了一跳，慌忙赶到派出所，才知道到我们单位的一条街上，开了几十家的发廊，那些小姐在门口穿得暴露无遗，她们一个劲儿朝着杨波招手。杨波说他哪里见过那种阵势，萝卜一样雪白的光腿把他的眼睛都塞满了，膨胀的胸部要把女人的衣服撑破，他腿软得像面条。他可以打赌，女人一定施了魔法了，如果没有施魔法，他怎么会跟上进去的。他给我说，女孩说办事二百元，他就后悔了，那个时候他刚把女人的衣服脱光。他只带了五十元，五十元能干吗，再说他也没有胆子吃那种霸王餐。女孩火了，到嘴的生意变成了肥皂泡，她们操着温州口音，像个清脆的火鸟，叽叽喳喳骂杨波，杨波一句也听不懂。后来杨波看到人家叫来了一拨又一拨的男人的时候，他才觉得惹上麻烦了。为了担心自己挨打，他慌忙按了110。

我最终通过一个朋友找到了熟人才把他领了出来。在路上，我很不客气地指责了他，我一天从几十家衣着暴露的门口穿行几趟，我一点感觉都没有，他就走不动了，真是不知道他是吃了什么药了，简直丢人死了。他低垂着头，几乎要把头低到裤裆里。他说确实丢人得很，说出去，真的把人能丢死。他说他求我一个事情，不管见了任何同学，都不要把这个事情说出去，说出去，他就没有脸了，没有脸了，以后还怎么活？我没有说话，我想说多少话都没有办法掩饰我的愤怒。

## 吕鹏飞

聚会的饭店定在了关中食府，并且要了一个总统套间。可以听到吕鹏飞打电话给我的时候很兴奋，他告诉我包间的桌子很大，能坐下二十多个人，就是有人想跳个舞，那张餐桌都可以。

吕鹏飞是老家税务局的副局长，平时联系少得可怜，原本就是两地相隔，也没有任何业务往来的，尤其是，他坐上了副局长的位子后，大家就几乎见不上面。他后来给我联系的时候，让我有些惊讶。我听得出来，他在电话里笑得极不自然，甚至在该笑的时候不笑，不该笑的时候偏偏硬挤出一丝干笑。我感觉他的旁边死一般的安静，如果没有事情，我想他绝对不会给我打这个电话。

我感觉他很紧张，我相信自己的感觉是正确的。后来他就诺诺半天，确实遇到了一点麻烦，他对我承认了，听说我和省城的媒体都比较熟悉，还经常和那些记者搓麻将。麻将桌上牌友谁都知道是铁腿子，没有相当的关系绝对坐不到一个桌子上，要不然，谁舍得把自己的钱送到别人的口袋里，除非是有事情求着别人呵。

你到底有什么事情就直说吧，我对他说，我害怕拐弯抹角。嘿嘿来嘿嘿去，就是不说心里话，这样的对话让人觉得多累啊。再说我们是同学了，也没有必要隐瞒什么的。

吕局长说看看我就说嘛，老同学就是老同学，脾气还是那么直，人心还是那么软，我就知道你不会让老同学有事情的。

谢天谢地，他总算说了，他说其实也没有多大的事情，就是个纳税人到局里去办事。现在的人啊，真的是难伺候，他对我说，纳税人可能是哪根筋没有搭好，或许是在哪里受了点气，在他的办公室里吹胡子瞪眼的，一会儿说他要去上访，一会儿说他要去投诉，好话没有说一句，谁听谁反感，这些自己都忍了，说难听点，基层的工作不好做，就是群众把屎拉到办公室，都说不出什么的。千不该万不该那个人完全没有安好心，他根本不是来办事的，彻头彻尾地来找事，偏偏自己瓜得很，多少句话了，都没有接茬，说了一句话，吕局长说他就受不了。他说我养着你们一帮人。你听听，这个话难听不难听，该不成我们都是他儿子啊。他说他的火噗噗往上蹿，糟践人也不是这样的嘛，他一把扑上去，抓住来人的胸口，质问对方，你养谁了，你把钱给到我手上了吗？吕局长说他后悔得能把肠子悔断，真是冲动是魔鬼啊，人家就是来故意找事的，他上了大当了。他说驴日的带着电视台的人呢，他差点挥动拳头朝闹事人的脸上打了，实际上他抓住对方的领子的时候，他就感觉不大对，对方一点也没有反抗，完全是黄鼠狼给鸡拜年没有安好心。坏就坏在他的冲动上了，他看清了一个黑黝黝的摄像头亮着红灯的时候，他心里就像被人打了一拳。自己泄气的时候，人家猖狂得有些嚣张，人家不紧不慢地整整衣领，还把自己秃顶上那仅存的一绺头发捋了捋。临走的时候还给吕局长说，晚上注意看电视，说他的表演天分还不错。

其实我有些为难的，我知道电视台都变着花样提升收视率，那些传统的新闻都已经引不起观众的重视了，他们更乐于看到记者的偷拍。尤其是那些追踪歌舞厅的记者，经常被观众责骂，好好偷拍的东西总要给那些赤身裸体打上模糊不清的马赛克，你把观众当作二尿糊弄啊。对于这样的新闻，他们更津津乐道，也许，他们会把吕局长说的话当作笑话一样疯传。他们挺着肥胖的肚子，质问，你是谁的纳税人？你把钱给到我的手上了吗？

吕局长果然害怕了，他说不惜一切代价，把火熄灭。他说多少钱，他都愿意出，当个局长多难啊，也许电视一播出，局长的官衔就跑得没有影儿了。

事情过后没有多久，我回老家办事情，他不知道从哪里得到了消息，火急火燎地追了过来，赶在我临走的时候把两条“中华”香烟塞到了我的车上，他知道我不抽烟，但是你拿上可以送个人嘛，末了又从自己汽车的后备箱取出两瓶茅台，他说他不喝酒，放在自己手上好酒也就糟蹋了。

吕局长说他现在学会了喝酒，不学的时候觉得喝酒没有一点意思，现在喝上了，一天不见都心里慌。他说等我回来后就好好喝一次，不喝倒就不姓吕。

我知道他又在酒场上，他说他没有，我明显听到他的舌头有些直，甚至还在电话里打酒嗝。我忽然想起了一个女同学石梅梅，他们两个是一村的，经常能看到他帮石梅梅带着大包小包。其实这些都不是我能够想起石梅梅的原因，想起石梅梅的原因就是石梅梅曾经给我写过一封信。那么封建的时期，我们男女同学几乎说一句话都被视作有问题，更何况一封书信了。

吕局长说石梅梅问了会务组自己也想参加聚会呢，临时组建的会务组说人已经超员了，就是加上也没有住处了。

吕局长说来什么来嘛，石梅梅嫁了个二百五老公，稍微不舒心，就在家里按倒往死里打，才四十岁多一点，给人的感觉像个六十的老太婆。一提起自己的生活，石梅梅就哭得悲痛欲绝，说自己眼睁睁地跳到了火坑里，跳就跳吧，晚上在外留个宿，男人生怕她有什么歪想法，把上学的两个孩子都要塞给她，让两个孩子像个兔子尾巴一步也不能放松，你说这样的人要来聚什么会嘛。

他或许觉得话可能说得有些过，挂电话的时候还特别叮咛了一下，说有些话提醒一下，实际上这次聚会是一个精英会，级别不够，就是交钱也不要。

## 孙天龙

眼看剩下四天就是同学聚会的时间，偏偏在第三天的时候就变天了，先是呼呼大作的狂风，后来就是淅淅沥沥的落雨。我上到陕北也没有多久，对于当地的天气摸不着头脑。问同事，同事说，陕北的天气就是这样，经常是狂风大作，瞬间就是艳阳高照。还有三天，说怎么都会变过天气来的。临近傍晚的时候，看看黑得像一个漩涡的天空，没有一丝转晴的迹象，相反，天上倒飘起来零星的雪花，雪花纷纷而落，一会儿地上就像落满了一层厚厚的棉絮。

不管怎么安排汽车是坐不成了，我很快就做了决定。我这个人有时候确实有些优柔寡断，经常在事情决定的时候改变想法。我知道这一路的情况，路况差、汽车多，尤其是那些拉煤的汽车经常为了赚更多的钱，在路上跑得像个撒欢的兔子，经常汽车在路上，人就睡着了，汽车冲破护栏冲到沙漠里，要是有别的汽车，也像个碰碰车一般在路上把小汽车碰得面目全非。现在雪花纷飞，汽车我更不敢考虑了，想想不久前，一辆疾驰的汽车一头扎到了一辆拉甲醛的汽车上，一车人都被大火吞噬了，我就不寒而栗。

孙天龙说我是命贵得能比上奥巴马了，他问我能有英国王子哈里的生命珍贵么，伊拉克战争打得如火如荼，枪子弹乱飞，可是人家照样去了战场执行任务，枪子弹不长眼，难道还能绕着他飞。

他说别说是下雪，就是下刀子，他也不担心，他说他要过来接我。

我说别逗了，潼关到陕北，可是上千公里的路呢，你用什么来接我，总不会用直升机吧。

孙天龙说不是直升机，但是绝对比直升机舒适，谁还坐直升机啊？声音突突突地，看到了是个直升机，没有看到还以为是王小贵的拖拉机。

我没有笑，孙天龙先笑了，他在电话里叽叽嘎嘎的，甚至有些换不上气。他是我们班上的活宝，一直做装修，但是一直赚不上钱。用我们同学的话说干了都快十年了，还是游击队。提起他我还是有些感动的，我在省城的一段日子里，星期天经常一个人在办公室发呆。后来他过来找我，毕竟是同学，你捶我一拳，我踩你一脚，你瞅我我瞅你，我们两个在我办公室的那个锈迹斑斑的钢丝床上挤在一起，一聊就是一个通宵。那个时候我留着一头桀骜不驯的长发，我有些羡慕那些搞艺术的大家，我不是大家，但是我想学习他们就从他们的外形开始。孙天龙说自己的头发也长得像个疯子，他就拉上我去理发，并且宣称他请客，虽然理发才十元钱，但是他能为一个文豪出钱理发很骄傲。我们走上街道的时候，我就有些后悔了。孙天龙的嗓门大得吓人，实际上就是理个发，他在街道上数落我没有个作家样子，他甚至指着街道上一个在垃圾箱捡食的乞丐说，比乞丐强一点的是我的头发还干净着，不像乞丐的头发像个鸡窝。他说今天给我要好好整整头发，还说要让理发师给做个造型。

遗憾的是走了几家美发屋，没有一家愿意理发的。描画得花枝招展的姑娘慵懒地坐在厚重的沙发里，把两条莲藕一样的长腿放在茶几上，说不理发。孙天龙嘴里念叨说，不理发做什么？姑娘们都含含糊糊，嘴里发出那种隐隐的坏笑，说不理发，只打炮。孙天龙是个游戏迷，他以为是什么好玩的游戏，很认真地问了一句，炮在哪里？正喝水的老板娘扑哧一口水喷了一地，她两只手朝外翻动着，她说去去去，土炮啊……我和孙天龙出来后，才明白了人家说的是什么事情。孙天龙最后说理发最起码让他明白了一个道理，自己对这些事情都不懂，难怪一直都是游击队，弄不成正规军。

从我单位里走了后，他就回了老家，他需要先装修门面。他不知道从什么地方弄了一笔钱，买了一辆桑塔纳轿车，给自己置了一套西装，用剩余的钱打关系。喝了多少酒，他说不知道，如果要把酒加起来的话，不敢说注满护城河，但是弄几个游泳池是没有一点问题的。他说刚开始喝酒的时候，觉得是喝自己钱，后来他觉得事情颠倒了，别看那些头头脑脑狡猾得像个泥鳅，在酒桌上一会儿就把底子给自己交了。

现在他刚把一辆皇冠轿车换成了一辆全新的宝马，宝马汽车就是好，车子开起来，就像坐在移动的房子里，什么声音都没有。他开上车在街道上转一圈，多少美丽的姑娘都朝他的车里看。听人说在省城那些高等院校的门口，那些美丽的姑娘故意搭话要搭顺风车，孙天龙说他没有试过，要试也最起码等我坐过后才能让别人坐，他不能把第一次的机会给别人，他说一百多万的宝马车去接我，他问我有什么不满意的。他说一是试试车，再就是让我也感受一下，人家不是说了嘛，开奔驰坐宝马。他特别强调一下，说这辆价值百万的宝马有一项特别的功能，雪地模式驾驶比在正常路面还安全，他说他们那边要下雪还要等两个月呢，他就想试试德国人是不是吹牛皮，他不实验就不会相信这个车还有这么个二屎功能。

我这个人就是见不得别人对我好，孙天龙这么一说，我的心里热乎乎的，想想，你有什么理由不感动呢？实际上我也没有帮助孙天龙做过什么大事，就是在前几年他没有一个固定住所的时候，我住在办公室，每天晚上将一个锈迹斑斑的钢丝床拉开睡觉，虽然钢丝床到处露出了尖利的钢丝，但是我总会把好的一边让给他。钢丝床虽小，狭小的办公室有暖气，他对于我的环境经常赞不绝口，说他要是能有这样的环境，他也就知足了。

我谢绝了孙天龙，谢绝的理由是他上来一趟的费用，我可以坐飞机飞两个来回。后来，他在电话里说自己的心尽到了，不愿意是我的事情，他说，那就在老家见面吧，最好把你的书带上，回去了，你最起码应该向大家展示一下你这些年的成绩啊。他说他不写文章，也没有出过书，如果说成绩，他最大的成绩就是在潼关买了两套房子，房子带不上，也不能把房产证带上吧，就是把房产证带上，证上的名字也不是他，他老婆担心中途有变，买房子的时候就把名字写成自己的了，他就把这辆宝马车给那里一放，谁也不是瞎子啊，就那光亮的油漆和标志也让同学们引以为豪的。如果同学们有兴致，他就让同学们排成队，安排每个人坐一次，坐坐宝马，就是死了也值得了，多少可怜的还没有见过宝马是什么样子呢？

他问我是不是？我说是的，我见过但是也没有坐过。就和你当年询问炮在哪里一样。他说：锤子，你还记着这个哦。

## 妻 子

我忍不住给妻子打了个电话，我说我要回到老家去参加同学聚会。她很惊讶，说我永远都是那样的不成熟，回家从来没有积极过，只要说和同学聚会，就像打了鸡血一样兴奋。她说她在给孩子辅导功课，孩子的学习你管过吗？孩子的吃饭你管过吗？你就只活在你的世界里，既然这样的不着边际，就不要进入家庭。我说就是一个聚会，也不至于这样兴师动众地讨伐我。她说那要什么才可以，难道我给你奖励吗？她说，这辈子真是瞎了眼了，和一个毫无家庭观念的人生活到了一起，分明就是一个喜剧，末了她说喜剧可能还算不上，分明就是一场悲剧。她说她已经不对我抱希望了，希望越大失望就越大，既然这样，大家还是各过各的好。她说你要去聚会就去聚吧，我不拦你的。

我说聚会也不至于让你这么深恶痛绝，你应该给我空间。你不觉得我活得太压抑？

她在电话里冷笑一声，她说你要什么空间，你难道回去和王晓芳睡到一起，才算我给你空间了？王晓芳是我的女同学，在学校的时候，我曾经追过她。因此上她经常拿王晓芳说事。王晓芳这次去不去，我还不知道，就是去了，我想事过那么多年，谁还会说起那些陈芝麻烂谷子的事情。我说我就是为了看她的，怎么了。

她说你承认了就好，也算个有胆识的男人了，既然这么有胆识，你就做个决断吧。她叫着我的名字，说她知道我的旧情未灭，和我成家这么多年，我一直是身在曹营心在汉，一直是魂不守舍。她说得有些激动，我听到她的话语开始变得模糊起来，她一定是用手打了儿子，我听到儿子的叫喊。她就是有这样的嗜好，只要不顺心，就开始打儿子，把儿子的身上拧得青一块紫一块，为此我没有少说过她，甚至威胁她，如果她打儿子，我就打她。她在电话里数落孩子，说龙生龙，凤生凤，老鼠的儿子会打洞。

我对她说，你要是这样的对儿子，我就……我没有把话说完。妻子说你就什么，你说完，你有种你就说完嘛！她太激动了，她在电话里开始骂我，孩子哭声和她的骂声掺杂在一起。我跳了起来，为了这个电话，我已经躲到了单位卫生间的一个角落里，我情绪的激动让一旁休息的保洁员也忍不住朝我这边看。

我说过不成就散伙，我也不是吓大的。等我回来吧，我对她说，我说完的时候，才发现她已经把电话挂机了，我拨过去，她按了拒接，一连拨了好几次，她都挂掉，最后干脆彻底关机。我的脸色一定是太难看了，同事看到我铁青着脸进到房间，没有一个人出声。

## 我自己

我记得自己座位是十三车五号下铺的，可是上车的时候，已经有个孕妇躺在了上边。她身边坐着一个男人，男人把剥开的橘子往她嘴里塞，她哼哼唧唧地数说她的胃里反酸水呢，打个嗝儿都是酸的，她不想吃橘子，她想吃草莓，要牛奶味的。男人说草莓有什么好吃，不是草莓的季节，吃的草莓都是转基因的，吃了转基因的东西，对身体有什么好。女人不同意男人的话，两个眼睛瞪得像铜铃，她扭过脸把后脑给男人。男人有些恼怒，但是身边都是刚刚上车的乘客，所以也发作不了，于是低声下气地求女人。我把车票递到男人面前的时候，男人问我什么意思，他又不是列车员。我指了指床铺，又对他指了指车票，意思很明显，这个床铺是我的。他才哦了一声，女人也听到了我们的对话，转过脸说让你买个下铺，你非要便宜那几十元钱，你让我怎么上去嘛？她对我哀求说，干脆我们换一换吧，你看我这样实在不方便，出门在外，互相谅解一下吧，她对我说。我能理解她的苦衷，一个女人挺个肚子，爬到上铺是要费一些周折的，我也不是没有坐过上铺，经常像个耍杂技的，把鞋子塞到下铺的床下，光着两只脚，踩着狭窄的梯子，费了九牛二虎之力才能到上铺，上去一次就气喘吁吁地像头老牛。我为了买到这张下铺，从同事手里要了票贩子的电话，多付了三十元钱，才拿到这张卧铺票的。多付三十元钱，我的目的就是不想爬上爬下的折腾。

我对男人说，我这个卧铺是从票贩子手上买到的，你要是想换的话，你必须承担我多付的三十元，否则，我不会换的。看在孕妇的肚子上，我想我就让他们一次，出门谁没有个难处呢，只要把我付出的钱给我，我就忍忍吧。如果我不要多付的款项也没有一点道理，我的每一分钱也都是拼命赚回来的，我和他们毕竟非亲非故。

男人说可以，钱是什么啊，他一向视钱财如粪土的。再说了能让这个座位他已经很感激了，他说现在的风气太坏了，他上来得早，从车前问到了车后，没有人愿意换座位，一个车厢的下铺人好像空气一样，听了要换座位，一个个脸拉得像个驴脸。他说这个话的时候，我不自然去看旁边两个年轻人，男青年正把女青年抱到怀里亲热，他听到了男人的话，一脸不高兴，想起来，被女友死死地拉住了。男人说一看我就是个好人，好人是有好报的，他问我到哪里。

我说我到宝鸡，我的老家在宝鸡，我要回老家去。

他看了躺在床铺上的老婆一眼，还是老乡啊，他说他老婆也是宝鸡的，他在陕北的一家煤矿上当矿工，老婆在餐厅当服务员，现在要生孩子了，就先把老婆送回去。他的话匣子打开就收不了，我想离开也没有办法。我原本想，他把车票的差价和我多付的三十元给我，我们就没有任何关系了，这种邂逅对我来说，没有一丝的心情。

男人说他姓王还是姓黄，总之我没有听得很清楚，他问我姓什么，我说我姓翟。他听了哈哈大笑，说天底下的事情千奇百怪，竟然还有姓贼的，他说这真是他第一次听说。听说宝鸡那边谁家生个孩子，要叫张娃，李娃，你家的孩子岂不叫成了贼娃，他老婆也附和着他咯咯咯咯不停，他们笑作一团，就像两个配合默契的演员。我知道我的口音太重，在外边曾经出现过这样的事情，但是这个事情没有这样夸张，就好像我成了一个不光彩的短处被小黄还是小王夫妇抓到了手里。

我忽然有些后悔把票换给他们了，就是我真的姓贼，也不至于这样的态度对待一个恩人吧。看来话不投机半句多，我决定到八号爬上上铺去睡觉。我说你把那个差价给我吧。我是这么对他们说的，他们两个正笑得前仰后合，没有听到我话，我就又说了一遍。

男人看看女人，女人说那就给了吧，那点钱就当吃药了。

我听得怎么觉得有些不大对，这点钱是你该付的啊，和吃药有什么关系呢？我可以理解这个话是自己安慰自己，可是对于一个给你们让座的人这样的话显得有些让人失望，感觉是我多拿了他们的钱一样。我说你们这样说话就没有意思了吧？

男人说什么有意思，难道多要三十元就有意思了。他说本来不想说了，三十元就三十元吧，他也不缺三十元，他一个月工资一万多呢，这点钱不够他一包烟钱，说实话，就是气不过来，你凭什么多要三十元，再说了，这个座位是你家的吗，也没有写你的名字，你凭什么？他说他老婆说得还客气了，让他说，谁拿这钱，谁就去买棺材，谁就去买墓地。

我真的没有料到这样的结局，我有些气愤，偏偏在这个时候，我的手机响了，我一看是同学王小宝打来的，他说该到的都到了，你能到吗？我嗯了一声，我不想说过多的话，我有些生气。他高兴地说那就好，我们都等你啊，他说报到的同学有好几十个了，好车回来了很多，大家都等你这个大文豪。你是大家的骄傲……我没有听完王小宝的话就挂了电话。我把电话插到了贴身的口袋里，我伸出手，想把小王还是小黄拉起来，既然这么说话，这个座位就没有必要让了。我也不想买棺材，更不想买墓地，我就想要回我的铺位。

小王或者小黄误会了，他以为我和他要动手。底下的铺位和二层有些太近，他想站起来，却没有料到脑袋一下碰到了二层的天花板。嗵的一声，让二层的一个女人惊叫了一声。小王或者小黄的脑袋一定碰疼了，他嘴里不由自主地发出了啊的一声叫声。他很快恢复了姿势，握紧了拳头一拳打在了我的脸上。

可能是车厢狭小的缘故吧，拳头打在我的脸上并没有多少疼痛。我看到小王或者小黄的老婆也在空中蹬着双腿，一边蹬还一边朝我吐口水。

我没有慌张，我的身体比他要高大得多，不要说我的年龄大，我对付小王或者小黄我还是有把握的。

我问他你打谁？我说你这个狼心狗肺的东西。

小王和他的老婆说，就打你就打你这个骗子，你这个骗子。

怒火在我的脑海里像被点燃的汽油，我的太阳穴嘭嘭作响，见过不讲理的，但是没有见过这么蛮横无理的。我伸出手把小王的双手拧到了背后，很快就把他瘦弱的身体按倒在我的怀里。他的两只脚又蹬又踢，嘴里还不断骂着粗鲁的话语。我换了一下手，用一只手在他的脸上狠狠地揍了一拳，很快我就闻到了一股血腥。鲜血落在了车厢的地板上，被我们两个扭打的脚步踩得横七竖八。他的老婆发现了老公不是我的对手，自己肥硕的身子动弹不了，她两只手伸到嘴里，失声尖叫救命啊救命啊。她说再打就出人命了。

我被拉开的时候，小王的两个眼睛成了一道黑圈，就像一只瘦弱带病的熊猫。他的老婆跟在乘警后边，说太凶残了，还有没有王法，倒卖车票不说，还打伤她老公，她代表她老公强烈要求严惩凶手，打击路霸。

火车路过省城，他们把我从车上转下去交给了铁路警方，听说正好撞到了打击倒票的枪口上。后来他们知道我是个挂职锻炼的作家的时候，已经是第二天的下午。我就是去参加同学聚会，也已经来不及。从省城到老家还有几百公里的路程。想回家吧，脸上因为挨了小王一拳，肿得像个发酵的面包，我的眼睛本来有些近视，现在因为脸庞的肿胀扯得视力也有些模糊。回家，肯定会让怒火中烧的妻子耻笑，也许她会更加恼火。铁路警察老杨把我因为关押暂为保管的物品还给我的时候，我看到电话上有二十多个未接电话，其中王小宝的最多。我给王小宝回了一个电话，过了很久他才接的电话，他问我在哪里？我说，我在省城，你们进行得怎么样？他说他开了一半就走了，老婆找到了会场，把他骂得狗血淋头，说是什么东西让他跑得比火箭还快，如果没有女同学的勾引，她绝对不相信，王小宝的心里装不下老婆，只装着同学，同学给你饭吃，还是同学给你钱花嘛，你缺钱的时候，没有见哪个同学给你把钱送到门上。幸亏他没有坐在哪个女同学的身边，要是坐在女同学的身边，他就是有十张嘴也说不清。他老婆冲到会场的时候脸上是狂风暴雨，当她看清了王小贵坐在一帮男人中间的时候，瞬间就变成了风和日丽。她还笑嘻嘻地对同学们说，王小宝的妈妈生病了，躺在床上说舌头都硬了，她知道婆婆一生病就断气呀，要命呀，可是做儿子跑的没影子也说不过去的。末了他又说，同学们都说我有了架子，写了几篇文章就牛皮轰轰的，就是把那些破文章写得再多，都没有人家有权的，有钱的同学硬气。他语重心长地说，就是没有你，地球照样转，不要把自己看得太重，你就是个作家又能怎么样，你拿了诺贝尔文学奖了，还同样是人，而不会因为你拿奖就是神仙了。

我想给他解释一下为什么我没能回去，可是想了再想，觉得不知道该怎么说，说我在火车上发生了械斗，还是说我在火车上被警察抓了？我觉得没有一个合适的理由和借口，就是我给他说了事情的真相，我能信，他能信吗？就是给他一个人说得再清楚又有什么用呢！

# 一条马路多宽广

## 1

王二家后院墙倒的时候，天刚麻麻亮，整个村庄氤氲着一层薄薄的雾气。倒塌的墙壁轰隆一声，震得村子里的村民窗户嗡嗡作响。

雨已经下了一个星期了，丝毫没有放晴的意思，松软的墙壁不时有大块的泥土往下掉，就是再结实的泥土也怕雨水泡。被震醒的村民还没有在潺潺的雨声中再次熟睡，就被王二杀猪一样的叫声弄得坐卧不安。王二的老婆闹肚子，一大早就去厕所，刚解完手，虚脱的身体软得像面条一样，她一只手捂着肚子，一只手去扶墙，结果眼睁睁就看着墙壁朝自己倒了过来。实际上，墙壁倒的时候，她已经听到了地底下似乎有一只老牛的叫声，沉闷、悠远，她有一丝不祥的预感，想跑，可是两只鞋子陷在烂泥里，她挥舞着双手，嘴里妈呀妈呀地大叫。后来王二从房子里冲出来的时候，他看到老婆趴在稀泥地里，两只脚被压在倒塌的墙壁里。

王二老婆被村里的人从墙壁里刨出来的时候，天已经彻底大亮了。人们都清楚地看到，王二的老婆一双白皙的双腿被泥水和血水沾满。她不知道是因为惊吓还是什么，脸庞白得变成了一张纸。

"快送医院吧！"村长对王二说。王二抱着老婆的身体，很快就站到了街道上。雨还在下，雨水像个淘气的孩子，把王二的身上摸了个遍。王二一只手为老婆撑着伞，另一只手抱着老婆吃力地迈动着腿，刚走了几步，一只鞋子就陷在街道的烂泥窝里，去医院还有好几里地哩，街道烂得不成样子。村西头的二强经营着一辆大卡车，他不知道是技术不好还是什么原因，总喜欢开车到东头来掉头，因此把好好的街道碾成了泥水坑，下些雨，雨水就开始堆积，说是一条街道，在村民的眼里，完全是一条人工湖。看着街道通到大路白茫茫一片，似乎看不到头，王二有些焦急。他的腿软得有些迈不开步子，遇到这样的事情，他的心里就更加慌张，他觉得自己没有一丝力气了。于是他央求村长说，快救救我老婆吧，再不救救她，她就没了。

村长让二强发动卡车送王二的老婆去镇上，他对二强说，乡里乡亲的，谁没有个困难嘛，你就当是积个德呢。二强把嘴张了张，终于没有说一句话，他爱干净，他下雨前刚把汽车擦得干干净净的，如果没有事情的话，他坚决不会把汽车在雨中开出来的，雨水里跑一次，只能加快汽车的老化和铁皮的生锈速度，那样卖车的时候肯定要折钱的。可是，王二婆娘的叫喊还是改变了他的想法，他把车开到街道上，等到王二和老婆坐到驾驶室，车子发出呜呜的叫声，两条轮胎在泥地里转动着越陷越深。

好在村子里有的是人，他们就帮着二强把汽车往路上弄。汽车的轮胎在泥窝子里像个扒土的爪子，把泥水带得四下飞溅，很快就让帮忙推车的人成了泥人。他们一边推车一边骂："狗日的天下成这样，还让人活不嘛。"有人说骂天干什么，农民不是靠天吃饭嘛，不下雨，地里的庄稼旱成什么了，你吃锤子去。后来他们就觉得埋怨天气不如埋怨村里，好好的街道为什么就不知道修一修。一说到村里，他们都看到村长也在人伙里，他站在一边一手打伞一手指挥着二强的汽车往外开，他拽的跟二万似的，路成了这样子，他就没有一点责任吗？气就气在指挥就指挥吧，村长嘴里还嘟嘟囔囔，说一村人都是吃糠的，屎大的汽车都推不动。这话让大伙儿有些不高兴，耍嘴皮子的事情谁都会弄，就你能行得像个人，别人都是吃糠的牲口啊。

车子还在挣扎，烟囱里的黑烟突突直冒，机器的呻吟也变得开始似乎要熄火一般。村长还是帮了一把手，车子瞬间就有了力气，很快就从泥坑里挣扎了出来。王二把头伸出来，脸上不知道是泪水还是雨水，他向大伙招招手，说："谢谢了，谢谢了。"之后车子摇摇晃晃地消失在村子的尽头。村长干净的衣服上也被甩上的泥水印成了无数朵盛开的鲜花，他一边摔打着身上的泥块，一边嘴里噗噗往外吐，他说泥沙进了嘴咯的人舌头疼。有人问村长，村长村长，咱们什么时候修路嘛？四散而跑躲雨的村民都说，修锤子哩修路，村长只管自己的烟囱的烟冒呢，谁还管你的死活啊。

村长叫住了四散的村民，他说："路确实应该修一修了，再没有一条出去的路，村子还叫村子吗？"他让大家蹲在王二家的屋檐下，平日里难得聚在一起，都各忙各的，现在坏事里也有好事哩，王二的婆娘让墙砸了脚出不去，充分说明没有一条好路是不行的。他让大家讨论该怎么修路。有人就开始算，把这条路修好需要的费用，有人说需要八万，有人说需要十万，有人说风凉话，花上那么多，修条路值不值。再说那么多的钱从哪里来呢？

村长说他去县上跑一跑吧，说不准能要来个钱呢。邻村的也要了，但是没有要来全部的，最起码自己还要解决一部分。有人说修不修没有多大的事情，住在山上的人，还不活了。把路修得再好，口袋里穷得叮当响，一样没有用。也有人说那就按人头摊吧，该摊多少摊多少吧。还有人提议说村子里也有外边工作的人，经常也开车回来，路好了，汽车也进来的方便，干脆每个在外工作的人都赞助一些，这样不是就解决了问题了嘛！大家都为这个想法感到可行，讨厌的连阴雨丝毫也没有遮掩住村子人脸上的阴霾，有什么比修路更让人振奋的事情嘛！大家很快就把王二老婆砸伤脚的事情忘记了，他们都叽叽喳喳地要求村长把路修得宽一些，把路修得好一些。他们甚至一致要求："让王二参与修路吧，他的感受最深，他知道路的重要。”村长说：“天晴了，就开始行动吧，争取在秋天的时候把路修好。”他对大伙儿说，“回去先给外头工作的放放风，全村修路，人人有责！”

王二的老婆保住了两条光滑的腿，王二觉得幸运得犹如买彩票中了大奖。老婆还在医院休养，他就让村上的会计叫了回来。实际上，他老婆已经一跳一跳地能下床了，也没有多少事情要他帮忙了。会计说：“好好个男人家，赶紧回村子里吧，村里要修路了，你被村民推选为村民代表了。”

说要修路，王二是支持的，他现在真的知道了路的重要。二强的汽车载着他和老婆驶上大路的时候，汽车欢快得犹如一头撒欢的小马驹，他只顾了看老婆的伤口，看老婆痛苦的脸，丝毫没有感受到，汽车嗖地就到了医院的门口。现在要修路，他虽然刚把家里的余款给老婆交了医药费，但是有什么比修路的事情更重要的？他咬咬牙，该多少就给多少吧，我不会欠下修路一分钱的。他对会计说：“你给我写上吧，我承认有这样的事情！”会计高兴得脸上犹如开了花，他说王二上过学，到底是有文化的人，难怪村民修路要他当代表。

王二对会计的表扬话感到了一丝安慰，好钢用在刀刃上，借钱用在修路上也是值得的。不管会计是抚慰他还是客套话，反正他的心里就像让人用温暖的手摸了一摸。

## 2

村长带上王二去县里公路局，村长交代了一路。他担心王二说错话，还担心回去了王二在村民面前胡交代，他才不愿意让村民的唾沫淹死。村民们骂起人来，日娘叫老子地乱骂，谁还讲一点情面哦，村民都是白眼狼，村长说，办个好事，他们的眼睛就像瞎了一样看不到，事情没办好，他们恨不得刨了祖坟的，心里永远就没有个满足。

王二知道村长是说给自己听的，村长的意思明白得很，他和领导吃饭也是迫不得已的，反正村上是收了一些钱的，要钱总是要付出一点的，这个规矩他还是知道的。

不管村长怎么说，总之是王二不说话，村长说话的时候他就笑一笑，就是偶尔说话的时候也把村长的话重复一下，之后他就紧闭上嘴巴，任凭别人说什么，自己也不出一声。王二看到村长的眼里对他还是有些赞许的，本来说好，只要到了饭店，他就借机有事情，会走开的，现在村长说让村上的代表王二陪领导吃个饭，小伙子年轻酒量好。

公路局的吴主任挺着肚子说那就简单一点吧，大中午的喝什么酒呢。不过说好了啊，只喝一瓶啊，下午还要上班，耽误上班可不行的啊。

村长点头哈腰地答应了，他说他明白的，他知道吴主任很忙。他绝对不会让吴主任喝多的。

虽然有了思想准备，但是真正坐到饭桌上的时候，王二的心慌慌的。他不怕喝酒，他心慌的原因是他看到了吴主任点的菜单，上边的价格一个比一个高，他甚至有些怀疑吴主任该不是挑着最贵的点吧。他去看村长，村长的脸上平展得犹如一湖春水。王二在心里默默地算了一下，一桌饭不算酒水快到六百元了，他的头上沁出密密的汗珠，他觉得这桌饭吃的不是村里的，简直就像是吃自己家的。

他没有心思吃下去了，可是干坐着也不是个滋味，他去看酒瓶，酒瓶里的酒也快干了，可是吴主任已经忘记了刚才说的话，他说喝一瓶可能早都忘记了，他把空瓶子拿在手上，想让吴主任看到，已经干了一瓶了。

村长一招手又拿了一瓶，吴主任哈哈大笑，他说不要啦不要啦。可是村长开瓶子的时候他一点也没有阻止的意思。村长甚至对吴主任说，领导要喝高兴，修路的事情是小事，喝不喝好是大事啊。吴主任说村长的水平高，当个村长就是屈才。不过他也把人世间的事情看透了，人生在世，就那么回事了。他甚至有些取笑王二，三十多岁的人么，拘谨得有些像是个五十多岁的老头子，脸上的皮是死的还是天生不会笑，吃个饭也严肃得像开会，开的不是民主生活会，而是批斗会。

王二终于笑了，他迫不得已地对吴主任笑了，他笑的时候还看了一眼村长。村长咕噜一口刚把一杯酒倒进了肚子。不过王二感觉自己笑的一定很难看，他感觉路没有修呢，钱就开始像雪花一样飞了，他哪里有心思笑得出来嘛，谁见过人痛苦了会笑的？村里人要是知道他们交的钱都一杯一杯进了他和村长的肚子，往他们脸上吐唾沫是轻的。

吃饱了，喝好了，谢天谢地，酒宴终于结束了，王二也暗暗松了口气，总算把吴主任喝钱的口袋给扎住了。吴主任意犹未尽摇摇晃晃地问服务员几点了，服务员说快九点了。

吴主任搓着脖子说，怪屎得很，喝酒喝得人身上痒得很，就像是蚂蚁上了身。他问村长是不是有一样的感受。

村长说是有点，确实感到有东西在身上爬。他拉住吴主任的手说，楼上就是洗浴中心，他说干脆去洗个澡吧，洗一洗就会好一点。

吴主任说不啦不啦，可是脚底下却不往外走，他甚至探头探脑地往楼上看。村长让王二把吴主任扶住上楼，他对王二说，你看看，村长好不好当，要个钱简直是比要命还难啊！

吴主任死猪一样地倚在王二身上，他真的醉了。他嘴里哼哼唧唧地唱着歌曲，尽管调子跑得有远没近的。王二不时感受到他嘴里呼出的酒气。更让王二气恼的是，醉意朦胧的吴主任，还在王二的屁股上捏了一把。

王二实在受不了啦，他对村长说自己要回去呀，老婆正躺在病床上，他出来了一整天了，不知道老婆的病情怎么样了。他还是回去看一看。他对村长说，反正他也不想洗澡，他喝了点酒，觉得胃里像火在燃烧。

村长问他一定要回去吗，就不能洗个澡回去啊？

王二说不洗了，洗个澡回去给老婆没有办法交代，老婆的鼻子比警犬还灵，她能捕捉到王二身上的气味，吃饭吃成了洗澡，老婆一定会用眼睛把王二里外翻个遍。王二承认自己说了谎，他不是不洗澡，他是心疼村上的钱，村上的钱实际上也就是村民的钱，他有什么理由乱花啊。村长知道王二的婆娘爱吃醋，实际上少一个人还能省一些钱的。

村长说那也行吧，那我就不留你了。他语重心长地抓住王二的手，似乎很留恋的样子，但是嘴上还是轻描淡写地说，那就早早回去吧，回去了你老婆就不操心了。他说要不然，啰里啰嗦地肯定念叨个没完，还要询问你忙了什么……

王二说，他知道，他对村长保证，自己吃个饭后就走了，村长和领导继续谈工作去了。他为了让村长放心，他甚至说如果自己说漏了嘴，他就让村长往自己的嘴上抹牛粪，他连躲都不躲得。再说了，人总记住人的好的，他老婆在雨水里的时候，是村长让二强发动的汽车，他总不能把村长的好心当驴肝肺嘛！

村长觉得王二说得很对，他拍拍王二的肩膀，说还算你小子有良心，等到修路款到了，你放心，要来的钱里给你发工资的，聪明人在哪里都不会亏的。

王二还没有下楼，就听到了吴主任喊村长的声音，他问村长，把人撂到这里是什么意思嘛，到底是怎么安排的？如果是睡觉，还不如送他回家呢？

后来就听到村长对吴主任又像对服务员说，去，把你们最好的妹子给领导安排好，要是安排好，钱不会差一厘的。

王二后悔听到了村长的话，他心里就像堵上了一块石头。他甚至想象着村长把钱塞到服务员手上的样子，村长掏钱的样子的确很大方，没有一丝农民的样子，更不像他畏畏缩缩，给医院交医药费的时候，总感觉像要自己的命一样。他走上街道的时候，心里还在想着村长的话，他望望天上，天上有些乌云，月亮不是很圆，像一张被挤扁的脸，时隐时现地在云彩里穿行，他忽然觉得月亮就是村民们铁青的脸，他们对他发出最严厉的责骂。一时他就后悔当了这个代表，是哪个屁股痒的孙子让自己当代表，分明是糟蹋人哩。

## 3

去医院的途中，王二就拐了弯儿。他猛然想起来，他儿子的外婆今天在医院，他去做什么？去不了医院他就回家，回去美美地睡上一觉吧，他已经好久没有舒展过身子了，他还是回到家里去，想想白天的事情，有时候睡着了比清醒还好过些。于是他迈开了自己的步子，他需要把白天的一切都很快忘记。

晚饭刚过，村庄的黑夜才刚刚开始，只是寂静还不曾到来。

村头的电杆上亮着明亮的灯泡，电杆的下方搭着一个简易的舞台，小孩子们兴奋地在起伏不平的街道上奔跑。穿过街道喧嚣的村民脸上挂着奇异的笑容，似乎正分享着一场史无前例的喜事。

都在这里干什么？王二说，弄得跟唱戏一样，都在这里干什么？

作法啦，为了早日修路，请了神婆作法助威，不出几日，村子就会顺风顺水，心想事成。嘴长的二强站在人群里说。

完全是胡闹么，王二生气地说。

怎么是胡闹，你懂什么？人群里有人问王二，你老婆被墙砸了就不是事情，修路不是事情，这么大的村子是应该收拾收拾了。大家对于王二的大惊小怪有些不解，莫非还有人见不得自己好的，不想让自己好的？

王二想争辩，但是他觉得没有一句合适的话要说，问题是他说了也不会有人听到了。他张嘴的时候就看到一个穿着道袍一样的女人哼哼唧唧地上了舞台，这个时候叮咚的响鼓和铙一下子都开始在村子里聚集了。神婆的身上好像带了一块超强的磁铁，一下子就把众人的眼光完全吸引了。远处还有谁家的婆娘撒腿往这赶，她还带着孩子，因为街道凹凸不平，孩子被突兀的疙瘩绊倒在地，婆娘心里直想着作法，匆忙把孩子从地上提了起来，孩子脸上被没有完全干透的稀泥涂了一脸，婆娘用手在孩子的脸上胡乱抹了一下就把稀泥抹均匀了。

神婆唱开了，她在台子的中央手舞足蹈，在她的周围，不知道什么时候已经点上了一排蜡烛，蜡烛的火光在她晃动的身影里飘飘忽忽。

村长知道吗？作法不要钱吗？王二自言自语，是谁给村子里出的这些主意，他又想到了今天白天的事情。真是太愚昧了。他有些看不下去了，他不能眼睁睁看着这滑稽的表演持续下去。他想走，可是，腿却像钩子钩住一般，实际上钩住他双腿的东西并不存在，只是他看到了村会计托着一个盘子上了台，盘子的中间放着一沓钞票。

神婆漫不经心地看了一眼盘子，很快就投入地表演了。

台下的人们配合着台上，男女老少双手紧紧地扣住，他们嘴上也念念有词。

王二忽然觉得有些不自在，他身体的毛孔里似乎有针在刺，很快那些不真实的疼痛就变成了一种怒火。要知道，他还打算去借钱给村上呢，如果说修路是一件重要的事情，那么这一天经历就足以让他的内心难以平静了。没有人能够理解他内心的感受，他像一头狮子一样跳了起来。他四下里寻找着，他要寻找一个能够阻止台上表演的东西。

可能是搭建舞台时，还有一根没用的细木棍，就塞在台子的一侧，被王二用手抽了出来，他把木棒捏在手上。没有人注意他的举动，人们还在伸长脖子，看着神婆，听说神婆的最后环节是喷火，她要对着点燃的蜡烛连喷十几口火哩，对于村民来说，村上花钱看个热闹，这样的便宜不占是傻子啊。

王二想得有些简单了，他原本想用棍子把神婆赶下来，闹剧就收场了。可是他抽棍子的时候，就被二强看到了，他知道王二没有安好心，他很快就把消息告诉了村会计。村会计起先还有些将信将疑，但是他确信王二提了一根棍子在手上的时候，就有些惊讶了，还是修路代表，怎么就会做这种损害集体利益的事情。

他叫上了几个身强力壮的村民，他们一拥而上，就把王二按倒了。王二的双手被拧到了身后，他手上的棍子也被扔出去很远。大家都在专注地看作法，几个人的突然行动让在场的村民受了惊吓，他们不知道出了什么事情。

村会计说王二想把神婆赶下台呢，他想阻挠村子修路呢！

人群开始像炸了锅，他们没有想到，他们选的代表竟然要干涉村上修路。他们简直太费解王二的举动了，难道王二不想要一条平坦的道路，才几天王二莫非就忘记了车辆陷在泥地里的情形？他们甚至觉得有些幸灾乐祸了，甚至后悔那天为王二的老婆推了汽车，如果知道王二是这样的态度，说什么他们也不会冒着雨帮助王二，一个心里没有村子的人，他的心里能有谁，他只有自己。

王二已经被人拽了起来，他像个犯人一样被人从身后弄住手，不过他还是跳了起来，他说你们都疯了，疯得没有一点眉目了。我们的钱啊，血汗钱啊，就被这样一点一点糟蹋了。

有老人就劝王二，什么钱不钱的，只要和修路的事情有关，哪里是糟蹋啊。

有人就叫来了王二父母，让把王二领回去，王二不回去，迟早要坏大事情，现在只是作法，如果路修不好，王二迟早都会让村民的唾沫淹死。他们告诫王二的父母，管住王二，如果王二管不好，他们就是全村人的公敌。

他们甚至说到了王二婆娘的事情，好好的一村人都没事，为什么就单独王二的婆娘让墙砸了？他们对王二的父母指着天上说，你看天是黑的，可是老天的眼睛就像个望远镜，他们能够看清楚人间的一切事情，骗谁都不能骗天上啊。

王二的父母恨不得把脸塞到裤裆里，好在天黑，他们憋得通红的脸没有人看到，他们对王二说，走吧走吧，回去睡你的觉去，不管闲事你能死啊！

## 4

夜晚的事情很快就被人忘记了，那个时候人们的心思已经彻底放在了修路上，没有人再提王二的那个不可思议的举动，人们的宽容却并没有让王二轻松起来，尤其是他跟上村长的时候，这种感觉就没有消失过。

王二还在同样的地方见到了公路局的吴主任，吴主任已经和他彻底熟悉了，他甚至热情地拍着王二的肩膀，拉住王二的手，他甚至把自己口袋里的好烟发给王二，他让王二尝尝“细粮”的味道。

后来让王二彻底崩溃的事情还是发生了，事情源于吴主任的一个朋友。

实际上饭局都不是村长和王二陪吴主任的必经事情了，因为吴主任后来吃饭的时候就带来了县医院的一个年轻护士。护士的脸上起了疙瘩，吴主任把手放在女孩的脸上，心疼地说东道西，他甚至用手指头去碰那些即将破溃的痘痘，女孩估计被弄疼了，她矜持和扭捏地叫着疼，说吴主任从来不关心她的死活，脸都成了青蛙脊背了也不管她，让她的心里凉得像跌进了冰窖。

怎么不管呢，吴主任说你想要我怎么管嘛，我总不能让你脸上的痘子都到我的脸上去吧，实际上自己也是受害者，吴主任说看看你以前的脸，虱子都能滑倒，现在脸上能开障碍赛了。

女护士不高兴了，脸吊得像个长歪的茄子，她把脸背过去，不理吴主任。吴主任知道自己说错了话，直说开玩笑开玩笑，既然是因为他说错了，那就自己来弥补。他让女护士去买个一种治痘的药物，好像叫什么“战痘肌”，一瓶才五百八，一点也不贵，吴主任说这个钱他出，他说话的时候，就开始转过身取衣服，因为自己肥胖的身体，他努力了半天也没有把自己挂在椅子上的衣服取起来。

还是村长手快，他迅速地从身上摸出了一沓钞票给了吴主任，他嬉笑着说，这里有这里有。吴主任眼里闪现出一丝会意的笑，他和护士互相挤了挤眼，但是这样细微的动作还是被王二看到了，吴主任还对王二撇了撇嘴。

王二坐不住了，他粗略地算了算，陪着村长，为了修路，村上已经花了有一万多了，可是修路的钱似乎还没有一点着落。村长曾经当着自己的面，算了一笔账，如果县上的钱到位了，那么每家每户还要拿出来几千元。村长说了，修路的事情是大事，不惜一切代价他也要把这个钱要到手，现在该花就花。村长可能喝了点酒，说话就没有个遮拦了，他对王二说反正羊毛出在羊身上了。

这个话王二想了很久，村长说的话对不对，他觉得有些道理。他也确实感受自己成了被摁在案板上的羔羊，一只无形的大手操弄着一把锋利的刀子，磨刀霍霍。这个操纵刀子的就是村长。

想到这里王二一刻也坐不住了，他突然有了想去城里的想法，走得远远的，眼不见心不烦。村长不让他走，尤其是吴主任，他们说要了一桌子菜，走了谁能吃得完。但是王二铁心要走，拦是拦不住了，村长知道王二的脾气，你劝是劝不住的。吴主任不知道王二要去哪里，他甚至对王二说，那就下次见吧！他对王二说，只是你没有吃饭啊，饿着肚子走了，人心里总是不安的。

只有王二自己心里清楚他离去的原因，他在心里像是对自己又像对吴主任轻声说了句，没有下次了。他起身从饭店出来，他的嘴角挂着一丝难以琢磨的笑容，他可能心里还是有些不高兴，因此出去的时候还把一张桌子碰倒了。吴主任和村长没有觉察这些微妙的细节，他们对王二的离去多少有一点遗憾。王二终于到了街上，他回过头望了望饭店二楼的包间，那时候，包间的窗户还大开着，村长和吴主任还有小护士他们举着杯子，又轻轻地碰了一下。

回到家，他匆匆收拾了一下，他对老婆说修路的钱还没有着落呢，他准备去省城，在家里怎么办？老婆住院已经花了一部分钱了，他老婆知道王二的选择不失为一种绝妙的做法，总不能让女人出去吧。她耷拉着眼睛，就是再舍不得，也没有什么办法的。

## 5

几个月后，在省城打工的王二接到了老婆的电话，说出事了出事了。王二说怎么了。她老婆说路终于修好了，水泥路又平坦、又光滑，现在下场雨，街道上干净得没有一块儿泥，再没有人担心出行不方便了。大家觉得光秃秃的路面有些可惜，先是有人在上边晒粮食，后来就晒柴火，冬天快要来了，都在冬季到来前把一冬要用的柴火堆在了街道上，街道上矗立着一个又一个的柴垛，像枪战片子里的碉堡。这下可热闹了孩子，他们拿着玩具手枪在柴垛间穿行。可是村东头栓宝的孩子不知道从哪里拿了个打火柴的枪，一枪过去把柴火堆点燃了，火借风势，村子成了火焰山，消防车上来的时候，街道都被柴火和盖房的砖块堆满了，根本过不去，火越烧越旺，烧了几家人的房。后来，吴秃子瘫在床上跑不了，被火烧得成了焦炭。

末了王二的老婆还说，修路的钱远远超了预算，村长带上会计，出了东家进西家，会计拿着一个磨得看不清数字的计算器要钱。谁能一下子拿出几千元？收不上款，村长联系了信用社，把收不上来的钱都转成了贷款，这下也省得跑了，修路款成了贷款，不给就像个抽节的麦子，呼呼地往上涨，看谁能急过谁。

钱花了一河滩，还惹了那么大的事情，有人就让去找神婆看一看。神婆东掐西算，说这都是报应，修路的时候让老天爷帮了忙，路好了就不要老天爷了，这种过河拆桥的事情是牲口才能做出来。村里人都慌了手脚，让神婆给指条生路。神婆咿咿呀呀半天说，办法只有一个，回去给爷盖座庙吧，有了庙保证再也不会有麻烦，再也不愁没有好日子。

王二问，哪里来的修庙钱？王二老婆说，村子里的人说，能集资修路，就再集资修座庙吧，修庙也是给子孙积德的事情。有人不情愿，可是没有一个人站出来，说自己不要庙，谁不是成心跟自己过不去哩。听说又要收钱，村里的婆娘都坐不住了，有几个跑到王二的家里来问王二老婆，王二干活的地方还要不要人，她们打算也让男人出去呢，不赚钱怎么行，修路的钱还没有着落呢，贷款像身上的伤疤，不治就越来越烂了。

你都出去了几个月了，赚到钱没有？王二的老婆问。

你千万不要说没有钱，要是没有钱，你赚的钱呢？有钱为什么不给打回来呢，该不是拿钱“嫖风”了吧？

王二的老婆说。

# 造　谣

从房间到楼梯有五米，从五楼到四楼的楼梯台阶有八级，密斯李说他不采取任何保护措施要滚下八级台阶，他想看一看，究竟八级台阶能不能将人碰死？说这话时，密斯李一定没有看见我们一家张大的嘴，我们张嘴的原因是我们除了惊讶外都反对他这个奇异的想法。老王说，这怎么行呢，如果有个闪失，这可是国际问题呀？要知道你的身份可不仅仅是老许的女婿，最重要的是你是美国人，如果你有个意外，问题就升级了，老王说得非常认真。老王是我的岳父，已经退休有好几年了，他一生都是一个很严谨很认真很善良很胆小的老人，在大事面前他向来都是没有主见的人，可是他十二分不赞成密斯李从楼梯上往下滚，我坐在角落里，没有说话，我觉得密斯李说的话不能完全相信，他远远地从美国飞回来，他能舍弃美好而幸福的生活，我倒真的希望他滚一下楼梯，他用自己的痛苦换一些热闹看看也未尝不可，我想。

一个星期前，我听信了医生的建议，在我最隐秘的部位开了一刀，你不知道，我的小便一直感觉处理不干净，往往在我提起裤子的时候，恼人的尿液会从内裤里渗出外裤，真的烦恼透了，我甚至怀疑我得上了尿潴留。结果在男性病科室里我见到了一大群和我一样叫苦不迭的患者，医生的钢笔不间断地开着单子，我们都是一个毛病：包皮过长，后来就被板着面孔的女护士狠狠地在那个东西上面打了一针。我强挣扎着看见我的下身血肉模糊，护士在一旁嘻嘻哈哈地递刀递线。那一针让我觉得天旋地转，但为了表现自己的坚强，我和大夫开着玩笑，最后我讨好地对大夫说：我想住几天院可以吗？大夫的表情我没有看清楚，却听到他否决的声音。这么小的手术不需要住院的，他说，回去后好好休息就可以了。我叉开腿往外走的时候心里极不高兴，我自己掏钱想休息几天也不行，真是不解人情。大夫在我的背后大声地说，我忘了告诉你了，一月之内不要做那个事情。我很奇怪大夫这样的说话，刚才在手术台上他说算上我当天已经割了八个包皮了，却把夫妻生活要说成那个事情，后来从病房陆续出来的女陪护打消了我的疑问，女陪护的脸上挂着怪怪的笑，仿佛发现了我的秘密一样，我拖拉着腿冲出医院。我实在受不了她们那样的眼神。

我就找了这样的借口留在了家里，最近一段时间，我觉得空前的劳累，可是实在没有足够的理由请假，现在我终于留在了家里。什么也不用干，贝贝说：你不上班，我也不去啦。贝贝是我四岁的女儿。她们托儿所里的孩子多，一会儿这个要撒尿，一会儿那个要拉屎，阿姨给孩子脱裤子都来不及，孩子喝水阿姨干脆不给，这样贝贝每天回家都说托儿所不好玩，现在我在家里，她也要留下，妻子觉得大冷的天跑来跑去，就同意了，每天早上，我只负责给贝贝穿好衣服，送她到我们对面六楼的岳父家里去。

手术后的第七天早上，我觉得我的伤口明显好了许多，我用手扶着贝贝，一前一后地往楼上走，到二楼的时候，贝贝说，爸爸，奶奶出事了。我轻轻地推着她的屁股，笑着对她说怎么会呢？奶奶好好的。贝贝说你听你听你听嘛。我停住了移动的脚步。老张……老张……声音很急促，甚至夹杂着几近于绝望和无助，贝贝的话没错，果然是我岳母的声音。我岳母一直有高血压，家里让她去看，她一直推脱没有时间，哪里没有时间啊，分明是可惜岳父一丁点的退休金呢，我曾经对妻子私下里说过很多次，如果摔倒一次，你妈就玩完啦，妻子不以为然。怎么样，现在终于摔倒了，预言成为现实了。

听到了急促上楼的脚步，岳母回过头来，我猛然发现她的手里还抱着一个人，旁边的楼梯上是一溜均匀而整齐的垃圾。她说快，老张不行了。之后她转过头去，大声地喊着老张……老张……老张是岳母家四楼的邻居，也是岳母的麻将桌上的牌友。这样危急，老许为什么不叫自己的老伴呢，我说，老许呢？岳母说我也不知道。她说，你来试试，我怎么感觉不到老张的呼吸了。我把手伸到老张的鼻子底下，在严寒的空气里稍微感觉了一丝温暖，还有气息呢，我对岳母说，你一定是太紧张了，所以没有感觉到。岳母神情紧张地说，快给你阿姨打急救电话吧，真的，我紧张得腿都挪不动了。我用手机很快拨通了城市急救中心的电话。服务小姐很亲切地询问怎么回事，我说我还不知道，是一位六十多岁的老太太昏迷了，很可能有生命危险。服务小姐说急救是要收费的。哪里看病不收费，这些都是废话。我说你放心，老太的儿子是白领，老太的女婿还是美籍华人，你们收美元她家也有。服务小姐扑哧一声笑了。我说你笑什么呢？我说的是真的，我可以发誓。她说你等一下，砰的一声电话挂断了，你看这人，我还没有说地址呢，什么态度啊，我再一次拨通了电话。我准备质问服务小姐为什么要挂断我的电话，否则我要投诉到她的上级去。服务小姐先我一步说，我已经知道了你的手机号码，我告诉你，你不要开玩笑了，我们都快累死了，你为什么要给我们添乱啊？我们有来电显示呢，你要是再骚扰我们，我们就让公安系统像对付假证贩子一样呼死你。我真的火了，我说去你妈的，我哪里有时间骚扰你们，你以为你是谁？我们在东郊合资制药厂，进了福利区就可以看见，轻重你们掂量吧！说完后我狠狠地摁了按键。急救中心来不来，管不了那么多了。我想到了福利区的医务室，就对岳母说，你让贝贝回家去，我去医务所叫大夫。我刚撒腿跑了两步，底下开始涨疼起来，想想医生的交代，只好减缓了脚步。

医务室就在福利区的门口，自从医改后，这里几乎没有人来了，我进去后女护士正和男大夫聊得起劲。我说快，四楼有人昏倒了，你们快去看看。他们依然在说话，似乎没有人听见我的说话，没有办法我又大声说了一遍，他们都回过脸来，厌烦地揉着耳朵说，哎呀，你那么大声干吗？我们又不是聋子。我无奈地说，是我太着急了，不好意思。男大夫眯着眼睛说是你岳父昏迷了？我说不是，我说是张太太。护士说哦，是你妈呀，她不是还年轻吗。我说是我丈人家楼下的老太太。他们都相互望了一下，我还以为是你家人呢，不是你家人，你管那么多事情干啥呀？我说话可不能这么说啊，楼上楼下的，相互照顾也没有什么啊！见我没有走的意思，他们只有慢腾腾地拿上听筒和血压计。去看看吧，他们说。正在这时，我的电话响了，我一看是急救中心的号码，谢天谢地，总算有救了，我慌忙接了电话。我问到了吗，服务小姐说，对不起，今天的急救车都很忙，你们还是自己送病人到医院吧。我说行了，我才没有时间浪费我的电话费呢。

到了四楼，看热闹的挤满了楼道。好不容易才让出一条路来，看着大夫把听诊器放到张太太的胸口，岳母长长地出了一口气，毫无疑问，她真的太紧张了。她叫着张太太的名字已经有快一个小时了，嗓子发出的声音都有些像是什么东西卡在了喉咙里。这种轻松并没有持续下去，大夫听完胸口，再拨开病人的眼皮后，就开始收拾听诊器了，一边收拾一边说，瞳孔都放大了，谁来也没有用。岳母恳求地说，你们仔细再看看，老许的儿子儿媳都上班去了，老许已经吓坏了，千万不要让老张有意外。老大夫说，通知他的儿子吧，人已经不行了。之后任凭岳母的再三恳求，大夫头也不回地下楼了。岳母看着我，一只手搂着张太太左右乱摆的脑袋，说快去叫你爸。我不赞成叫我的岳父，想一想，六十多岁的岳父他有什么办法呢。我对岳母说，你起来吧，我把张阿姨抱下去送医院吧。岳母动了半天，才把双腿从张阿姨的身下取出来，她也顾不上楼道里的灰尘和泥土，一屁股坐到了地上，她说你赶快。我从岳母手上接过张太太的摆动的头颅时，我就觉得平日里看着富态的张太太少说也有二百多斤。张太太已经全身酥软，我挣扎着抱起她肥大的身子时，我的下身出奇地疼。张太太衣服因为身体的酥软，上身棉衣蹭到粗胖的脖子附近，两只干瘪的乳房随着我挪动的脚步晃来晃去。我几乎是在数着台阶下楼梯，我根本就顾不上把张太太的衣服拉下来，挡住她晃动的乳房，我只有冲着拥挤的人群粗鲁地喊，让开让开。大概岳母也看到了张太太大半个身体裸露在外面，她说，小齐，把你阿姨的衣服扶一下，叫小齐的女孩是和张太太一个楼层的，大学刚毕业，闲在家没有事情。她慌乱地冲到了我的面前，两只手扯在张太太的上衣上使劲往下拉，我险些要被她拉倒在地。我说你护住就可以了，不要拉。老许在我的身后叫着张太太的名字，双腿无力下楼，像孩子们在玩滑梯一样挡在了我的面前，我说许师傅，你不要慌张，你下去找车吧！我听见小齐说，哎呀，阿姨可能不行了，她尿了。瞬间我也感觉到了全身湿乎乎的。好在到了一楼，户外的阳光很刺眼，迎着刺眼的阳光，我看到一辆白色的面包车，司机把油门轰的呜呜响，发动机的声音听起来好像一个粉碎铁皮的机器，似乎马上就要熄火，好在司机脚没有离开油门。他一抬头看见我满头大汗地抱着老太太，说你妈怎么了？我说晕过去了。不是我妈，是四楼的张阿姨。他说那，那她家人不在，我们怎么管呢？老许在一边摆着手，怎么没有人，我不是人吗？他的两只手迅速地放在车门的把手上，往自己怀里拉，像是要把车门把手拔下来一般。司机急了，面包车是往后拉呢，你那样拉一天都拉不开的。终于把人放在了车上，我的下身火辣辣地疼，觉得内裤也湿湿的，一定是撑坏了伤口，出血了，我想起了医生交代的话，不能干气力活，不能做那件事，我只做到了一点，那么这么重的气力活，不会有影响吧，我需要赶快找个地方看看它去，真烦人，要是严重的话，我还得去医院。

　　我确信下身的疼痛和湿润不是血液的时候，终于松了一口气，我小心翼翼地上了床，两只腿叉开，把头部垫得高高的，这样的话我能看清楚在房子玩耍的贝贝，我要负责不让孩子碰在桌上或者墙壁上。旁边的卧室里电视声音很大，正在转播NBA，岳父是一个体育迷，什么项目他都喜欢看，所以我每次去岳父家，他的手上总会拿着遥控器。在热闹的电视声中我听到了敲门声，我没有来得及说一声进来时，门就推开了，是楼下的小齐。她轻手轻脚地朝我走了过来，我忽地坐了起来，我不知道这个小姑娘是要找我吗，找我有什么事情呢？我没有和她打过交道啊。我听妻子说过她，学习很好，但是有一阵子突然迷上了诗歌，给一个大十几岁的老师写，老师知道后严厉地批评她，她觉得老师不解心意，便准备出家做尼姑，可是一直处在学习中的她只知道尼姑这个身份，不知道哪里有这样的地方。她一直很崇拜妻子，有一天在楼道里她堵住了下班的妻子。她说姐姐，我能问你一个问题吗？妻子迷惑地看着小齐说可以。小齐说你能告诉我哪里有尼姑庵吗？妻子不知道这个姑娘问这个做什么，一下子愣住了，还没有回答的时候小齐的母亲出来了，她手上拿着一个扫灰的笤帚，硬邦邦地打在了小齐的头上，快给我往回滚，别在这里丢人了。小齐抱着头，边跑边说我一定会找到尼姑庵。她说：

信念是长在心灵上的血管
我的去意在蓬勃生长
你无法听到它流淌的声息
……

后边的话没有说完，随之传出的是更为凄厉的呐喊，显然是小齐的妈妈更为残酷的毒打把小齐的诗句换成了惨叫，妻子颤抖着回了家，一再嘱咐我不要搭理小齐，因为小齐知道我是一家杂志的编辑，准备向我请教诗歌呢。

我终于深吸了一口气才把刚才动作过快导致的疼痛转化了。我说你你你问什么呢？小齐很快就坐到了我的对面，她压低嗓子说，叔叔，我没有什么问题要问你，我要告诉你一个天大的秘密。她神秘地看看屋子周围，确信只有我和贝贝两个人的时候，她才说叔叔，你觉得今天张阿姨的死亡有什么蹊跷的地方吗，你觉得张阿姨的死亡有什么不对的地方吗？她的两只眼睛里充满了期许和疑问，让我忽然感到了一丝恐惧。我说怎么了？张阿姨不是在医院么？她突然冷笑着说死了，早死了，他们送她去医院根本是瞎子点灯——白浪费油。我不自然地去摁鼻子，每次我紧张的时候就喜欢摁鼻子，这是个掩饰自己紧张的好办法。可是现在去医院的人都没有回来啊，你是怎么知道的？我问。她没有接我的话，她把两只手紧紧地握住，然后用两个大拇指托住下巴，叔叔你知道吗？她凑近我说，以我的感觉和经验，张阿姨是被老许害死的。我说胡说，我想用手去堵小齐的嘴，可是突然觉得自己没有任何权利去堵一个与己毫不相关人的嘴，而且是一个女孩子。小齐见我手停在了空中，她说就是你堵了我的嘴我依然会坚定自己的想法，谁也不能动摇。一大早，我就听见了老许和张阿姨在大声地吵架，老许大声地骂张阿姨。于是屋里就有厮打声，后来就有物体撞墙的声音。小齐停住了说话，半天才说我敢肯定那是张阿姨的头撞在墙上的声响，声音不是很响亮，每一声都闷闷的，我妈妈上班去了，我觉得我的头都开始疼了，后来我听到咣当门被拉开了，我出门的时候，张阿姨在四楼和五楼的缓冲区躺着，楼梯上是垃圾。她突然嘿嘿笑了，她的笑声在这个时候出来丝毫没有减弱我的紧张情绪，相反就好像在燃烧的火焰上浇了一勺汽油。

小齐说老许是一个拙劣的演员，以为把垃圾倒在了楼道里就让人认为是张阿姨倒垃圾的时候摔死的吗？真的是太幼稚了，你想垃圾如果随着人往下滚会怎样。我没有摔下去的经历，我当然不知道，我冲着小齐摇了摇头。她说你怎么不知道呢，你应该知道的，垃圾是散落的，自然不是一条线，你看他倒的那条线多直啊，哪里是散乱的，分明是用垃圾划了一条线。我忍不住点了点头，我不知道为什么要点头，但是我确实看到了一条线，是垃圾在楼梯上划了一条线。这就对了，只是我实在不明白，老许为什么要害死张阿姨呢？我也表现出了一脸的茫然，就好像在表白我也是一个无辜的看客和路过者。她说等着吧，张阿姨的女婿在美国，马上要回来，回来后绝对会调查张阿姨的死因的，看看这个老许如何在亲情和法律之间游走。她说叔叔你休息吧，我要回家了，你不要给我姐姐说啊，叫我叔叔却叫我妻子姐姐，这都是什么辈分啊，我还没有回应的时候已经听到了开门声，接着下楼的皮鞋声滴答滴答地模糊了。

密斯李的调查是私下里进行的，别人都在忙着准备张阿姨的后事，他一点儿也不着急，袖子上箍着一个大大的黑圈，找过去和他岳母熟悉的每个人都去坐坐，先是拉家常，说自己这么多年在国外不容易，好不容易才好了些，准备有空就接老娘的时候老娘就走了，他真的悲痛啊！

他的执着真的感动了院子里一些老人，老人们没有看到老张摔死的情况自然没有任何发言权，但是大家都给密斯李提供了一个岳丈外遇的消息，让密斯李颇感意外。

老许爱打麻将，这个恐怕是家属院里没有人不知道的事情。可是你知道吗，近几个月他把家里近万元给那个王水莲了，密斯李给岳父说。岳父很感意外，他说你爸不会这么做吧！密斯李说完全是可能的，我听过几个人老人说他们看到过我爸和王水莲在一起，最重要的是，王水莲的家庭一点也不富裕，丈夫患病在床，我有理由相信，那个王完全为了钱和我爸交往的，这是个可恶的女人！

岳父的腿不好，平时不大下楼，他显然无法知道密斯李说的真假了，他说李先生不要过于轻信别人，事情固然出了，但是怀疑无疑给亲人增加痛苦，我看就算了。

密斯李涨红着脸，说美国是一个民主的国度，每个公民不能对于违法坐视不管，我想中国也一样。

岳父说那你怎么报案，仅仅是怀疑，而没有任何确凿的证据啊。密斯李说，我想我会找到的，一定会找到的，只要我想做的事情，我就不可能说不的。

密斯李说你可以给我作证吗？你的女婿可以给作证吗？

岳父说我不能给你作证，因为我什么都不知道，你父亲在我这里打过麻将是真的，可是我给你做什么证呢？做他赢了几十元钱吗，还是做他输了不给钱的事情。

密斯李说那你的女婿可以吗？

岳父说我的女婿救助了你岳母，他能给你们证明他当时是带病救的人，除此以外什么都不知道？

密斯李说那好吧，我不会因为你的话而改变自己的想法。

走在家属院，我开始觉得不大对劲了。我在这个院子并没有多少熟悉的人，现在大家都开始用那种异样的目光看我了，我不知道是什么原因。我走的后方，总会有三三两两的人在嘀咕，他们装着若无其事的样子，手上夹着香烟，我回头看他们的时候，他们总会立即结束谈论的话语，手上拿着烟头在给树根下弹着烟灰。

小齐没有再闪面，我听岳母说好像南方有一家单位让小齐去面试。小齐大学都毕业了，一直没有工作，眼看着一天一天，谁不着急啊。所以南方的单位一通知，小齐的母亲连火车都没有考虑就买了机票飞去了。我想小齐走得真是时候啊，密斯李怎么不找找小齐呢？

我的伤口也在迅速地恢复，我每天听到楼下人哭泣给张阿姨吊孝的时候我感到自己头上冒着虚汗，好像是自己害死了张阿姨，我觉得无法忍受这种哭喊了，我在犹豫是不是马上回到单位去。在晚上的时候，我说了自己的想法，妻子坚决不同意。她说你的这个地方太重要了，医生让休息几天，你就必须听医生的。其实我的这个手术除了妻子别人是不知道的，因为这样的手术我没有办法给别人说的。我把白天的遭遇给妻子说了，妻子说你又不是害死张阿姨的人，你有什么担心的。我说我不担心什么，可是我总觉得为什么大家都那样看我啊！妻子说你睡吧睡吧，明天起来后就不会有什么烦恼了。

我是被敲门声吵醒的，醒来的时候，妻子和孩子都走了，我清晰地听到了有人在门口叫门，我宁肯相信是别人敲错了门，并没有想起床的意思，如果是熟人，一定会有叫我名字的。

敲门声又响了，这次声音很响，也很不礼貌。我说你们找谁？我对门口喊，你是谁？门口的人只说开门，我们是居委会的。我住的妻子单位的家属楼，每个月都有水电费用，我无法拒绝居委会的管理，我现在还没有勇气要搬出去，我搬到哪里去呢？

门开了，是居委会的老刘，他的身后站着一个人，穿着一身警服。老刘说你姓黄？我说对。老刘就望屋子里挤，我说怎么了，我没有违法啊？老刘说外边多冷啊，你总不能让我们站在外边说话啊。没有得到我的允许老刘就和警察硬进了门，我穿着一条极其肥大的棉毛裤，可能样子有些滑稽，他们两个互相看看没有笑出来。没有什么可笑的，我是为了我腿下的“兄弟”舒服才穿成这样的。

老刘说，于公安来想问你几个问题，希望你能配合。我为了让自己紧张的情绪放松，于是故意调侃地说，问吧，只要我知道我会全部说出来的。于公安黑着脸说，你说的一切都要付法律责任。说一句假话都是要受到法律惩罚的。

听说是你救的张玉兰。

张玉兰是谁？

张玉兰就是密斯李的岳母。老刘在一边补充说。

是的。

你怎么救的人？

我把张阿姨抱下了楼就回了岳母家。

之前没有什么发现？

之前我在二号楼的家里。

有什么异常的发现吗？

没有，我坚定地说，我不能用垃圾来判定事情的因果。小齐说的话，不是我看到的我不能乱说。好在他们没有揪住不放地询问下去。于公安说有什么能够想起来的可以继续找我们，我是负责这个片区的警察。

送他们出去，我才看到我家的门口已经围了很多的人，人们似乎都很兴奋，议论着刚才老刘和于公安怎么进的门，是用脚踹开的还是用枪打开的，看我的样子一定是从被窝里提出来的，要不谁还穿着那么大的睡衣。甚至有人询问什么时候抓凶手。于公安完全一副公事公办的神情，他说马上散开散开。围得这么紧谁给你们发钱吗？人群嘻嘻地哄笑着，闪开了一条路。

我还在回想着刚才的问话，越想越生气，总觉得什么地方不那么对劲儿。这是干吗啊，我明明救了人，却怎么感觉和犯人一样被人询问？

下了楼却远远地看见许大平朝我跑了过来，一头跪在了我的脚下，他说大哥啊，我们家的事情你能不能不管啊，你救我妈我很感激你，我知道没有给你钱，你就不高兴，不高兴也不至于把警察叫来啊？你问问全厂的人现在都知道是我爸害死了我妈，你说这样做有什么意思吗？

我把许大平往起来拉，许大平两条腿像生了根的大树，起来又跪下，起来又跪下。老许远远地冲着儿子喊，你问问他是不是想把所有人都逼死吗？

我急了，一个穿着孝衣的男人跪在面前，我无法收拾这个尴尬的局面。我忘记了自己的手术，我夺路而逃。在奔跑中我想密斯李呢，也许密斯李能把这一切解释清楚，他最起码是来自一个民主的国度，他一直在调查他的岳父，一直在调查王水莲呢。现在看起来似乎许大平并没有和自己的这个来自美利坚的姐夫沟通好。

我回到岳父家的时候岳父没有看电视，他看见我进了门，说都是你和你妈惹的祸啊，现在家属院里都快炸锅了，连三岁的小孩都知道是你们说的老许害死了老婆。你妈都快气死了。正说着话，妻子八十多岁的奶奶走了过来，她大声地呵斥岳父，孩子没有做错什么，她甚至拉开房门要下去找老许论理。孩子为了救人，把自己的眼镜都打烂了，现在还惹得别人指桑骂槐。

中午午饭的时候妻子大哥都回来了，他们在厂里同样遭受了白眼和攻击，他们本来都是本分的工人，却因为一个这样的丈夫和妹夫而改变了自己平静的生活，妻子一个劲儿地说气死了气死了，这帮人怎么这么不知道好歹啊！大哥说要知道这样的结果我们管这种闲事干吗啊？是吃饱了撑的吗？再这样闹下去的话，我们就去找他们的事。他说他认识几个混混呢，再不行的话就找人闹事去。岳父大声斥责着大哥，你就知道闹事闹事，闹事能解决什么问题，屎盆子扣到头上，闹事就能把臭味除了吗？我们都是堂堂正正的家庭，大不了我们躲一躲这块石头。

正大声说话的时候，门开了，密斯李和许大平端着一个盘子，进门先扑通跪地。密斯李说，我们来感谢抢救我妈妈的恩人。再多的话语无法表明我们感激的心情，略备一些美金以表感谢。我看到了那些崭新的美元躺在盘子里，岳父没有说话，我把他们两个拉了起来。我说我们不能拿你的钱，不管是谁发生这样的事情我们都会去这样做的，我说。楼上楼下的，有这个必要吗？密斯李说我们还有一个想法，就是你们能不能别再提这件事情了，我们已经走了一个亲人了，我们不能再失去另一个亲人了。所以最近已经是谣言四起了，我走了什么都听不到，关键大平还要生活在这样的环境里，不能给他这样一个不公平的待遇，所以我再一次提醒一下，今天就以我们到来结束这场争论，明天我们火化我们的妈妈，让她早日安宁。

我们一家都无话可说，眼睁睁看着他们在地上把头颅磕得砰砰作响，看着他们把一沓美元放到了桌子上。

岳父忽然哭了，我和妻子都想劝劝父亲，可是不知道该怎么劝。

岳母生气地说把他们这鬼钱烧了去。大哥把打火机拿在手上，看着一张张美元在火焰中化为灰烬。

奶奶说，不行，抢救老张的时候孩子把眼镜还给打碎了呢，我去找他们赔去。她说我不占他们便宜也不能让自己的孩子吃亏，我下去要眼镜去！

大家都好像没有反对奶奶的做法。我想了想说，算啦，别去了！
奶奶说，为啥不去，好好的一副眼镜呢？
碎了就碎了，那只不过是一副玻璃片罢了！
我对奶奶轻声地说。

# 职业是一种病

确切地说，我是在星期二的下午接到这个别人都不一定能干的活儿，它又一次激发了我。在这之前，我曾经什么都是，又曾经什么都不是，因为我还没有一个令我自己满意过的正当职业，其实我也根本不可能有。我很羡慕那些工厂里的工人，他们境遇再糟心情好的话还可以躲过门卫的监视揣个铜块出去卖，弄两包烟钱，我更羡慕那些坐着不动的人，即使他们爬着、躺着，钞票依然会哗哗地流入他们的腰包，而我就不能了。

我接到这笔生意（我是这样认为的）犹豫了整整一个上午，一个上午我没有在屋子里走动一步，就好像在等待着死神的降临，实质上这与和死神降临差不了多少，在我空旷的脑子里来来回回反复着王君的那句话就像一只吸血的蚊子叮我：事成之后五万元。五万对我来说是一个天文数字，我知道有些工人辛苦多半辈子也挣不来。我已经有好几个月没有摸过钱了，也太不公平了，人在需要什么的时候做梦都梦不到。

我是谁，或许这都无关紧要，重要的是我活着。我是那种你一见就忘了的人，并且我如果下定决心的话还要即将去收拾一个人，一个与我无关的人，我不想这样做，可谁的话语能有那五万元更让我动心，我只想对各位说：我需要活着，生命真好。

在这之前，我和别人一样上学毕业，没考上大学我就彻底失去了工作，这就是我人生最初的遗憾。那时我的学习很不错。忘了我都忘了，这些都是别人对我说的。我只知道我是胆小如鼠的人，街坊邻里都知道我是一个不错的青年，这并不意味着给你自己带来什么好运。相反，麻烦一个接着一个。今天张家丢一块煤就扯开嗓子指桑骂槐；明天李家垃圾桶被人踩扁了就遭怀疑，你天天在楼道里转来转去，走动久了谁都会把你与那些偷鸡摸狗的事情联系起来，就好像他们为自己找了一个精神寄托。

父亲不愿意让我这样坐在家里衣来伸手，饭来张口，他说别人下岗呢，可是你还没有上岗过呢。不至于你吃我一辈子，就算你不为我养老送终戴孝烧纸祭奠端吃端喝床前照料，最起码你应该为你自己想一想，说完之后，我看见父亲哆哆嗦嗦地从包了几层的手绢中拿出一沓钱。拿走吧，他说，你看能干啥干啥。嘴上这样说，父亲给钱时迟疑了又迟疑，但还是一狠心，把钱丢到了我的面前。我曾经有过经商的想法，可总是因为条件的限制使每一个雄伟的计划小产于襁褓之中，现在有了这钱做后盾，又重新燃起了我的热情，对我来说这的确是一个体现价值的好机会。

没有想到的是，生意并不是我想象得那样为我赚回钱，可我不明白，那么多的人在做着生意，忙得不亦乐乎。谁又能知道他们是赔是赚了。

总之我赔了，父亲给我的辛苦钱全没有了，就像一碗水泼在了地上，水倒在地上还有一片湿土呢，可我不知道，这钱就像蒸发了，没有了。我对父亲这样轻描淡写地说。我根本不相信，父亲说了我也这样说。可就是没有了，一个子儿都没有了，这没有什么大惊小怪的。父亲发火了满屋子踱着步子骂，他没有明着骂我，他只是骂年迈的母亲，他嘲笑母亲，他甚至用很下流的动作羞辱母亲。父亲的词汇一向是很丰富的。他说着母亲的无能，愚蠢得就和自己的种一样。我的很多习性遗传了母亲。母亲是一个语言极其缺乏的女人，很少有几句话，平日里就是楼房塌了，油瓶倒了她还是我行我素，不发表任何议论，父亲常说那是老年痴呆症。父亲粗暴地骂着母亲，母亲只是睁着眼睛看，偶尔小声说上两句连她自己也听不清的话。渐渐父亲打雷般的声音把整个楼上的人都惊动了。他们就站了一楼道，犹如举行防火演习前的疏散，看着还要说，说吵了他们睡觉，打了一个通宵麻将，钱输了，还能让瞌睡也输了，吵什么呢，有吵的时间还不如打呢。还有人说，生活太单调了，等人休息好了，再吵也不迟吗？父亲的嘴角泛着白沫，就像一个患有麻风病的人突发病情一样。终于母亲被父亲的骂震撼了，她的眼眶里被晶莹的泪水布满，她不敢大声哭，就用毛巾捂住自己的嘴抽泣。我一直看着父亲，我那时是用一种敌意的目光看着父亲的。我知道我狠狠地瞪着他，他也看我，就像两只斗鸡在互不相让。一会儿他就冲着我吼滚滚，滚你妈的，给老子滚出去少回这个家。家再令人留恋，也只能让我在梦里去玩味了，我不好争辩，因为父亲说这里是他的，我没有理由留下来。

我的流浪就是这样开始的，躺在栖身的车站，整天里我都想以后做一番大事业。我幸福得忘乎所以，并不知道，一个人活下来是多么不容易。后来我根本就没有时间去想象我辉煌的事业，我几乎为了每天的早饭、午饭、晚饭碰烂了头。

我觉得我实在活不下去了，我感觉我已经把冰冷的手伸向了上帝的脊梁，独裁的上帝正在回头。后来我走进那个建筑工地想起那些就有莫名的后怕。

我很看不惯收留我的被称作老鬼的人，我觉得他本来就像一个鬼，工地里上上下下的人私下里都这样叫他，虽然他收留了我。他当时还说知恩不报非君子，我救你于危难之间，你可不要辜负我。但我最终还是背叛了他。

当时我干得很卖力，全工地的人都看在眼里，说在嘴上，他们大部分来自五湖四海，他们都在遥远的乡下，甚至他们的身份都是让城里人嗤之以鼻的农民。那段日子是令我最最怀念的时光。无休止的重活压下来也没有压垮我，相反我感觉活得很实在。在工地的日子里，破天荒地使我萌发了一次不是爱情的爱情，当初我没有这样承认，事过多年后，我为什么就不能承认我当初实实在在地爱上了小兰姑娘。

我一直以为小兰是一个很纯洁的姑娘，每次开饭时间我们就可以见到面，她站在锅前打菜，她总是照顾我，我就心照不宣地望着她笑，她也笑，但笑得很苦，好多次我很想问一问，可是那么多人望着我，就使我的勇气全跑光了。

我对小兰有了看法是源于后来的一个晚上，风高夜黑。那样的天气狗都不愿意起来。我被小便憋醒了，干了一天活，不好意思吵醒别人，我就蹑手蹑脚往外走，我敢肯定我当时的动作比小偷还要敏捷和麻利，可当我刚撒开小便的时候，我看见了小兰的房门开了，出来的不是小兰，却是老鬼，在刺眼的白光下，老鬼一身白花花的肥肉在夜色里泛着白光，我惊讶得连声音都发不出来，我使劲地揉着自己酸涩的眼睛，泪水哗哗地往下流，连裤头都弄湿了，后来才知道湿了裤头的是小便。老鬼在门口站了一会儿，又把他那玩意儿在风中抖了抖，就摇晃着又进了小兰屋子。我侧着耳朵，没有听清扣门的声音，但刺眼的灯光消失了。我撞了邪了，我感觉我全身发冷，八九月的天气我身上压了两条被子还是冷汗涔涔，牙齿格格地抖，我说我完了，一时间我看见黑暗中无数张狰狞的面孔向我扑来，他们的脸上闪烁着恐怖的光芒，滴着血一步步追来，我还听到来自天外的狞笑和简易工棚上木梁断裂的声音，惊慌失措中我不得已发出惊叫，我双手摆成喇叭状紧紧地扣在嘴上，我说救命啊！

我醒了，眼前的一切都随之消失。巨大的振动器呜呜地在和水泥石头亲吻着，发出欢悦刺耳的叫声，整个宿舍里躺着我一个人。出乎意料的是小兰陪着我。她用纤弱的手指放在我的额前，你感冒了，她说，真吓人，浑身烫得能燃烧起来，一定是热感冒，老鬼让我照顾你，怕你醒不来。我动了动躯壳一样的身体，疼得要命。我想起来了，我这样对小兰有气无力地说，我做了个梦，梦见了你。

小兰脸上闪烁着动人的笑容，她充满在我营造的幸福之中。我敢保证，她是天底下最漂亮最动人的姑娘。我不由得得意了，我说很讨厌的就是我还梦见了老鬼。我本来不想说出下面的内容，可我却由不了自己，我感觉那些未完的话就像接收到冲锋命令的士兵一样勇往直前留也留不住。我看见小兰的脸由红变白，由白变红，似乎有人在她耳旁毫无保留地喊了一声：世界末日就要来了。她有些慌乱而神经，眼泪扑簌簌地往下滴，可她还是硬忍着从嘴里挤出断断续续的话，你没有做梦，你都看见了，你叫我怎么办，我不想活了。我说小兰别哭，我说的是梦，我不骗你。小兰用沾满泪水的双手捂住我的嘴，她说真的真的真的这都是真的啊，说完之后，她用两只手匍匐像打开的网紧紧地抱住我，直箍得我透不过气来。

后来，工棚的木门就被老鬼一脚踢散了，被踢断的木板像天女散花飞舞，一截尖利的木碴呼啸着飞了过来，落在了我的头上，我感觉一股热流喷涌而出。小兰尖叫着用手去捂，我看见一片鲜艳盛开在小兰的手上。

老鬼脸上的肌肉动也不动，他嘻嘻冷笑着，在屋子里踱步，把满屋子散乱的木板踩得吱吱响，小兰低垂着头就像一对偷情的男女被活捉一样狼狈。兴致不错啊，老鬼挖苦着说。小兰像一根弹簧似的跳了起来，她说我……我……老鬼说很好很好，没有你的事，你可以走了。小兰不想走，可她受不了老鬼的脸色，走一步一回头走一步一回头踽踽地钻出工棚。

老鬼指着我。我知道老鬼要赶我走，我就想睡着不理他，身体恢复好我就走，走得离你老鬼远远的。但是走到哪里，我都会记着你这个人面兽心的家伙，我想，你已经几近四十岁的人，却放不过和你女儿一般年龄的小兰姑娘。

可我想错了，我不知道老鬼葫芦里卖的药。他只对我说你给我继续上班，要是不上，工资休想拿一分钱。偏偏我是个没骨气的人，在金钱面前我又一次失去了自己。我挣扎着爬起身，我不知道，我是用怎样一种毅力活了下来。

这件事情虽然老鬼没有说什么，我却想到了老鬼的阴暗，只是我完全没有想到来得是那样快。一个月后，厨房里又来了一位姑娘。当我站在高高的脚手架上和小兰的目光碰在一起时，我的惊讶绝不亚于发生8.9级地震。小兰说老鬼把那些对她说过的甜言蜜语又给新来的叫亚丽的姑娘说了，她说在人屋檐下，怎能不低头，好在我们还有的是力气。小兰说这话时，泪水扑簌簌地往下落，不干又怎么行呢，年迈的父亲拖着两个弟弟，需要的就是她那点微薄的薪水。我望着她把一摞子的砖块往上递时，我听到她骨节的脆响。我不忍心，眼睁睁地任单薄的衣衫水淋淋地贴在她的胴体上，我就帮着她。我不知道对于她来说这种魔鬼般的折磨何时何日是个尽头。

小兰似乎渐渐被压垮了，脸上的光泽消失了，尽是乌黑的斑点，走路也显得笨拙得像个鸭子。在脚手架上，她颤颤巍巍地摇晃。我说小兰你别开玩笑，这可不是在地上，小兰就用一双忧郁的眼睛看我。当小兰背对着我时，我意外地看到小兰努力地探着身子，喉咙里发出怪叫，一片片黄色的液体随同所有未消化的饭菜飘洒而下，好像四散而开喷洒的节日礼花。我在流淌的风里闻到了胃液的酸臭，这就是我知道小兰怀孕的依据，小兰对我的回答证明了我的猜测没错，已经三个多月了。

老鬼并不知道这件事，他对于自己的行为向来不负责任，当时他正在工地上发布命令，要日夜抓紧宝贵时机，提前完成工程。我永远都能记起那个月黑色的十三号，这与耶稣并没有任何关系，可事情就巧合地出在那天下午。

我走在小兰的后边，那天的阳光很好。小兰和我已经说好，我们的工资一发，我就陪她去医院，我们甚至已经想好做完手术后，我们会满街道寻觅电线杆上和墙壁上的招聘广告，虽然它不那么正统，但还是燃起了我们心中仅有的一点火星。我甚至已经看到了美好的前景。

小兰走得很轻，她说她今天与以往感觉大不一样，身体轻飘飘的。她说咱俩要是有个翅膀该多好，一展翅我们就比翼双飞……我望着脚下搭成的竹排，全神贯注地聆听她的声音和叮叮当当的建筑声。小兰话没说完，却不吭声。我一抬头，小兰就像一个走钢丝绳的演员在竹排上摇晃，她说哎哎哎，然后就往下倒。我惊慌得伸出手，我使出的力气完全可以把她拽住，但空中的一声脆响使我怔怔地眼看小兰像一个棉花包似的落了下去，在我的手中，小兰的半截子衣领像一片被风撕烂的旗帜一样摇来摆去。我没有往下看，几秒钟后的一声脆响深深地砸在了我的心上，我就顺着一根钢管坐了下去。

再见到小兰，她静静地躺在医院太平间床上。她的面孔已经丑陋无比，脸上留下了一条条血液的疤痕。她圆睁着双眼。小兰的苦难就这样结束了，在那一瞬间我同时想到了自己无期的绝望。

我与小兰的父亲见面时，我已经说不出一句话来，只是似一具傀儡一样呆呆地望着小兰父亲潸潸而落的泪水，我还能给他说些什么呢。赔偿费带好，一路保重。这个敦厚老实的乡村农民一个劲儿地感谢老鬼，感谢小兄弟，在他临行上车时，我预支了自己的半个月工资，全部也给了他。我没有想到自己还说了一句话，不知道小兰父亲听到没有，我说小兰会安心的。

我站在老鬼面前，心里还在想着说给小兰父亲的话。我相信那是小兰的在天之灵赐给我无畏的勇气，我赤手空拳，我知道在工地的保管室里，早就应该有这场恶战了。我狠狠地盯着老鬼，我的表情一定很难看，我成了鬼，我想。老鬼不敢看我的脸，我就哈哈大笑。老鬼说你疯了你疯了。我逼近老鬼，我隐约看到在我的左边有一个明亮的东西，闪烁着一束寒光。我一挥手，不知那把锋利的钻头如何到了我的手上。老鬼说杀人呢，他往后一仰躺在一片血泊之中，这是后来进来的人群看到的景象。他的脑袋重重地砸在了一箱刚刚启开的钉子上面，好像是脖子上爬了一只刺猬。

知道老鬼的消息是我出狱后。老鬼依然在他那个工地上，人给我这样说，有所不同的是他成为一个不管任何事的闲人了，他怕晚上，他一看见在灯光下闪耀的金属一类的东西，他就满工地地跑着大喊杀人呢，杀人呢。

我知道我没有杀老鬼，但我的动机和造成的后果使我不得不对自己负责。

在狱里，我没有看到父亲和母亲，或许在他们的心里已经彻底一点不剩地抹去了我的影子，这样也好，我就给自己不断地说着宽慰的话。他们也许彻底连我的名字也很少在亲友面前提说了。

出狱后在大街上沐浴阳光的时候，我没有想到竟然还有人能认出我。他们在背后指着我，我凭着自己特有的感觉听他们陈述：当年的杀人犯是如何用钻头将人致残的。他们像躲瘟疫一样躲着我。我成了一只过街老鼠，却没有一个人喊打。我就一直这样走着，我不知道我要到哪里去，我看见秋天的树叶打着旋儿飘落而下，秋日里的阳光依然刺痛了我的眼睛——城市已经变了，变得令人向往。

我踩着落叶发出的脆响，走在秋天的午后，在我的身后我丝毫没有发觉，有一个人已经跟踪我很大一段路了，我走他也走，我驻足他也停。

这个跟踪我的人就是王君，他是这样为我介绍的。我说我不认识他，我与外界几乎不打任何交道了。我唯一感兴趣的是飘着香味的饭菜，我发觉我肚子饿了。王君几乎是用微笑回答了我的疑问，他说我的大名在城市里没有人不知道，他说城市的市民都认为我为社会除了一大公害，他说老鬼强暴的女人不下二三十。这番话令我实在惊讶，他知道的似乎比我还多，不由让我多出几分警觉，他究竟是干什么的？我本来不想问他，可他的神秘使我不由得产生怀疑。现在社会上老爱套近乎的人越来越多了，尤其是女人。颇有几分姿色的女人在大街上总会受无缘无故的拦截，那些油头粉面的人胳膊上晃着廉价的手表却一步一个几点了，叫得好不肉麻。我必须保持高度的警戒。你说现在这个时代，我还能相信别人吗？

他说何先生自然会知道的，他用自己的手友好地拍着我的肩膀，从他的嘴里我知道自己姓何，其实知道不知道根本无关紧要。他让我跟着他走，我自己感觉很随意，也没有一丝慌乱地走进了一家餐厅。

虽然我很后悔那天的举动，可我毫无选择。我有什么理由拒绝金钱带给我的诱惑。我把人致残了，我很是吃惊我自己的壮举，其实我也无须知道王君的所有情况。他一定是抬举了我，甚至可以说带有几丝奉承，人都爱听好话，虽然没有得到一件东西那样实在，可是毕竟是舒服的。他说凭我出道的情况，完全会受到专业人士的认可，怎么难的任务我都可以完成，他还说你完全可以成为一个职业杀手。作为一名职业性从事这项工作自然有它的神秘性，该知道的知道，不该知道绝不问，这是规矩。离开那家餐厅时我身上已经多出了五千元的预付款，除过这些还有一份简单的介绍。这是我强调必须要的，我说要不你另请人吧。王君就给了我一份住址门牌号，附带着几句话，我知道我的对手是一个商人。据说他是做一种叫做大麻的粉末生意，据说这个城市里已经有百分之一的人与它建立了友好关系。尽管你是一个意志最坚强的男人或者你是一个把贞操视为生命的女人，只要你碰了它，你就能什么都不在乎。我走在有风的街道，偶尔会看见躺倒在地的人，他们痛哭流涕的惨状无不与它息息相关。这个姓吴的胖子让我深恶痛绝，我才不管白粉对我造成的威胁。在这以前，我的肚子可以证明，饭菜才是我真正最需要的东西，我也做过生意，我的辛苦绝不亚于吴胖子，几百元钱批发来的贺年卡我卖完用了几个星期，到头来我还是空无分文，而他凭什么一包东西就赚回几十万？我知道这叫嫉妒，可我为什么就不能这样呢。我想我应该打断他的手。他文质彬彬绅士一般和人握手，一握手就意味着一桩生意的成交，我要让他的手从他的身上彻底消失，他总不会用穿着皮鞋的臭脚和别人碰。我为自己的想象喜形于色，我手舞足蹈地在我租赁的小屋里晃头晃脑，我觉得我应该当个作家，那样我会被我虚构的故事而惊讶，虽然我小学的作文经常被当作最糟的账本似的语言被人耻笑，现在我却有了这份信心。

不管怎么说，我还是有些胆怯，冰冷的铁窗里透着寒气，屋子的外面明媚的阳光闪耀在每个人的脸上，无论如何我都希望生活得自由自在。

这就是犹豫的原因。我行动在那间小屋里似乎成了牢笼，我想把这深切的感受说给友人，除过小兰，我这才发现我没有一个可以倾诉的人。我心烦意乱，我想怎么就没有人投资开一个倾诉衷肠的场所，我想一定会门庭若市，因为每天有那么多的烦恼事情缠着所有的人，而有些事情就是给再好关系的人也是不能说的，我想如果这次事情成功了，我起码可以考虑这项投资。

可我还是想给人说，征求一下别人的意见。我得出去走走，我想。现在我就走在大街上。夜晚的城市在闪着五颜六色的光，行人的脸上挂着忙碌一天的疲惫。我看见一双令人眩晕的玉腿和红唇，招摇过市，一袭香气席卷了我，我不知道怎么会跟着她走。但我知道自己，我已经使自己改变了身份，这就是职业病吧，哈哈我喜欢职业病，我还会怕一个女流之辈。接下来在一间黑屋的前面，我连犹豫都没有犹豫就踩了进去。

这是什么地方？昏暗的灯光映衬着女孩涂得雪白的脸，我望着仅有的一张双人床和一张破桌子上的廉价化妆品问。女人哧哧地笑，她躺在已经辨别不出颜色的床单上，手里捏着一个开了封的安全套，两个腿分得开开的，说你要戴套子啊，如果不戴那可是不戴的价钱啊；不过我还得先看看你有钱没有。现在的人玩了没钱的多得是，我就是闲着也不愿白让人用的。我想我有的是钱，我就掏出一沓数也没有数，摔在了破旧的桌子上，我听见了哗啦哗啦的纸张发出的声响。快来吧！快来吧，其实我也不愿用套子的，哪里有那么多的艾滋病啊。她盯着钞票，眼也不眨一下就把手里的东西扔了出去，就让你今天占个便宜吧！她说，你快来吧。我坐着没有动，我说你听我说，你听完后，这些钱就归你了，我指着桌子上散乱的纸币。

不知道为什么，我老是把眼前的景象和工地连接在一起，我甚至看到躺在床上的是小兰。我不知道我是如何絮絮叨叨地说了十几分钟。我更不知道自己都说了什么，只记得我说要杀一个人。床上的小姐甜甜地对我笑，渐渐地变得有些像哭了，她说你一定喝醉了酒，要不就发烧……末了又说你该不是从精神病院里跑出来的吧。我大张着嘴，连着呼出去几口气，你闻闻，我没有喝酒怎么能醉呢？我还在喋喋不休陈述着我的设想。我还说我不知道是该先打他右手还是后打他左手。后来我才发现一个人站在房子里边，桌子上还放着那叠钞票。

我穿着一件黄色的夹克，在一家饭店狠狠地吃了一顿，我必须有充足的力气来完成这个辉煌的事业。之后我就按着纸条的地址，来到了本市中心的一幢大楼前。在踩着楼梯的每一脚下去时，我都听到了自己结实的心跳。那天晚上整个楼道里没有一个人，我为这胜利的前兆而庆幸。我站在五层的一个屋门前我把纸条上的数字与门上的数字核对了一遍，我就伸出了手。楼道里响起强劲有力的敲门声……

我已经回来了，我是第二天中午回到我那所小屋。一进屋门我就嗅到了陌生的气息。果然在我的桌上发现了牛皮纸紧紧包裹住的钞票，我蘸着唾沫数了整整一个上午，才把两万五千元数完。我没有打算拿这笔钱，因为我的事情没有办成，我还准备再度出击，我想我会成功的，这样我才不会拿这昧了心的钱。

我从不看报纸，而那时我有一种预感，感觉这个城市的晚报上有了与我相关的东西，果然这个事实被我不幸猜中。我要找的老吴昨天晚上被人杀害了，就死在了他的那所房子里，等人们发现时老吴的头钻在抽水马桶里，已经肿胀得取不出来了。房子里的所有高档电器还有存折及现金丝毫未动。从事件发生看，显然不是谋财害命，那又是干什么呢？后来为了把老吴的头取出来，不得不砸碎了马桶，报上还说在清理尸体的过程中，公安人员在老吴的房子里搜出了几包粉面一样的东西，还说此案正在调查之中。

这是一条不坏不好的消息，但对我的生存来说我不得不憎恨那个抢在我前边的人，或许他现在正在饭馆里举杯庆贺，他的脸上正洋溢着成功的喜色，他嘴里还肯定在嘟囔他把老吴的头往马桶里塞的时候，黄黄的尿液溅了他一身，熏得他连胃口也没有了。甚至他还想不到现在还有人诅咒他，不该抢了这个生意。

我很绝望，这件事情的失败让我彻底对以后丧失了信心，或许我就不应该到这个世界上来。于是我就恨生我养我的人。现在我必须把这个与我毫不相干的钱送回去。我把口袋所有的零票凑齐总共两万九千零五十元钱，其他的钱交了房租和饭钱。就这些了，我想我先把所有的送回去。剩下的数目小等我挣了钱再还。我先把钱用那牛皮纸重新包好，然后就用一件极其破烂又脏又旧的包装在里边。我已经不止一次听人说，城市里大白天抢包事件，你背着包在前面走，猛不然会从人群中冲出一辆自行车，你不会看清他的面孔，感觉到什么时候你的皮包已经到了他手上。在你的手上只留着长长的带子，就像安徒生笔下的皇帝在空中拖着他并不存在的新装一样。只有破烂不堪的包才不会引起别人注意。还说有个大款带着自己私人保镖，到这个城市谈生意近百万元钱全丢了。后来大款听了朋友的建议，第二次来时穿得像个乞丐，只身背个又脏又破的编织袋，他把毕生的钱和烂纸盒装了一包，没有住高档宾馆，也没有住KTV包间，他就睡在火车站广场的角落。他把钱包不在乎地往地上一扔，他想睡就把包当枕头，不想睡就把包当凳子。一连几天，没有一个人看他一眼和那个包，连市容监察的人也懒得过问，大款的生意成了。以后大款就经常装成这样子。我记得我好几次路过火车站，就看到这样的景象，我还曾经抱以友好的微笑呢，我感觉有些人就是深藏不露。

我开始走在大街上，我一定要把钱送回去，然后再向他表示歉意，我想。可我转来转去从早上走到下午，我还是把包背在身上没有送出去，我觉得我根本就无法送回去，现在我才发现我就不知道王君是哪个单位、哪个区、门牌号多少。

现在我应该感谢王君，是他救了我，我准备用这笔钱在这个小屋里办起自己的信息工作中介公司，与其说是帮助找工作，实质上我自己都找不来理想的职业，之所以能这样干，那是因为我做过大量的调研。想想现在下岗人数的增多，信息业自然很吃香。我算了一笔粗略的账，每人收五十元钱，那么三十万下岗工人不多来来上三万人次，乖乖，那将是一个让人晕眩的数字啊！过去上数学课时，我曾经十二分讨厌这枯燥无味的数字，哈哈，第一次发现数字还有这般让人喜爱的地方，难怪人说：人对人生的每一个阶段看法不同。我真的有些激动，聪明人在哪里都能挣来钱。现在我也开始准备尝试一下当老板的滋味，我的唯一目的就是要赚一大笔钱，然后等着王君找上门，我会用高倍的利息还他。

当老板手下自然不能没有马仔，鉴于我工作的特殊性，我必须要那些身强力壮的年轻人，那样的话，就不至于有人给你找麻烦。

不出几日，我就有了两位我很满意的人选。我首先为他们进行了辅导和培训，我打算在元旦正式开业，这样就标志着我们公司新的一天的开始，我和两位经理跑遍了城市内所有的信息公司，让他们帮忙联系业务；我们还掏钱自己制了好多面开业大吉、开业之喜诸如此类的锦旗挂在房子里，并请本市一位著名书法家题了字。那位书法家起先不干，我就把自己的总经理名片给了一张，并说我们可以帮他拍卖字画，中介到国外赚美元，还有马克呢。他果然就动心了，然后挥毫写了“风萧萧兮易水寒，壮士一去兮不复还”，我说你怎么能写这句话呢？这位书法家很不耐烦，他喜欢这句话，他就写这句话。知道吗？我是怎么出名的，我就是写这句写出名的，所以人不能忘了本。他还说他准备用一条长一千米，宽五百米的纸张以这句话创作一幅作品，如果有必要的话申请加入吉尼斯大全。不过字如其人，还是蛮有个性的，我们没有理由不喜欢啊。

我终于宣布了公司的开业，我看见汪洋和大河两个经理脸上挂满了笑意，灿烂得犹如开放的鸡冠花。我们不能理解城市里为什么不让放炮，害得我们三个拼命地挤了一回公共汽车到终点，那里是本市的最高建筑物所在地，我们乘坐电梯上去后站在最高处憋足气喊了五分钟，以来庆贺公司开业。汪洋和大河说，现在的公司讲实力，有钱没有钱，门面实在重要。扩大业务是一个企业的长远目光，我自然要有这个雄心。我就去了本市一所高级商住、民用一体的住宅楼，虽然是考察情况，我认为我的辛苦是物有所值。在那里我见到了一位四十开外的妇女，她从一所房子里扯出一位漂亮的小姐站在人群里骂。那位小姐高昂着头，爱理不理。那位妇女就吐着唾液，又撕又打，人群纷纷躲避着，唾沫星子像雨点一样飞溅，棉絮一样的头发被扯断后飞舞在空中，人们发出叽叽嘎嘎的笑。后来妇人就哭，我想杀了他，她说，给小婊子买了房子——哼——，她的声音使我灵机一动，也许我能做她的这个生意，我把名片给妇女的时候我衷心地想。我必须回公司了，我给自己这样说，我站在小屋的门口时屋子里竟然没有了往日的气氛。我就使劲地踢开门，屋顶的灰尘随着震动纷纷而落，汪洋和大河心神不定地看着我，这气氛让我有了一丝不安，我们刚刚起步……我不知道我是怎么问的。汪洋说，一项业务刚接到手。大河看着我，我的不安换成了兴奋，这可是一个好兆头啊，我拍着桌子。汪洋说，你说过，任何挣钱的事情都不要放过，我们就接了。他们是一对老夫妇，他们两人就像寒风中摇曳的枯草，随时都会倒下去，交了这个数啊！汪洋兴奋地伸着两个指头。老夫妇还老泪纵横地说，他们实在没有办法，他们有儿子和没有一个样，所以他们不想要了，好多的公司都说我们有神经病，我们好好的。你们替我除掉他，我们把自己一生的积蓄全给你们，我们两个就去投案自首，不连累任何人。汪洋踌躇地说，金钱虽好，可人命关天啊！我说有什么不同呢，只要有钱挣，即使杀人我们也可以考虑。汪洋和大河眼神很古怪，我打断了汪洋的啰嗦，从窄小的窗户望出去，我看见窗外的阳光和阳光下的人群，我果断地一挥手，那就准备吧。一回头却看见汪洋和大河紧闭的嘴里似乎含上了青蛙呱呱作响。我的两腮一热，头里好像有两辆汽车在撞击。我第一次发了脾气，大骂两个人的胆小和无能，我的两只手紧紧扣住在空中比画着乌龟游泳。我说这次事情过后先炒他俩鱿鱼，然后重新招聘，后来我说既然你们不愿意做我来吧，资料！我感到我的胸部隐隐作痛，眼前无数道金星冉冉滑下，同时我看见汪洋的手在空中一摆，我目睹着名片大的一张纸在射进屋内的阳光下，反射着白光从我的手上滑了下去，歪歪扭扭的几个字进入我的眼帘：何来。无数道奇异的光彩在我的脑海中闪现，我大喊：怎么会是我的名字呢？我爸妈来过？我看汪洋和大河时，他们两个也怔怔地看着我。

# 大哥的1983

## 武装干事

陪人真的是一个很累的差事，我对此有相当的认同，当然被人陪更是对人的耐性的考验。王镇长，王镇长的外甥还有老黑和我四个人都坐在一个桌子上，可是一切由不了自己。完全是为了饭局而设的，饭局一开始，老黑就把我吃菜的权利剥夺了。如果我自己选择一顿饭的话，我一定会要上几盘下酒菜，然后要上几瓶当地的干啤，慢条斯理地享受一番。但现在这顿饭我无法驾驭自己灵活的双手，就像别人都在唱京剧，你突然声嘶力竭地搞摇滚，简直是马唇不对驴嘴嘛！想先吃菜，老黑却把酒拿在手上要和我碰，有几次我冒昧地把菜都夹在了手中，可是，老黑总会说，先喝了再说话，先喝了再说话！我只有把夹到手上的菜又放回到盘子中。

老黑是乡政府的武装干事，按说就这么一小桌饭，无论如何他是坐不到这一桌来的。主要是因为我在若干年前验过一次兵，后来又因为我的一篇稿子导致了乡领导受到了处分，兵自然也没有当成。接下来因为我能写几篇臭文章，混进了省城一家报社做了记者后，便开始人模人样起来。

秋季征完兵，乡武装部就形同虚设了。老黑穿着常年不变的军装老喜欢在乡政府门口晒太阳。只要看见我回老家他就远远地喊着兄弟，以至于别人一直以为他是我的亲哥。次数多了，我就觉得不自在，说真的，我一直对这个老黑有意见的。不是因为他穿着一身永久不变的绿色军装，更不是他老戴帽子，尽管他戴的帽子在夏天总是可以看到在帽子的边缘上有发白的汗印。他只是一个武装干事，并不是一个军人，但是他太爱戴帽子了，在我的脑海里有关他的印象一直是在硕大的头颅上扣着一顶绿色的帽子。我之所以反感他的原因是他太啰嗦了，而且还爱重复说话，他说一句话，老喜欢在话后带上一个反问句：知道不？而他重复的时候就重复反问句，知道不？吃这桌饭我的确没有考虑周全，就来了，现在我眼睁睁把筷子拿到手上，吃不上菜。

这桌饭的理由很简单，我因为一个小事情到镇上来采访，吃饭的时候眼看着一个个人员赛车一般开溜，想想也觉得很难为情，一个月只有那么一点收入，领导不发话，谁愿意拿自己的钱请客呢！经常被请吃惯了，天上地下真有些不适应。心里憋了一肚子火，可饭还是要吃的。这记忆太深刻了。我想，不管是唱赞歌还是批评谁，以后我还是少在自己的家门口游弋。我听别人说“彩虹饭庄”生意很火，我就在红火的饭店吃吧！

进了饭庄我就开始后悔了，店里并没有坐几个吃饭的人，门口的繁华和里边的冷清形成了强烈对比，广告真害人。我看见门里边坐了几个服务员，脸上的粉抹得很重，口红画得有些歪，几个服务员看着我进来时，脸上的笑让血红的嘴变形得异常大。我怎么看都不像饭店。我纳闷的当儿，几个花枝招展的服务员几乎都站起来要扑过来。我吃饭来的，我听见自己没有气力的说话，我想给别人解释什么，我预感这不是饭店。嘿嘿，笑的不是一个人，几张嘴都在动，进来的都是这么说，其中的一个说，男人好虚伪。巴掌大的饭店还蕴藏了相当复杂的内容，我就放弃了吃饭的念头，其实就是不放弃也不想吃了，想想在这样一个二合一的地方，你还有什么胃口，我彻底是没有胃口了。

我在镇派出所询问的时候，我的二舅找到我。二舅就在镇上经营着一个农机修理店。他说开饭店的老板是镇长的外甥，你把镇长外甥修理了，你也就是把你舅修理了。人家都是修路呢，你怎么回来挖路呢？他对我严肃地说。他用脚踢着派出所的墙壁，说如果你坚持再搞下去我就去叫我姐。他姐当然是我妈了。看来真的没有办法了，最后的结果当然是被迫接受了这个饭局，用老黑的话说还我一顿饭。王镇长带着外甥，说在家乡吃饭还能让你破费，他说，要不老哥还当什么镇长呢？他的外甥李老板看起来年龄不大，头上稀疏的头发都努力地梳向后边，油光可鉴。他的话不多，每当王镇长说话的时候，他喜欢点头，感觉镇长的话每一句都是他知道或者说是正确的。

老黑和我相对熟悉，为了气氛的融洽，老黑算是来陪我。

现在老黑还是端着酒，不让吃菜。已经喝了三大杯了，我的胃里已经明显有了燃烧的感觉。我不能喝了，我对王镇长说，再喝我会翻到的。我一喝多就会翻到，我也是给老黑这样说的。老黑说省城回来的不喝酒，谁信呢？你们城里喝酒和喝水一样。这一次我没有把夹起来的菜放回盘子，我必须先吃一口，就是在几个人面前失态我也不在乎了。

老黑说，那你吃菜吧，你不给哥面子，知道不？他说，知道不？哥喝酒也不行，但是哥就要继续喝，知道不？哧溜一声，又是一大杯。看着老黑自己喝自己的，我还是有些感动的，最起码他的这种喝酒的作风还是很实在的。我不喜欢那种喝酒耍心眼的，酒品也可以看一个人的人品，所以老黑比我多喝一杯酒，我觉得老黑比王镇长实在。

王镇长毕竟有城府，他把筷子拿在手上，说尝尝当地的野菜吧，现在都流行吃野菜，几天不吃野菜我心里就不舒服。几口菜下去，就好像把凉水浇在了燃烧的胃中。看老黑时老黑的额头上沁出密集的汗珠。他用卫生纸去擦汗水，可是因为纸的质量过差，额头上留了一圈横七竖八的纸片。我看见老黑晃着手倒酒，不知道是手晃得过于厉害还是老黑的眼睛不好，总之，一大半倒在了桌上，后半部分是王镇长的外甥拉着老黑的手进行的。我体会过酒醉的滋味，我不想看到一个长于自己的陪酒的把自己灌倒，酒不一定要喝高，喝好才对。我可能过于着急的用表情表现了我要说的话，老黑说，你认为我喝多了吗？我怎么会喝多呢？我在镇上是出了名黑八两，现在才多少，知道不？我险些要被老黑逗笑了，他说八两的时候一只手提着杯子，另一只手在空中用三个手指做着七的手形。王镇长和外甥都哈哈大笑起来。

老黑显然没有觉得自己有什么滑稽的地方，他说老黑从来不说假话，知道不？问问每年送走的那么多兵，知道不？谁不知道我老黑就好这一口。我把一支烟递给了老黑，老黑却不接，他说我在喝酒的时候不抽烟就和我在抽烟的时候不喝酒一样。

老黑确实醉了，他说完话后就直接从自己上衣口袋里掏出一根烟点燃了，吐烟的时候，没有彻底地吐干净，我看见老黑的眼睛里盈满了泪水。他想用卫生纸去擦眼睛，却用装卫生纸的塑料袋往眼睛上抹。他努力地做出一副笑脸说，老哥有些事情对不起你啊，其实都是尽义务，那年老哥没有让你走，老哥也有难处，知道不？我想让你走呢，知道不？可是班子领导不让你走知道不？镇长和外甥都脸色变得严峻起来。我慌忙阻止老黑的话，说，你其实帮了我大忙呢，要是去现在说不定还在家修理地球呢！他闭着眼睛，戴着帽子的脑袋不断地在摇晃，类似于一个脑中风的病人在抖动。镇长说老黑谈那么严肃的话题干吗，换个话题吧！然后我看见镇长隔着我用脚踢了踢他的外甥李老板。李老板就使劲给老黑挤眼睛。

小老弟，我想好好给你谈个事情呢，知道不？他说你知道不？够了，我真以为老黑喝多了呢，转东转西，还不就是王镇长外甥的事情。我在心里极不高兴，但是我还没有离开人家的饭桌呢我尽量要让自己变得尊重别人一些。我说知道了不就那件事情吗？老黑一只手伸过来揽住我的头。你说错啦，哈，要罚酒啊，知道不？你不会知道的，知道不？这个事情我没有给别人说过的，知道不？

我真后悔来了，有时候一些事情没有做成，相反却让人会衍生出太多的痛苦。算了，我把大脑当作一个不起作用的皮囊，和喝酒一样，能装就往里装，添不了也添。

老黑抹了一下嘴，说1983年的秋天雨水真的是多啊，下得房倒墙塌啊。秋季征兵就在雨后的第三天开始了。那个时候能当兵的确是一家人的光荣，有一个战友的关系要当兵。当兵嘛都是尽义务，也不是给我老黑出难题，我有什么理由拒绝呢。

小伙子当年刚参加完高考，听说落选了。家人想让他去复读，可是他说什么也不愿意去。报名的时候小伙子就哭了，有什么好哭的。小伙子说父亲用粗壮的竹子抽他，他依然咬定不去学校，后来，父亲不用竹子了，用粗壮的麻绳把他捆了起来，把他吊在自家院子的一棵树干上，雨水一直在他的头上流淌，他闭上眼睛，确切地说像一个罪犯，冰凉的雨水在他的身体上破碎，他的心也一点点在随着雨水冷却。父亲哭着问他，选择学校，我会马上放你下来。他把所有的仇恨都怪罪在父亲身上。谁也拦不住脾气暴躁的父亲，他同样咬着牙，说我要当兵去，走得远远的，我永远不回这个家。两个弟弟都在哭，都在替大哥说好话，年迈的奶奶裹着一双挂满泥水的小脚，要给儿子下跪。父亲吼着说，从今后，成仙钻地我也不会拦你，我就当作没有你这个孩子了。

他说黑部长你让我走吧，我已经没有家了。

世界上的事情真的很奇怪，你越认真的愈加难以达到。他一定是撞邪了，所有应征青年十个人一组，在刚下完雨的场地上走步。场上太泥了，他瘦弱的身躯拖着一疙瘩泥，就像脚上带着两个足球。他不知道去摔一摔，教官喊着口令，在一声一声的叫喊中，他的腿也迟钝起来。后来教官让他停了下来，他好不容易把那个足球一样的泥坨摔了出去，两只脚却陷到了坍塌的老鼠洞里，身体本来就瘦弱，在一堆人里，他的存在就好像高中学生的队列里混进了小学生。教官用竹竿指示他出列，他真的太渴望机会了，他不愿意，他前后看别人，他希望教官说的不是他。教官说别前后看了就是黑不溜秋的你。他的身体瞬间像遭到了电击一样，怔怔地呆立在原地，像做错了事情，又像是遭到了老师的罚站。

这个问题真的不算多大的问题。要命的问题是血压这一关。怎么说他也是和那些高血压联系不起来的。他是第五个上去的，医生反复地问他吃了什么不该吃的东西，他一再保证没有吃饭，医生说高得吓人啊，难道你没有觉得你身体有什么不适，甚至医生建议他马上去住院看病。那时候，他的身体微微颤抖，一只手在脸上使劲地搓，脸上的皮肤都要搓烂了，他坐在医生面前不说话也不走。医生劝他说，下午再来吧，血压有两次机会的。他突然像得到了什么法宝一样，嗷嗷地嘴里发着兴奋的叫声冲出了房门。他穿过窄长的过道，在楼梯上玩命地疯跑。别人只看见他的背影，问他什么事情如此慌张，他说有个问题去问人。其实他没有什么大问题，就是想问一个熟人，有什么办法快速让血压降下来。有什么办法呢，如果能有什么更好的办法，世界上就不会有高血压了。可能他听别人说喝醋能降压，他高兴坏了。他一下子买了两瓶，就像现在的年轻人喝可乐一样间隔着时间往肚子里倒。喝一口，他就要重重地打一个嗝，除了那样喝酒或者喝水。老黑说他没有喝醋的体验，但是他想一定很难喝，他看见小伙头上的水珠子密密麻麻的一层，每喝一口小伙的嘴和脖子也夸张地扭动，就当是鱼刺扎了喉咙了。小伙对别人说，我能忍受得了。

当天夜里我听说小伙子就醉了，不是酒醉了，是喝醋喝醉了，他痛苦地在土炕上摔绊，胃液吐得到处都是，一家人都盼望天亮。天总算亮了，一家人都在哭，他却笑得比中奖还高兴，他对两个年幼的小弟说，你们哭吧，我真的要走啦。

结局并不是一个顺畅的结局，实际上比所有人都想象的要艰难得多。张大嘴就是一个拦路虎，他是我们镇政府的副镇长，他一直看不起我这个武装部长。看不起我的原因是我参加工作的时间比他早，工资比他多了五十元。那阵张大嘴老给我提一个人名，我不知道是什么意思，后来才知道是他的亲戚要当兵。可是一个村只能有一个名额，节骨眼上来了这么一腿，为难死了。我做梦都会梦见那个小伙子喝醋的情节，走了那么多的兵，他给我感觉真的已经到了骨髓里。眼睛一睁，张大嘴说我是他最铁的兄弟，他要让他参军的亲戚拜我做干爹。

我的思维完全处于一种停顿状态，不过，我想我把老黑的话在乱七八糟的叙述中还是分清了，其实事情还是很简单的，虽然大家都在这样的叙述过程中时不时地喝着酒。其实王镇长早已不耐烦了，他几次想打断老黑的叙述，但都因为老黑压根就不接他的话茬，所以他的话总插不进去。李老板看镇长把话插不进去，指着老黑说。老黑你有病呢？出奇的安静，老黑怔怔地看着王镇长又看看李老板又看看我，像个孩子一样，“哇”地一声号啕大哭。没错我是有病，张大嘴也说我有病，我让他的亲戚走了，同样没有落下好。第二天他就像一座铁塔一样竖在我门口，说你真是一个二锤子，整天戴个绿帽子以为自己是军长啊。我做错什么了，我就不过是也让战友的孩子走了。我被张大嘴骂了一个星期，我不能和他顶嘴，那个时候听说他要升了，我不愿意让这个石头砸了自己的脚，知道不啊，你知道不啊？

老黑真的醉了。王镇长说，买单走人吧。李老板要搀着老黑，老黑固执地甩掉了李老板的手，谁醉了，我比你们清醒的多呢。王镇长拉着我的手说，兄弟，好好的酒席让老黑搅黄了，你可别介意啊。我怎么会介意呢，我说，老黑也是好人，我不会放在心上的。说完我去看老黑，老黑一边松着腰间的皮带，一边摇晃着往卫生间方向跑。看着老黑进了卫生间，王镇长把一个信封往我手上塞。我用力地阻挡着王镇长的手，李老板趁机从镇长手上把信封捏在手里，然后躲过我和镇长纠缠在一起的手，把信封塞到了我的夹克里。他对我说他老黑从来不是这样的人，虽然啰嗦，但是没有喝多过。王镇长也说，就是就是，不过晚上没有想到，再折腾下去，我也要骂人了！

## 抢劫犯

你骂谁呢？女孩撅着嘴，生气的两个脸蛋憋得通红，可以看得出来女孩属于那种雄辩的类型，嘴跟机关枪似的，她的语言快得让我的大脑要死机，就在短短的一瞬间，流氓无耻卑鄙下流混蛋等词语层峦叠嶂，就像一招点到了人的死穴。本来不想怎么她了，年轻的女孩就是这样，也见多啦，都仗着自己认识两个毛头青年，就不知道自己是做什么的了。可是她的嘴在一刹那就把我逼到了绝境上，我真没有脸从她的尖牙利嘴下离去。她也没有想到我那么快的速度到了她的面前，她发现的时候我的刀子已经刺破了她的外套，以至于她张大的嘴巴里发不出声音。她刚才还欢快而利索的嘴现在只听到牙齿碰撞的声响，全身也在电击一样地抖。我一只手绕过她的脖子，很轻松地把她斜挎在前面的背包打开了。所有人看到的就和一对情侣在拥抱中嬉戏一样，没有人去想着我和她这样一种特殊的事情发生。男人对高警官说。

高警官是我的一个朋友，他也爱好写东西，又是法制报特约记者。我正巧过来找线索，碰上了。其实最先监控的并不是这个叫唐一龙的男人。因为最近电视上报道了这条街道上老活动着一些不安分的女性，当时的情形是唐一龙说了一句话，之后就是女的再说，高警官完全肯定了自己的判断，就在两个人生意谈定的一刹那，他大喊了一声，接下来的情形可想而知，先是掉了刀子，再是老人头在散落。

说说你的情况吧，高警官说，也别拐弯抹角了。说完老高捏了三根烟给我一根，还有负责记录的协警一根，剩下的在桌子沿上磕了又磕。

唐一龙两只眼睛紧盯着高警官的手，眼里满是渴望和哀求，尤其是他看着我吐出的烟圈。如果不是囚禁着，他几乎要冲过来在空气中吸上一口。能给我一根烟吗，他对我们说，我已经受不了了，请给我一支烟，我会坦白的。

我家是湖北的，但是你一定听不出我的话里有湖北的味道了，我离家已经有很多年了，快把祖国跑完了，到一个地方就学一个地方的话，所以我就成了全国结合的普通话了。我有过前科，有了前科后我的日子才不好过的，我每到一个地方，想好好在一个单位干下去，可是事情总是在逐渐熟悉的时候别人就知道了我的经历。唐一龙无奈地摇着头。后悔死了，他说，就是吃什么药也无法挽回的遗憾。

那你前面犯的什么？高警官或许是想安慰一下嫌疑犯的心情。

盗窃！真的很好笑。唐一龙说，我曾经是武装警察部队的尖子兵，我服役是在乌鲁木齐一个叫小地窝堡的地方。复员后我没有急于回到家，最主要的是我有一个战友，他负责部队的饮食，也就是上司班长，和司务长一个房间，司务长的老婆是一家地方医院的护士长，好像对司务长老住部队的做法很反感。听说和夜班的医生好上了，司务长当然要回家保护自己的婚姻，于是我的战友彻底是一个人住了。我晚上就住在他那里，因为是战友，再加上关系相当好，他也不避讳我什么。保险柜的门经常是大大地开着的。我天天在外边找工作，可是那时候新疆哪里有那么多的单位要人呢。很快就把退伍费用完了。唐一龙挠着自己脏而乱的头发，像在努力地回忆着过去的一切，又像是懊恼自己的冲动。你说我从战友的保险柜拿钱，算偷吗？

高警官正很认真地听着唐一龙的叙述，唐一龙问他的时候他没有来得及张嘴，但是我看见高警官点头了。唐一龙刚要开口，高警官严肃地问：你战友报警了？没有，唐一龙摇着头，他下意识地挪了挪身体，可能是戴着手铐还要抽烟，因而坐得极不舒服。他是一个不善言谈的人，我估计他肯定也知道保险柜丢了东西，但是他就是不愿意问我，我想他不愿意问我的主要原因是觉得不好意思。唐一龙说。乌鲁木齐下了一场大雪，我一个人在街上转悠了一天，我也饿得厉害，但是和饥饿相比，寒冷更让我冰冷的骨头绝望，人都说新疆的冷能冻死人，我想这样的事实要在我身上应验了。就这么把一个活人冻死吗，我想了又想，真的把我冻死了，一了百了。可是想来想去，没有什么更好的办法抵御这样的寒冷，后来就想多了。我在友好商场里找了一件厚实的棉衣穿上了，买棉衣的人很多，我以为我会在众目睽睽之下开溜。迈开步子出发的时候我心跳动得相当激烈，可是那种温暖已经把我的一切都掩盖了，看见了商场我心里已经被成功占据了，我努力地呼吸了一口空气，甚至放慢了脚步，我以为就这么轻松得手了。当我迈腿要跨出去的时候，有人在我耳边说，怎么样，不掏钱的衣服暖和吗？坏了，我没有来得及说一句话，就听见人群中喊打他该死的小偷。场面在一瞬间就变了，身着制服的保安迅速地朝我跑了过来，人群也开始聚拢，似乎是全商场的人都围了过来。我用双手抱着自己的头。先是拳头，雨点一样密集而又激烈，有些打在我身上，有些打在了旁边别的人身上，接着各种式样的皮鞋往里边踩。我从来没有见过这样的场面啊！

我交代了第一次偷棉衣，但是没有一个人相信我是第一次。我不知道我在部队的战友房子里的也算偷。等我意识到问题严重的时候，我已经没有办法收拾这混乱局面了。

我听说地方公安去部队落实事情的时候，我的战友他不承认丢了钱。他并不了解我已经交代了一切。听来听去，公安认为唐一龙和战友是里应外合盯上了国家财产。唐一龙一再强调是一个人所为，可是没有人相信啊，唐一龙说。后来听说战友再过几个月就要去上军校了，不但军校没有上成，相反差点被送上了军事法庭。唐一龙痛苦地说，我把他害了。

他也是湖北人吗，高警官问？

他是宝鸡人。

我看见高警官转过脸对着我。他或许想说什么，可是看了半天或许觉得不大合适在一个嫌疑人面前开什么玩笑，就给我一支烟，同样给唐一龙了一支。

大家都没有说话，看见我们不说话，唐一龙讨好地说，你们一定很惊讶我怎么和陕西人交朋友了。没错，一个地方交一个地方的人，可是我的这个陕西战友太不容易了，你一定会对他的命运感到惋惜，真的，我给很多人说过他。

这个从宝鸡来的新兵蛋子笨死了，这是1983年12月的事情。他看起来个头不高，但是手脚是我见过最笨的。我做军事动作十次示范，他最多能做对一次。他每天都提心吊胆对我说担心自己被送回老家。那个时候我和他的想法是一样的，他肯定会被退原籍的。最后的结果他没有被退回，但是在我们看来，比退回还让人尴尬，因为军事素质太差，他被安排去连队喂猪。他兴奋坏了，他说自己在家从来就没有干过这活，因为父亲虽然脾气暴躁，一直让他专心上学，从不让他喂猪。他要好好喂猪，拳打不好，军事技能差，总要做一个比较好的吧。

有天夜里，新疆地区刮了一场全国人民都熟悉来处的寒流，一栏猪在一夜间死了十几头啊。猪班长，对了，猪班长是我们都给他的绰号，猪班长在猪栏之间穿梭，他脸上的表情庄重而紧张，动作慌乱而无序，他不知道该怎么办，我到猪栏查看时，他对我说：我又错了我又错了。他准备写家信，准备向贫穷的家里要钱，他已经算账了，买十几头猪，给部队顶替上去。我们都劝他，因为他的有些举动让我们全班战士感到了一丝害怕。我们都睡了一觉，他的床铺总是空的，找见他的时候他总是笔直地站在猪圈旁，炊事班的人劝他，他说他睡不着，看着空荡荡的猪栏，他的心里还会好受些。

那最后呢，我本来不想插话，因为我认为我只是一个旁听，我知道严格意义上的审讯我是不能坐在这里的，只是我对于这样的一个事情好奇而已。没有想到，我的询问也得到了高警官的附和。他也是部队出身的，他有这样的部队情结在里边。

猪死也不能怨他的，唐一龙说。部队上当然是唯才是用。因为他的理科好，很快他就负责了全连人的后勤采购。我出事的时候他已经接到了录取通知。

我被判了一年半，在监狱的时候我天天在想他，我想我用什么能弥补我给他造成的后果。当我被宣布释放的时候我突然怕看见他了，我并不想离开乌鲁木齐，想想有什么理由再继续下去呢。我不但毁了自己也毁了我的战友。

他就这样完了。

我也完了，唐一龙说。

## 父　亲

父亲病重的消息一直让我没有睡好，我的脑海中全是他离开西安的情形。

夏日的一个黄昏，父亲突然找到我单位。他提着两个破旧的皮包，站在我面前。我几乎没有认出他。他的胡子因为不均匀地使用剃刀，所以，胡子在脸上的分布也是深一处，浅一处。正是炎热的时候，他的身上还穿着一件灰旧的中山装。看见我惊讶的表情，他露出慈善的笑容，他说我去看看你大哥。他说麦子收完了，都没有事情了，你快送我去车站吧！

我感觉父亲哪里是出门，分明是在逃跑。果然我的猜测得到了远在伊宁大哥的证实。父亲在老家被别人设下了圈套，合伙做生意，不但没有挣下一分钱，相反惹上了老家的一帮无赖。那帮无赖三天两头地到家里说着威胁的话。

我的母亲是一个胆小的女人，她说她看见那些穿着花格上衣，留着男不男女不女发型的青年坐在家门口，她浑身的肉都打颤呢。

父亲不愿意让母亲在这场纠纷中担惊受怕地折磨下去，他准备去新疆，用他的话说，那么远的路，无赖总不会一帮子集体追我吧。虽然他在年轻的时候去过很多次新疆，可是在这样一个年龄里出行，他显得很是慌乱，他要求母亲一起出行。我听母亲说，我父亲就是想躲一阵子，等事情平息些了就回家。人老就怕出门，再说了那么远的地方万一倒塌了怎么办？父亲不喜欢说死，他总觉得人死了就和房子倒塌一样，所以他经常会说在我倒塌前我要看着你大哥好起来。原以为父亲是随便说说，可是那帮无赖似乎服用了兴奋剂一般，上门的频率就和一个击鼓传花的游戏一般，激烈起来。原本说在冬天到来的时候去，可是夏收刚结束，也是他六十二岁刚过的第三天他突然对母亲说，我们走吧。他说我最近一直老梦见孩子，我更想去看看他。他平时很少刮胡子，最主要他比较笨拙，在使用刀片的时候老把脸刮出一条条血痕。所以用他的话说懒人又不应酬，所以刮胡子给谁看？可是这次他却强烈要求刮胡子，总不能胡子拉碴地去见娃，他对我母亲说。因为很长的时候不用了，刀片已经太钝了，就那样地在脸上拨拉。胡子刮到一半的时候，门外的摩托声响让他放弃了把胡子刮下去。他说狗日的又来了。快走吧，母亲说，再磨蹭就走不脱了。

无赖没有追着去新疆闹事，可是父亲的心理上已经无法再把那件事情放下来了，听母亲说在新疆的日子里，父亲几乎不出门，他天天在大哥的家里要么就陪母亲说话，说的话完全是对于自己以前事情懊悔不已。每天他几乎和大哥成了一个人，心情完全随着大哥的心情好坏而变化，大哥在车间不顺心，回来脾气暴躁，把十岁左右的孩子暴揍一顿，父亲同样呵斥这个吆喝那个，大哥受到表扬，他就会满脸的喜悦，开心得像个孩子。母亲指责父亲要像个父亲的样子，老大不小的人了拿不住自己。父亲说他想回家，他想去看看我奶奶的坟地。我母亲觉得父亲说话开始不大对劲了。他在厕所上卫生间的时候，楼下有摩托的声音，他就在厕所里磨蹭，他甚至对母亲说是不是他们追来了。母亲没有把这些细小的情节告诉大哥，她后来说给了我。可是事情的严重完全是因为大哥的孩子，我的母亲在大哥的家里一直闲不住，早上做好饭母亲就去大哥工厂附近的地里去，地里刚收完庄稼，大型机械作业，留下的有密集的黄豆，母亲挎着篮子去捡黄豆。父亲一个人在家，可是每次母亲回来的时候总可以看见大哥的孩子站在门口委屈地哭。一问孩子说，爷爷不给他开门。为此母亲不止一次地责备了父亲，父亲不说话，只是笑。母亲有一天借口做饭没有出去，到了孩子放学的时候，父亲在卧室，母亲在厨房，敲门的声音很大，孩子在门口说爷爷开门。没有传出那熟悉的锁子启动的声音。孩子继续在门口叫着，母亲没有说话，偷偷地从厨房往外看，她妈呀一声尖叫起来，父亲站在门前，两只手在门上慌乱而紧张地摸锁头，锁头明明在眼皮底下，他的两只手却在高高的墙上抓了又抓，他看见母亲的时候，他冲着母亲委屈地说，我怎么找不见锁子了。

大哥慌乱而无助地把电话打给了我，我就开始失眠了。我因为报社正好在做一个专题而无法马上赶赴新疆。我抓紧时间给大哥汇了款后，就开始彻夜彻夜做噩梦。

4月3号，清早我被急速的电话惊醒了。惊醒后的时刻我突然发现我睡着了，好像是在噩梦中被叫醒的，我听见大哥急促地说他……他……父亲没了……

我从来没有和大哥这么亲近地坐在一起，而坐在一起的纽带却是父亲的遗体。父亲穿着崭新的寿衣躺在冰棺里，我的泪水不争气地往外流。

大哥说他很伤心，却没有眼泪。母亲说你难道还不能原谅你爸吗?

大哥说，我一闭上眼，就看见我爸举着鞭子往我身上抽，十几年了，我无法忘记他在雨中抽我的情景。那种火辣辣的感觉在雨水中是那样的尖利。

我妈失望地看着大哥，说哪里有自己的儿子记父亲的仇呢。没有他，你1983年能走吗？人家已经决定不让你去了，不知道谁给你爸告诉了这个消息，你爸肩上扛着一袋近一百斤的大米敲开了黑全本的门，黑全本说政府的意思是让下村的孩子走，你爸急了，他说只要让你走，我就给你准备一个羊皮褂子，父亲的姐姐在新疆，新疆有御寒的好羊皮。黑全本是个老实人，可是老实人做事情胆子小，不敢答应你爸。眼看事情没眉目，你爸急了，扑通一声就跪在了黑全本面前。黑全本比你爸还小，他虽然五大三粗，但是他使足了劲，也拉不起你爸。你爸在地上跪了有十分钟，连姿势也不换。黑全本没有办法了，说你起来我就想办法。当天晚上你爸哭着说，他觉得送不走你，都没有勇气活下去了。他再没有什么本事了，他说。

我看看母亲又看看大哥，我说黑全本是不是叫老黑，我妈说老黑就是黑全本。

我把泪水擦干净，我想我一定要说话，我就把老黑的伤感告诉大哥，不管怎么说他还是很有同情心的。

这个世界真的是太奇怪了，我在学校的时候是多么风光啊，没有一个人会认为我会落选，在临近毕业的摸底中我每次总在前几名，我的班主任放话说，如果周大伟考不上，大家可以背一面鼓到他门口去敲。我也充满了希望，如果一个人过于自信那是多么可怕啊，我后来才意识到了这点，果不其然，我被重重地摔在了高考的脚下。大哥眼里充满了失望和伤感。可是我被一关一关挡在了兵途的时候，我却没有任何压力，就和一个人想要得到一个东西一样，愈加得不到，人才会去努力，我失去了高考是因为我太过于乐观，结果我提起高考就心酸。

大哥的叙述越来越缓慢，缓慢得就像他在讲述别人的事情，我看见他大哥甚至有些兴奋地说，我有一个战友是湖北人，他在部队的时候太出色了，军事素质老是第一。本来他是要转为志愿兵的，可是他认识了一个乌鲁木齐的女孩，女孩老是要他的钱，说当兵没出息。他就要求复员了，复员后，复员费全花在了女孩身上，自己没有一件像样的衣服，就去偷。后来还坐了监狱。

我说你说的这个人叫唐一龙，大哥很惊讶地看着，说你怎么认识的，他说你怎么会认识他？我咬牙切齿地说，我不认识这个混蛋，可是这个混蛋害了你一生。

大哥惊讶地说，你怎么能这样说呢，他怎么会害苦我呢？如果事情要去追究责任的话，我想我是存在问题的，我从学校就走到了部队，多少年我这个人一直很好面子。说真的，保险柜失窃的时候我就知道是他，因为我们的房间只有三个人，司务长肯定不会偷，那么只有他了。我想我报了案的话，一生处在不安的应该就是我了，或许这就是命运和我一个玩笑，而现在，我想起这件事，除了做法欠妥，没有任何的遗憾。你看我现在和他比，是不是要好一些，他怎么样，过得好吗？

我说，好个屁，他又被逮捕了。

大哥说你回去后替我看看他吧，让他不要灰心，有空的话再上新疆，房子很小，但是还是可以在小卧室里喝酒吹牛的。

母亲听着我们兄弟两个的谈话，号啕大哭，她叫着大哥的名字，泪水无法抑制，我知道母亲是叫着父亲的，在我的记忆里她一直叫父亲喊的是大哥的名字。我说你哭什么呢，父亲明天就跟我们回家了。母亲把父亲的骨灰盒捧在胸前，冲着大哥说，你能原谅一个不相干的战友，就不能原谅你有血缘关系的父亲？

大哥用牙咬着嘴唇，眼里满含着血丝。他说1983年的年底自己在部队喂猪，猪在一夜间死了很多，几天都在恐惧中生活。父亲却突然来到了部队。他的双腿肿胀着，我知道家里的情况，父亲哪里有钱上新疆啊。果然，他没有坐火车，他说至少已经走了十天了，全是一些好心的人用车接力把他送上来的。他看到我安然无恙的时候开心极了，他一遍又一遍地问我会不会被送回去，在得到我否定的时候，他说他想喝酒，在一帮老乡和战友的盛情下，父亲醉了一次。第二天刚醒过来，他说他要回家，我们战友再三挽留，他去意坚决。我送他上车的时候他对我说，他回去准备做生意，如果生意做成了，如果再死猪，我就给你钱给部队重新补上，我们庄稼人不能出门丢品行。我说我总不能喂一辈子猪。父亲笑了，他说他做生意的主意定了，最起码谁想改变是不可能了。

母亲说，你爸就不是做生意的料，难怪回来后惹了一大摊事情。母亲叹息了一声，她说，你爸做生意的时候我就不明白他好好的做生意干嘛，越挣不来钱越着急，越着急越容易上当，那个时候我和你爸天天在吵架，房子都快要吵塌了，第二天天没亮，他继续上路，现在我什么都知道了。

我和母亲把父亲的骨灰要带走了，大哥没有哭。父亲骨灰回到宝鸡的当天晚上12点多的时候，大哥打了一个电话，他对母亲说，妈，我今天在街上走了一天，看着年轻的，年老的，熟悉的，陌生的，就是没有看见他。我一整天一整天地想，我爸从老家出门是不是来躲债啊？

母亲说，你爸没有享福的命。

大哥再没有声音，母亲也不说话。

很久，母亲把电话挂上了：都回来了，哭死有什么用呢？她平静地说。

# 唢呐万清

万清的唢呐在方圆是吹出了名的，谁家丧事乐人伙里没见万清，吊孝哭丧的都感觉没有眼泪。万清就那么在人伙里一站，唢呐的口口高高在空中一扬“嘟——”一声，众人便无不为之动情，那揪心撕肝的唢呐声使在场的人比自己爹妈去世还难受。

那天酒足饭饱后，杨大头把伸在嘴里抠牙缝的手指头取了出来，在自己的屁股上抹了几下，然后从身后的那个小皮包里取出一大沓扎得紧绷绷的人民币，“嗵”的一声放在了万清面前，万清老汉吹了大半辈子唢呐，从来还没见过这么多的钱，平日里在哪家过事，吹得头顶冒汗，两腿打颤，主家才往桌上撂上个五元，遇上个干部家最多十元，杨大头一下子甩了这么多，万清真想当着杨大头的面把自己婆娘亲上两口。杨大头说：“娃不小了！”万清眯着眼，点头哈腰：“是不小了，是不小了！”“你那娃娃咱放心着呢？”杨大头对万清说：“方圆都知道你那女子是个乖娃，我家军成就只看上你那娃咧。”

“嘿嘿……”万清不知该说什么好，眼睛看着杨大头下了炕，“只要咱那边好了，这边没啥说的，早把这事办了，我也就该洗手了。”

杨大头寒暄几句之后，满意地打着饱嗝走了。

“万清把女子卖了——”村里人知道了都说。“妈！我不想活了，”彩红在房子里有气无力地说，“我爸逼着要我死呢！”

“瓜娃先，咋说那话哩！你爹又不是把你往火坑里推，军成他爸不是好东西，咱又不给他嫁，娃没啥问题就行了。”万清的老伴极力安慰着自家女子。

“哼，啥树上结啥蛋蛋，狗吃屎，狗仔能不吃？”彩红没好气地说。

“军成那娃一直不是挺好的么？”

“白天就像是个人，妈，你到底知道啥吗？反正我也不活了，不妨给你说了吧！上个月咱村上有电影，那货就来坐在我旁边，那晚上，电影机子片子断了，那货乘着天黑脏手就过来了。”

万清老伴瞪着眼问：“干啥？”

彩红说：“你说要干啥？”

“我不知道？”

“要……要……摸你娃奶呢！”

“你让摸了？”

“你女子没有那么贱！”彩红看着她妈古怪而惊异的表情，“他就又把嘴凑了过来。”

“他亲了你了？”

“没有，他对我低声说：你私下问一下你村子的女娃，谁的大，谁的小，谁的上边有痣，我都能给你说上来，摸你是看得起你呢。我高兴了还要摸下边呢。”

“亏他先人哩！亏他先人哩！”万清老伴说，“杨大头咋弄下那货呢？……”

“我说你摸你妈去！”

“骂得好，是我非扇他个×嘴。”

“他说，小时候把我妈摸够了，现在就摸你。”

“我说你个流氓，我要喊人了。结果那个下流坯子还说什么男人不流氓，发育不正常。他还说，你不嫌丢人，你就喊，××摸我奶头呢？”

“那么你个瓜娃咋不喊呢？”

“我怎么喊呢？”彩红红着脸说。

“那你让他摸了？”

彩红没吭声。

“嗯？”

“嗯！”好半天，彩红方从嗓子里挤出了一声。

“瓜娃先，人一辈子图个啥，还不是过上个舒心日子。我看，男人就没有一个好东西，你爸年轻时，娶我进门后，在外过丧事时，有几个女的找到家要跟你爸，为此妈经常被你爸骂了、打了却不敢吵闹。女人一辈子嫁个人容易吗？再说离开这家到另一个家又会是个啥样子呢？我妈活的时候经常让我坐在她怀里，说：娃呀！女人一辈子闹着活不如过着活。想想这，妈啥都不在乎了。”

彩红就觉得妈的命好苦好苦，可自己一点也不同情妈，她只是觉得自己实在没有必要活下去了。连一天都不想了。

万清老伴还低着头安慰着女儿好半天，没听见彩红说一句话，抬起头时，照在屋檐上的阳光也没有了，太阳已经偏西了。

当太阳在地平线上完全消失的时候，整个村庄的上空和周围袅袅的炊烟就升起来了。

彩红穿着整整齐齐走到她妈的房子里，平静地说：“妈。”

万清老伴正把一大把一大把的柴火往炕筒里塞。天冷得出奇，不睡火炕万清老两口疼得厉害。

“我娃想通了？”万清老伴手不停地问，也没有注意彩红的表情。

彩红的眼泪就像断了线的珠子一样往下落，她觉得天底下最可怜，最可怜是她的妈，再下来就是她。

她蹲下身子，帮着她妈往里边填柴。

彩红说：“妈，你甭怪你娃噢！”

万清老伴转过身。

“娃吔！你哭啥哩吗？”万清老伴帮女子擦眼泪，“好好的妈咋能怪我娃呢？”

“妈——”彩红一下子觉得心里有一种巨大的难受侵扰着自己，

于是便抱着自己的头失声痛哭，万清老伴禁不住把娃的手拉住站起身陪着掉眼泪。

“妈，我喝了药了。”彩红说得很平静，瞬即又哭。

彩红妈身子一震：“真的——”

彩红的泪流了一脸，仔细地望着她妈苍老的脸点了点头。

“好我的娘呢？你咋给我弄个这事呢？”万清老伴就觉得心里空落落的，随之身子“扑踏”就坐到了地上，身子发抖，浑身战栗着喊：“大龙，大龙，你死到哪里去咧。”

大龙听到他妈焦急的喊声，从房子里跑了出来。

“妈，咋咧，咋咧？”

“咱那妈给咱把乱子闯下了。”彩红妈说着就狠劲地打了一把彩红。

彩红没有躲，吃了她妈狠狠的一打，哭得更厉害。

“到底咋回事？”

“快，快，快去把你爸叫回来，快，彩红喝了药咧！”

“啥?!”大龙的两个眼睛瞪成了公牛卵子。

大龙的婆娘把娃也搁在炕上，任娃哭爹喊娘自己一股脑跑到婆婆房子里，一边劝着婆婆一边把彩红抱住连摇带问。

彩红的嘴开始变得乌青，彩红发疯似的撕扯着肚子上的衣服，揪着自己的头发，但喊一声，就像无形当中有人在用刀割着彩红身上的肉。

万清把车子也没放稳当，就一脚踩进房门，他没有骂彩红，没有打彩红，对着婆娘吼：“声住了，又没死人，哭啥呢？大龙，帮爸把彩红放到车子上。”

大龙没有动弹，望着万清忙活，然后他说：“爸！要不要叫几个人来？”

“放你妈的狗臭屁，叫人看热闹呀！”万清一时间真有些后悔。

“大龙，你死了么？”

大龙不吭声，帮着让彩红坐上车子，然后自己扶着车把就要走。

“你干啥去？”万清问。

“到医院。”大龙说。

“滚一边去。”万清说，“全部给我窝到家。谁的尻嘴放出消息，把谁尻就撕烂。”

万清推着彩红往村口走。村里烟雾缭绕，空气里不知谁家的辣椒当火烧，呛得万清连打几个喷嚏。

村里上地的人三三两两收工回家。

“万清哥，天快黑了和彩红上哪去？”众人问。

“娃病了，给娃娃去镇上看看。”万清若无其事。

“哟！这娃病得不轻呢？你看，娃鼻子、嘴里都出血了。”

“可不是呢？彩红、彩红。”万清装着很亲昵的样子，用手把彩红嘴角的血全擦了去，推上就走，好在天色越来越暗。

冬季的夜来得快，一时间，田野上模模糊糊。

万清叫了声彩红，彩红微弱地答了声。

万清感到车子头越来越沉，走上大路的时候，天全部黑了，万清又叫了一声女子的名字，彩红没应声。又走了几十米，万清实在推着力不从心，停下来连叫数声彩红、彩红、彩红，田野一片寂静，只有风把电线吹响的哨声，万清把手伸到女子的鼻子底下，手凉凉的，和外边的空气一样冷。他给自己说：不用去了，就勉强着转了个头，把彩红推回了家。

家里正焦急不安。

他让大龙把彩红的腿抬着，他架着彩红的胳膊把彩红放在支好的床上。

老伴问：“好了没有，看了没有？”

大龙就盯着万清的脸，不动声色。

只有墙上的那架老挂钟“哐啷，哐啷”地走着，空气也像全凝固了，不知过了多久，万清就冲着婆娘喊了一句：“哭——”接下来就是他：啊啥哈、彩红，你个没良心的。号叫起来，于是哭声就一下子传了出来。满村子的人没有一个人听不见的，院子里塞得实实的，都说彩红太狠心了，她爸她妈养她这么大，一场病就走了。

有人就劝万清和老伴，说女子本就像个荒花，不会结果，走了也就走了，难过啥呢？

万清不哭了，就赶紧找人商量后事，村长把铃一打，临时派人连夜打坟挖墓，全村人知道因为彩红还未嫁人，尸体不能放一天一夜的，村上有专门负责丧事的连夜把风水先生也叫了来。

村里的大人全分班轮流打墓，村中央挂起了大灯，村里的气氛一下子紧张起来。

第二天下午，墓打好了，万清眼看着把满嘴乌青的彩红放到了钉好的木箱里，万清老伴哭得死去活来，哭着哭着便骂一声万清，村子里的人都纳闷：这老婆，女子出事，骂老汉干啥？

大龙的婆娘也跟着哭，但却没有骂，虽说没有哭得昏天黑地，但围观的没有一个不陪着掉眼泪，都说彩红生前多么乖、多么听话。

送丧的人很多，但却没有一个穿白戴孝的，大龙夹在送丧的队伍里边却没哭，他就过一会儿看看哭着的老爸万清。

村里人说男人的心硬！

大龙最后一眼看了一下亲生的妹子，眼睛一翻，就轰然一声平扑在地。

众人又是掐人中，又是抚胸口。好半天才见大龙睁开了眼睛。

一大铲一大铲的土被埋在了装彩红的箱子上，坟墓的土越来越多，终于从地面凸起了一个小土堆时，一阵风带着啥地方一个清脆的唢呐声，声音断断续续，像是有人在学唢呐，可在场的人都感觉那唢呐声比万清老汉的唢呐还要好听，还要痛断肝肠。万清就不自在地去看儿子大龙，正好大龙也看他，万清平时的凶狠全然没有了，就像一只斗败的公鸡一样耷拉着脑袋。

嘿嘿就知道你的心里虚着呢！大龙给自己说，一时间，他觉得说不出来的难受，在他的思维里，他完全想着彩红，一种说不清，道不明的情绪直涌上心头，他想着彩红的名字“爸吔”抱着彩红坟堆上的新土，鼻涕拉了好长好长，别人拉劝都不顶事。

大龙是被众人拉回家的。

万清老汉眼睛也肿了。

村子死个年轻人，村子里的人躺在自己家，也不再出去，煞气重重的，小孩也不敢大声哭，偶尔有两只猫凄厉地叫上两声。

万清回家后，打了个转身，便走出家门，直奔女儿彩红的坟墓。

风像刀子一样硬，吹在脸上生冷，像鬼在抽打着脸，万清在彩红的坟前找了个避风的地方就坐了下去，他的脑子里木木的。半夜了，风出奇的冷，万清觉得骨头的里边都没有一点温度了。远处有一个高大的黑影像一个鬼魅东摇西晃，万清毕竟活了大半辈子，是个年轻人不被吓死也活不旺，况且，万清知道，远处的黑影只不过是一棵树而已。

一只猫头鹰突然在夜半叫了起来，把个本来就阴森森的夜叫得更加凄惨，惊恐。

# 耳朵的疾病

无论怎么说，这一天对于老吉来说都是十分倒霉和晦气的。人混背了的时候喝口凉水也塞牙，老吉感觉。自己呢，活着真是一件既辛苦又劳累的工作，谁也没有资格和权利让自己这样偷偷摸摸地活着充当一件消耗品。人就需要有事干，有事干就需要干大事，干大事就需要运气，可运气并不是与生俱来的。几年来，运气一直像影子一样跟着他，无论他怎么迈腿，都踩不上脚步，他恨透了运气，他感觉运气就像一个淘气的孩子令他没有办法。他想有一天他总会双手卡住它的喉咙的。

现在是清早，街道里还弥漫着未散去的晨雾，来来往往的行人已经驱走了城市的寂寥和安静。老吉像往常一样骑着自行车，在雨后的大街上行驶，他原本想多睡一会儿的，他清楚地记得，上班的时间是七点半，要不是晚上老失眠的话，他想他一定会让瞌睡害怕他。这时他才觉得瞌睡是多么可爱的一个家伙，最起码它还不像运气那样不让他沾边。瞌睡还可以让自己完成一些想不到的事。想起这些，老吉的思维慌忙闪进了一个胡同，那是另外一幅景象：一辆豪华的进口汽车驶进老吉家，那辆车里的司机老吉认识，那不是车队的小王么？因为一次利用工作之便在车里同一个死皮赖脸打扮的妖艳女郎快活的时候被街上的巡警逮着了，接公安局通知领人的催条以后，除了几个管理阶层的人员，老吉谁也没有说，交了一部分罚金，他就把小王领回来了，按规定小王是要被开除的，而老吉并没有让事态严重化，因为他有这个能力。

现在他看见了小王，他说："小王，你来了。"他客气地迎了上去，他想小王准是来接他的。小王满脸笑容，说了声："吉经理。""真是好是同志！"老吉心里感叹着，他一边搓着自己的手，他觉得年轻人即使犯点小小的错误也是应该的事情，况且现在男女问题也不算个什么问题。但很快，他就瞪大了眼睛，他看见小王把一个和他一模一样的家伙让上了车，他急忙冲上去，抓住小王的手，他说："小王。你好呀！"小王转过头来，冷漠地看着他，半天才吐出一句冰冷的话："你是谁？你干吗要拉住我的手。""我是老吉呀，吉经理呀！"老吉急切地说，他知道全酒店就只有他一个姓吉。小王说："可我并不认识你。"老吉说想一想小王，可不要上车就忘了人。他一边拽着小王的手，一边说小王你进来时还是我拍的板呢。小王就一直冷冷地看着他，等他说到在公安局因为嫖妓的事时，车里的老吉已经瞪大了眼睛，他探出身子，在小王的肩上拍了拍，"还有这么'光彩'的事？而你却从未告诉我。"小王回过脸献媚地笑着说："别听他胡说，他是疯子，他是疯子。"老吉终于沉不住气了，他指着小王的鼻子，他说："小王，你他妈等着，我要把你搞臭，我要告诉医务室，说你染上了性病，梅毒，再给你开上艾滋病的单子，把你隔离起来……"未等老吉说完，小王就伸出手来，他说："你敢。"老吉顺着小王的左手朝后一看，血模糊一片，他惊叫一声，才发现自己是在梦里。坐在车子上，他一直想不通怎么做了这么个怪梦。是祸是福，谁也不知道。这时，街上的人并不是很多，可老吉的心情和街上流动的空气一样阴霾不堪，他真想诅咒这可恶的天气。骂了也是白骂，他想天又不是人。他又把仇恨转到了地上的积水，那些只吃饭不管事的环卫工人这会儿说不定还搂着老婆睡大觉呢，谁还顾得上下水管道堵塞，这个城市似乎一直是这样，稍下些雨，到处都成了河，外溢的脏水和没腿的雨水混在一起，成了粪坑一样。他行驶在积水上面，看见水上偶尔漂浮的卫生巾和粪便，禁不住一阵阵恶心，他觉得自己也被污染了，他不自然地想到了粪坑里蠕动的蛆虫，他想人和蛆虫又有什么区别呢？他努力地使自己的心情和胃平静下来，他发现那并不是很容易的事。那辆破旧的自行车链盒钻进污水，污水不是润滑油，更加快了金属的氧化，使得本来就糟糕的车子更加沉重，每转一圈所发出的怪叫震人耳膜，车子仿佛成了一头犁地的老牛。有时老吉真想把它捐给希望工程，说不定，在那偏远的山村，人们可以像争看飞机一样评论这辆车子，他既作了贡献，又捞了名声，真是一举两得的事。但多少次，他下定了决心，又自己说服了自己，两个轮子转动总比两条腿强。这样车子还一直跟着他，就像一个伤口一样，愈合只为迎接下一次的伤害。老吉只顾着朝前走，并没有注意身后，等他发现时，那辆突如其来的汽车飞转的轮胎带起的脏水，像一瓶打碎的墨汁一样一滴一滴洒落在了老吉的裤腿上，呛人的气味涌进鼻孔，他几乎要呕吐出来。大街上瞬间投射而来的目光就像粘上腿的脏水一样冰凉刺骨，他甚至看见旁边一个胖女人幸灾乐祸的笑意！他觉得自己犹如一个未穿衣服的裸体站在大街上，任人的眼光挑三剔四。他冲着开过的汽车大骂："去你妈的。"他只能这样子，除过那位肇事的司机，他还有权利骂谁呢？他说：去你妈的，去你妈的吧。他没有考虑万一司机下来后会是什么样子，可他不怕，他拖着肮脏的泥腿坐在车子上，他的面孔狠狠地抽搐着，他想仇恨能让人产生力量。这时候他才觉得年轻是多么有用啊，那时候即使打起来，也不用担心放在司机脸上的拳头毫无分量，令他失望的是司机并没有打算闹事，相反司机却加大油门，跑得更快了，就像在躲避即将降临的灾难一样。老吉望着远去的汽车，绝望地喊着：聋子，聋子。

谁也没有注意到，老吉什么时候已经坐在了古城酒店的地下层办公室里。他几乎就不平静下来，他记得有好多事要做的，可他却一件也记不起来，他翻遍了所有工作日记，也没有找出一件要做的事。“我总不能这里闲坐着。”他想。于是他伸出手摆弄着散发臭味的裤腿，无名的恼火随着臭味涌上心头，他无法寻找一个正当的理由使自己平静下来。他觉得自己患上了什么病，他宁肯让自己有病，总比干坐在这里边强，听着外面来回走动的皮鞋声，他真想粗暴地让所有人脱掉鞋子。他开始莫名其妙地恨起了人。小王不是个好东西，后来他就由几个人扩展到了几十个，最后脑海中的每一个人都让他恨。他坐在自己那间狭小的办公室里，小是小了些，但却很自由，好歹也是个主任办公室。可他确实是厌倦了这里，他一直试图能够换一个大点儿的办公室。可那又是多么多么难办的事情，而别人就为什么能很容易的得到呢？再说在任何时候，他都努力地为自己创造着这种机会，可最终还是在这里待了十几年了。真是个鬼地方，他想：环境太舒适并不见得好，他清楚地记得自己坐牢一样坐了十几年。现在他看见文件栏自己的签名生气万分，虽然当初他为了签好名字，练了一个星期。他发现那些龙飞凤舞的名字就像水源干涸的蝌蚪，在痛苦的扭曲中死去。他恨这个地方，他恨这里边的个别人，他就像一尊雕塑一样静静地坐在椅子上。就在这时，人事部代经理王家珍发现老吉的耳朵有了问题。

女人的心细，所以王家珍第一个发现了老吉耳朵出了毛病。

王家珍坐在自己宽敞的办公室里，她用圆珠笔的笔尖划动着深红的指甲沟，后来想起了什么就叫老吉，她喊了七八遍，一遍比一遍声音高，办公室几乎没有一个人没听到她的喊声，可老吉一声没吭，他也没有风一样冲到她的办公室。他完全可以听到我的叫声，除非他是聋子。她想。可他不是聋子，王经理的这种恼火不自然地就产生了。有什么意见也不至于是这样子呀！好歹她与老吉共事十几年了。他今天怎么啦？他一直不是好好的么？但她还是决定去看一看，她放下手中的笔，离开了自己的位子，临出门前，她还给自己说：一定不要发火、不要摆架子，即使老吉闹情绪也不要理睬，是谁都一样，十几年还在主任堆里滚，她会原谅老吉的。但很快，她又想到另外一种可能，她不由得被这种可能逗得扑哧险些笑出声来，她想：一定是老吉睡着了。她想一个时期以来，老吉的瞌睡越来越多，有好几次谈话间，老吉的头在桌上几乎要碰出血来。她真有几分可怜起老吉来，真是太难了，一个火柴厂的老婆给老吉带不了多少钱，却带着几千只盒子的任务回来，日子能好过么？王家珍对所有的员工说：看看老吉。

她已经站在了办公室门口，她要叫醒老吉，她要捏着老吉的耳朵，告诉他办公室不是睡觉的地方。她想就是和老吉开个玩笑也不算什么怪事情。呆坐的老吉让王家珍感到一丝不安，她看见了，她清清楚楚地看到老吉并没有睡觉，她几乎抱怨着擂响了老吉的屋门，老吉一动不动，王家珍向后退一步，将脚趾努力地向鞋里缩了缩，使出全力踢在了房门上。不相信你个老吉……她说，她拧开门冲了进去。后来办公室其他人员都听到了王经理的叫喊，她好像受到什么惊吓一般，“老吉你怎么啦？”她几乎是在颤抖着声音，“老吉老吉……你听见了么？”所有人听到叫喊全都拥到了老吉办公室门口，他们并没有看到什么惊人的场面，只是看见了老吉背对着门，任何反应也没有，桌子上一片狼藉。而王家珍张着嘴唇，眼睛直勾勾地瞪着老吉往后退，每退一步，她都在反复地说：“这太可怕了，老吉听不见说话了。”不知是由于激动或紧张，顾不了众多人在场，眼睛一红，几乎落下泪来，平静的办公室成了被捅的马蜂窝，瞬间乱作一团，一切正常的工作秩序被完全打乱了，或许几个年轻人并未经过这种大的事情和场面，加上不断的电话，不是杯子打了，就是把脚踩了，但毕竟他们的素质是优秀的，很快他们就拿壶的拿壶，倒开水的倒开水，有的又是摇老吉的胳膊，工会的小刘还准备掐老吉的人中穴以刺激老吉的听觉。小刘虽说不是医务人员，但酒店好几次有人晕倒全是小刘掐人中救醒的。她相信一定会让老吉的耳朵恢复听觉。这时老吉偏过脸来，他望着众人迷惘的神情感到时一丝好笑，他不露声色地问：“都怎么了？”他说都怎么了？他准备站起来，很快地发现是不可能的事，他几乎是被几条胳膊像绳子牢牢地箍住。王经理扶着自己的胸口，像是在安慰自己又像是劝告老吉。她低声说道：会好的，不要担心。她说吴医生怎么还不来呢？

背着红十字医药箱箭步如飞撞进人事部办公室的中年女人就是吴医生。吴医生的匆忙到来无疑给所有紧张慌乱的人们和王经理吃了颗定心丸。在哪里只要有吴医生的身影，人们便会踏实许多。吴医生一只手紧紧地把药箱摁着，另一只手在箱子里边拨拉着，她知道救人如救火，本来她是一个极其讲究的人，就连迈腿的分寸和大小都是有尺度的，她为了老吉，她完全没有顾及因为没有甩开双手而显滑稽的步伐会给人留下笑柄，好在别人也并未注意她的姿态，人们只是看到在一瞬间，她的脖子上不仅挂上了听诊器，甚至连装有体温计的盒子拿出体温表后又放回到了箱子里。

吴医生不愧是吴医生，见多识广，各种症状的病人都遇过。她一言不发风风火火地冲进办公室倒让老吉吃了一惊。老吉平静地看着别人围在他的门口慌作一团，他们都闪开却让进了吴医生，他就吃惊了，是谁叫的吴医生呢？他想。他说："吴医生出了什么事了？"

吴医生并不说话，她知道说出来是白说。她能来，她自然知道老吉的毛病，她早都想为老吉检查检查呢，她有一段时间发现老吉的脸色有些不大对劲儿，看来她的判断完全准确，她甚至为此感到了几分后悔。现在一切都明明白白，她还算一个什么医生呢？事已至此，还是治病要紧，作为一个医生，她肯定不会在一个盲人面前大谈颜色，对一个耳病病人来说话给他，就像患有癌症的人被检查出来后，医生不会告知病人，只会告知家属一样。她知道她的嘴唇轻微抖动或许会给老吉带来刺激，对于要说的，她早已说了，她对叫她的办公室小杨肯定地说："别怕！这是突发性中耳炎，打一针就好。"虽然知道病因，她还是露出一丝慌乱，在收拾东西时，她还嘟囔过给老吉打青霉素还是打先锋消炎。除此之外，她再不想说什么了。所以在老吉问她时，她只是对着老吉友好地笑了笑。老吉正疑惑间，她已经把体温表强行塞到老吉的胳肢窝里。她用手掰开听诊器的听筒套在耳朵上，把另一只明晃晃的探测器在自己的白大褂上擦了几擦准备放在老吉的肚皮上。老吉望着吴医生认真的样子，险些笑出声来，他说："我病了吗？"吴医生微眯着眼睛点了点头，她还是没有吭一声，她怕自己克制不了自己说话犯了错误，这时候她迅速把那只洁白的口罩戴到了脸上，只露出两只神秘的眼睛。也许吴医生的认真起了作用，所以老吉从疑问到配合，让吴医生非常满意。当冰凉的听诊器在老吉肚皮上滑行的时候，他对于吴医生的好心充满了感激。他从来没见过像吴医生这么负责任的好心人，她的勤恳大家是有目共睹的。酒店并不是很大，过不了两天他总会看见吴医生肩上挂着医药箱从一个办公室到另一个办公室，她的忙碌正是为给这个经理打一针葡萄糖，给那个主任测测血压。虽然没有什么大病，但她还是乐此不疲，她喜欢这么忙忙碌碌，她看不惯人闲着。这一次看来并不是测测血压的预防了，老吉记得有好长的时间没有见吴医生了，现在或许经过吴医生的忙碌之后，吴医生会当众像法官宣判一样公布他的病症，那样可真是太好了，除了不上班，省得见个别人的嘴脸，工资一分不差照拿不误，他还从来没有享受过这样的待遇呢，现在有资格为什么不用呢？

临下班时，吴医生已经是满头大汗，呼吸急促而慌乱，给人的感觉病了的不是老吉倒像是吴医生。老吉望着手忙脚乱满头大汗的吴医生惊惶失措的样子，他想一定是麻烦了，要不她怎么能够如此慌乱呢？尽管并不是在她身上。结合平日里的点点滴滴，绝对不难看出每一次忙碌之后，吴医生几乎来不及摘掉脸上的口罩，便从她那捂得严实的面孔中透出一声，如果没有口罩遮住的话，那一定应该是一句话"正常，一切正常"，可她今天并没有说，她连一声低微的叹息也没有。老吉的眼睛眨也没眨，所以一切都是千真万确。吴医生的行动开始迟缓了一些，就像一个注射安眠针的病人开始耷拉起了头，她的一只手伸在药箱里，狠劲地抓着四瓶青霉素，她自己都听到了四个玻璃瓶子在手里使劲地揉搓下的怪叫，她一丝勇气也没有，将青霉素拿出来，解决问题并不在于打青霉素。这时候，她真有些反感自己刚才对小杨的多嘴，她觉得中耳炎的结论是不能成立的。是中耳炎该多好！她在心里给自己说。然而老吉的耳朵并不是中耳炎，也不是突发性耳聋。总之是她不能够给老吉的耳朵下一个论证。她连编也编不出来，别的人还是那样急切而信任地望着她，她羞愧得就像喝高的酒鬼一样，从头红到了脚，白皙的皮肤也一下红得鲜艳可怕。她慌乱着手脚把听诊器塞到了装针管的盒子里，把取下来的口罩当作手绢往脸上擦拭。她说老吉要好好休息，再不要回夜班糊盒子了，说到最后，她觉得再没有什么更亲切的话安慰老吉，便又说了一遍，她想急着离去，可面前的景况是那样的尴尬，她只有再说了一遍。她神情沮丧地面对着王经理时，脸红得透射着阵阵热气，她不知道真正该面对着谁，她真想扑通一声坐在地上，迎着王经理的点点笑意，很久她才嗫嗫说出话来，她说她准备回家好好翻一下资料，她一定摸清老吉的病。说到最后，她的声音几近蚊子的鸣叫，在众人的客套下，她摇晃着软弱无力的手仓皇夺门而出。她是一个胆小的女人，因为一次一位领导服了药反应后当着年轻貌美的女服务员说了很多难听的话动手摸了女孩的胸，事后事情追查下来，并没有领导的错，只是药物反应，谁也没将罪责降到她头上，她还是在家休了一个礼拜的假。现在她害怕别人在她的背后指指戳戳，说她的水平差，连一个耳病也查不出。她想小史真讨厌，偏偏这时是她休假，小史也是医务室的。真的太讨厌了。她决定去小史家。她要换休。

对于吴医生的诊断并没有一个详尽的说法，但老吉因此从那天就深陷于耳病的深渊，尽管他自己认为一切正常，现在却没有一个人把他当作正常人看待，人人都知道，把老吉连喊七八声任何反应也没有，只是态度挺好傻笑不止，仔细一分析，不是聋子又是什么呢？再说有病无病，吴医师恐怕最清楚不过了，这一阵子吴医师叫回了休假的小史，自己却不来了。

能够理解老吉耳病的当然要数人事部代理经理王家珍了，或许这并不是女人所特有的关怀和体贴，但她却再也不坐在自己的办公室叫喊老吉了，她宁肯在其他人面前摆摆架子，也不忍心让老吉受半点刺激。她甚至为她自己那次的鲁莽懊恼不已，越懊恼，她就要越发地维护老吉的利益，她告诫全办公室的职员，任何人不能谈论有关聋子的话题，如果有什么文件要传达下达，直接打印成文送给老吉。他的耳朵有手病，但眼睛还没瞎，她在心里说。虽然遗憾不能弥补，她还是要为老吉争取一番。这只是一个短暂的办法，长期这样下去，她也不知道该怎么办，她还是希望给老吉一个机会。现在的老吉，无论如何也没有背负担子的半点迹象，唯一的特征是变得沉默寡言了，他喜欢一个人坐着。因这奇怪的耳病的光顾，善言的人总爱多一点幻想和假设，而有些人就不同了，他们甚至有些幸灾乐祸。想起来又不是自己耳病，干嘛不高兴呢？一个人碰见老吉觉得无聊，两个人在一起挤眉弄眼，同时嬉皮笑脸地说："那人耳朵有毛病呢！"说得很轻巧，那神态就像把一个盲人引到水沟里去了。唯一让人能够为老吉庆幸的是：他的耳朵有了毛病，他的嘴还好着，他还能说话。他是不轻易开口的，谁也料不到他说王家珍坐上经理的位子因为和港方的经理睡在了一起，这话并不是直接让王家珍听见了。它也是你传给我，我传给了你，后来王家珍的心腹就说给了王家珍，话也没有明说，王家珍只是听到说她和那个那个了。够了，她拍着桌子怒吼道。平心而论，她觉得她完全对得起老吉了。她颤抖着身子，脸色苍白，她的手指在空中挥着说："他竟然也能听？他听谁说的？"她冷笑着说："他这个聋子。"她说聋子，聋子，她觉得这样说并没有使自己的呼吸舒畅起来，胸口似乎更加郁闷，她一脚踢开了椅子，冲出了自己的办公室，她也不管老吉能否听见，她就歇斯底里地喊聋子聋子，她说："老吉你这个聋子。"她在等待着老吉应声。她一步一步走到了老吉的门口，她说卑鄙无耻的老吉，下流可憎的老吉，操你八辈祖宗的老吉。她的唾沫星子四下横飞，骂着骂着她的嘴里就连在一块，吐出来的话成了模糊的一片，近似乎哭泣的声响，她实在不知道该把老吉怎么样。

老吉坐在自己的办公室里，悠闲地犹如姜子牙，他一直保持着沉默，尽管王经理在掏着他所有沾亲带故的人骂，都没有触动他半根神经，他心里一直在想着吴医生。

深陷于沉思的老吉，此刻完全沉浸在艰难的思考中，他在身体转动时看见王经理指着他鼻尖的手，他友好地笑了一下，他伸出手让王经理坐，他说你坐老王。可王经理坐不下来，还站在那里骂。

后来办公室所有人员看不下去了，老吉本就够不幸的了，偏又雪上加霜。谁也不能偏袒谁，他们唯一能做的事，就是一起拽着王经理的胳膊，像是从鸡窝里往外拉偷鸡的黄鼠狼。王经理又是挣扎又是喊，可他们还是硬生生把她拖出来了。他们对着老吉和王经理说算了算了，王经理抽着鼻子，她说能算得了么？他这个聋子……

谁也没注意，办公室的门突然被撞开了，老吉正对着门，他看见中厨的几个厨工像潮水一样涌了进来，带头的几个都拿着锋利的菜刀，瞬间房子里就透出寒意，跳跃的寒光凝固在凌乱的办公室。

吃了一惊的倒是王家珍，她说："小林，你们要干什么？"随之她后退了几步，一只手已经抓住了电话，她想使自己努力平静下来。可就是心里狂跳，保安部的电话号码她丝毫记不起来了。

林贵相把菜刀咣当一声放在办公桌上，他说，我们要罢工，其他几个人都附和着林贵相说不开除大梁我们都不干。之后他们都望着王经理，办公室没有一个吱声。

王家珍终于回过神来，她丢掉提起了半天的电话，怒气冲冲，她轻蔑地说："走吧走吧！大梁让你们吃生面粉大梁有错，你们有刀，还有什么不能解决的呢？"林贵相委屈地愣在原地，他们不敢相信这是上司说的一句话，这个合资酒店里，唯一能够替中国人说上话的只有这里了，工会早已形同虚设，来这里，他们鼓足了多么大的劲，他们不仅准备打一场官司，还要让港方总监大梁赔偿精神损失，他们只是偷吃了些饭，却被大梁强行罚吃生面粉，满怀的希望轻轻地被王家珍扑灭，怎么不让他们伤心，他们一个个灰溜溜地出了门，出门时他们嘴里还嘟囔着《劳动法》起作用，为什么在中国人面前不起作用。

"都是这个王家珍给闹的"，老吉站在那里，阴沉着脸，内心却是十二分地开心，他的内心咚咚地跳，这一次跳板一样的机会他是不能放过了，他想。不就是一个稍有姿色的老女人么？他终于走了出去，别人都听见老吉往外走时，嘴里说着这句话。

老吉走在狭窄温长的走廊，不断地给自己鼓着劲儿，面对四周而来的同事打着招呼。所有人都看见老吉的脸色很不好，没有一个人敢多问一句话，终于把财务部、客房部、电脑房走过时，到了最高行政室，这次老吉连门也未敲就冲了进去。

他看见总经理司徒正和林贵相争吵，林贵相绝望地说："我要贴大字报、我要发传单……"司徒操着含糊不清的汉语说："你给我出去，你给我出去。"林贵相挺直胸膛，一副从容就义的神态，他看见撞门而入的老吉，像一个溺水将要死亡的人抓住了一根稻草一样迫切地对老吉说："吉主任冤枉！"

老吉感到了一种释然，他在迎着司徒以及林贵相渴望的目光时，他谁也没看，他却在看闪耀在窗户上的阳光，透过玻璃，他看到了外面马路旁的行人，他的思维随同行人奔走，很快他的脸上蒙上了一层古怪的冷笑。他咬着牙说："林贵相，你想干什么？有你这么解决问题的吗？现在我宣布，从现在开始你被除名了。"老吉说完话，他看见灿烂的阳光从窗户上跳跃到了司徒总经理的脸上，老吉的心里热乎乎的，他说："现在你就办离店手续。"林贵相呆呆地望着老吉，他看见老吉的脸扭曲着，他捏紧拳头，与老吉僵持了一会——终于他不再面对老吉，他指着老吉说：你是一条狗。然后头也不回地走了。

司徒拍着老吉的肩膀，说这下好了。他说老吉是有功的。老吉看见总经理随手撕下案前的任命书，工工整整地写上老吉的名字之后交给了性感迷人的郭秘书，他看见司徒交任命书时，手不安分地捏了一下郭秘书娇嫩的脸蛋，郭秘书害羞地望了一眼老吉，轻声说：吉经理。

老吉现在想起那事来就觉得好笑，他现在走在回家的路上，他感觉这十几年的路越走越陌生，他几乎记不清原来这条路上是什么样子，几年了，这条路反反复复，他早就厌烦了，或许明天，这条路上将发生变化了，他再也不用骑着那辆破烂的自行车颠簸，他就这样走着，天空开始暗淡下来，他一直想笑，可就是不敢笑出来，街上到处是人，他一张嘴，或许会吓着别人，一个好端端的人无缘无故咧嘴一笑，不是脑子有病又是什么呢？他就开始思索，他脑子里反复地回忆着那些生动的情节，他终于走到了那条人烟稀少的巷子，穿过这条巷子，他就到家了，这时候他终于忍不住笑出声来，他觉得从没有这样舒心过，他没有注意几米以外的火光一闪。一根燃着的烟头在这条黑巷子司空见惯了，谁也不会因为这想的很多，唯独一句话他确实听见了，打死这条狗，他听见有人说，老吉知道这条巷子里狗多，尽管多次喊打狗，不知道为什么，风声一阵子高一阵，狗却一只接一只在巷子里乱跑，在老吉的眼中，那些漏网的家伙常会聚集在这里，它们甚至不顾来往行人公开交配，大伤风雅，打死就打死了，所以老吉并不去理会，他只走自己的路，他看到了一团黑乎乎的东西朝自己飞来，到近前时，他看清那是一块加着冷风的方砖时，他已经从车子上扑倒下去，老吉根本就无法躲闪，他刚开始想起了另外一个问题，就似一口麻袋似的落到了地上，他清楚地听见黑暗里自己说了一句话，“王家珍让人白睡了！”他说。

# 后　记

十几年前，德高望重的乡党作家王世雄老师，编辑一套丛书，准备纳入我的作品。那时的我还挣扎在温饱线上，根本没有额外的开支来完成这个心仪的工程。王老师心直口快，他一再承诺为了照顾我这个小乡党，书号不用付费，但最终用王老师的话说我拿着他的书号送“人情”，目的是免受公安机关打击和惩治。承受“人情”的是我一位公安朋友高军警官，他工作在一线，闲暇爬格子，写过上千篇纪实报道，在西安的报界也是大名鼎鼎。我虽有高大块头，壮硕体魄，内心里懦弱胆小，从小接受的教育是本本分分做事，规规矩矩做人，难越雷池一步，偷鸡摸狗的事情无异于给祖辈脸上抹上一层黑乎乎的油彩，打死我，我恐怕也不会去干。之所以给他，是他年龄比我长很多，在一线工作，眼见到了退休边缘，好歹也是个总结，因此上我觉得他比我更需要。后来，他的书出版后，他既没有升官，也没有发财，日子照旧，一大车书摞在家里被同事当作笑柄，但他从没有对此后悔，只是经常和我相约举杯的时候，对让他出书而放弃自己抱憾而愧疚。

实际上出书机会很多，但是我一直在放弃，放弃的原因有很多，有时候觉得出书对我真的是一件奢侈的事情，我一点也看不到我希望的曙光在什么时候闪烁。

我内心里清楚：种田要收获麦粒，打鱼要收获满网，经商就要有丰厚效益。好歹也在写作圈子里爬行了这么多年，一味的退缩只能让我变得更加优柔寡断。

这些年，我一直奔波在外，乡邻也是看着我回来了出去了，有些甚至不知道我在外边干什么。有一度曾经传言，我和邻村那些常年行走于社会的二流子毫无两样，无非就是吊儿郎当，招摇撞骗。不同的是人家都留有奇形怪状的发型，还有夸张个性的服饰，而我却没有那种惹眼的造型。

母亲说她有时候不愿到人堆里去，女人家坐到一起，东家西家总会说个不停。别家的母亲在人面前卖拍炫耀儿子回来了钱是大把大把的给，房子弄了一套又一套。看看自己的儿子，母亲无言以对，她说她不希望给她钱，如果不生病，她微薄的养老金足以养活自己，她黑里盼、明里盼盼望自己的孩子都能过上幸福的生活比给她多少钱都开心。

想想也是，自己都多大了，生活还要让母亲担心和纠结，心里很不是滋味，有时候也恨自己不争气。多年前，我们兄弟离开家乡的那一刻起，她就像拉着风筝的线一样，希望我们飞得更高，希望飞得更远，但是更揪心的是远在他乡的我们遭受委屈，遭遇挫折。

母亲一生只受过短暂的教育，现在人老眼花，岁月的剥蚀让她可能已经不能去顺畅地阅读我的文章，但是我想，纵是母亲不识一个字也不妨碍我将这份礼物送给她。

还记得，多少年前我还是个孩子，夏夜的风从麦场上轻轻地刮过，父亲带着我们在场上扬麦子，大片大片的麦草纷纷扬扬地在父亲的木锨里和麦粒分离，父亲经常看看麦粒就知道这一年的收成，他在微风渐趋的时候，语重心长地告诉我，不管做什么，都要朝一个锅门烧。那时对父亲的话不以为然，总聪明地以为人不能在一棵树上吊死，如今他离开我们很多年了，但是他的话在我脑海里愈发清晰了，做什么执着是必须的，东一榔头西一棒子是成不了大器的，自己一直难以有所作为恐怕和这个不无关系。

说实话，写作于我也算是一个锅门吧！我点燃了烧锅的火焰，就不能停歇。从来没有想到要成名成家，更没有想到要升官发财。我们祖辈为农，但是我却没有沿袭继承祖上的家业，相反却对文字喜好有加，不知道在我流淌的血液里如何能够加进这些佐料，让我变得如此敏感和多情，或许这就是命吧，生活怎么残酷，命运多舛或许都不能让我停下手中的笔，因为人总有一些希冀和理想才对。爱打牌的人，听见麻将声不让摸牌就死呀活呀的，酒鬼闻见醇香从瓶子里飘出来，就舌头打弯，写作也一样，不让写就好比毒瘾发作一样，几天里蔫头蔫脑吃饭也没有味道。经常私下里和文友讨论，这脑子里究竟是装上了多少大粪了，爱什么不行，偏偏往这个绝路上走？

恰巧有这样的机会，机会总是千载难逢的，就犹如好不容易盼了个好年头，总不能把庄稼烂在地里头。这些中短篇小说都是我近年在全国的刊物上发表出来的，就像父亲木锨下的麦粒，稍微的劳作就有了一个矮小的堆垛。

收集它们也算是我经历的记忆和记录，里边有近在咫尺的乡邻，也有遥远缥缈的陌生人，但是都不乏承载着一个个生动的事例，哭了、笑了、老了、死了，都在这片土地上。

感谢多年的农村生活，给我了用之不尽的素材；感谢农村的父老乡亲，给我创作的动力；感谢催促我成书的很多很多朋友，给我鼓励。

感谢一切我要感谢的人！

周炜

2015年6月于榆林

**图书在版编目（CIP）数据**

寻虎 / 周炜 著. -- 北京 : 作家出版社，2015. 9
（文学陕军新梯队作家书系）
ISBN 978-7-5063-8359-2

Ⅰ. ①寻… Ⅱ. ①周… Ⅲ. ①中篇小说 - 小说集 - 中国 - 当代 ②短篇小说 - 小说集 - 中国 - 当代 Ⅳ. ①I247.7

中国版本图书馆CIP数据核字（2015）第233062号

**寻　虎**

**作　　者：** 周　炜
**责任编辑：** 秦　悦
**特约编辑：** 冉晓雄
**装帧设计：** 回归线视觉传达
**出版发行：** 作家出版社
**社　　址：** 北京农展馆南里10号　　**邮　　编：** 100125
**电话传真：** 86-10-65930756（出版发行部）
86-10-65004079（总编室）
86-10-65015116（邮购部）
**E-mail:zuojia@zuojia.net.cn**
**http://www.haozuojia.com**（作家在线）
**印　　刷：** 三河市紫恒印装有限公司
**成品尺寸：** 152×230
**字　　数：** 240千
**印　　张：** 17.25
**版　　次：** 2015年10月第1版
**印　　次：** 2015年10月第1次印刷
ISBN 978-7-5063-8359-2
**定　　价：** 45.00元